失踪树木的岛屿

The Island of Missing Trees

〔土耳其〕艾丽芙·沙法克 著
宋赛南 译

民主与建设出版社
·北京·

献给世界各地的移民和流亡者,
他们背井离乡、重新安家、漂泊无依

献给那些留在我们身后的树木,
他们根植于我们的记忆深处……

任何不曾置身于智利森林的人都不会真正地了解这个星球。
我已经走出了那处风景、那块泥巴、那片寂静,
我要去漫游,去歌唱这个世界。

——巴勃罗·聂鲁达《回忆录》

他们说,流血是免不了的,流血必然引起流血。
据说石块曾经自己转动,树木曾经开口说话……①

——威廉姆·莎士比亚《麦克白》

---

① 原文出自《麦克白》第三幕第四场,此处援引朱生豪译文,参见《莎士比亚全集》(增订本,第6卷),译林出版社2016年4月第三版,第56页。

目　录

I　序：岛

1　第一部分：如何埋下一棵树

65　第二部分：根

133　第三部分：树干

179　第四部分：树枝

249　第五部分：生态系统

297　第六部分：如何挖出一棵树

330　致读者

333　致　谢

序

岛

　　记忆深处有座岛，就依偎在地中海的尽头，它的瑰丽与湛蓝曾令许多旅人、香客、斗士、商贾爱意萌生。流连忘返者有之，更有甚者，恨不得找根麻绳把它拽回自己家乡。

　　可能就是传说吧。

　　但传说就是为了告诉我们那些历史业已遗忘的事。

　　很多年过去了，当时我躺在一个黑色软皮行李箱里，乘着飞机逃离了那个地方，再也没回去过。从那以后，我换了个地方，在英国活了下来，茁壮成长，但我无时无刻不在渴望回去，回到我的家乡、祖国。

　　它一定还在我离开的那儿，海浪拍打着它那崎岖的海岸线，泡沫翻腾，而它就随着这海浪起起落落。那片区域地处欧、亚、非三大陆和黎凡特交会的十字路口，幅员辽阔、难以逾越，在今天的地图上再也找寻不见了。

　　地图是一种二维再现，上面各种任意为之的符号和切割线决定了谁是我们的敌人，谁又是我们的朋友，我们该爱谁，该恨谁，又该对谁只管冷漠。

　　地图学不过是胜利者讲述故事的另一种方式。

　　那些输了的人讲过的故事，一个也没留下。

我记忆中的它是这样的：金色的沙滩、碧蓝的海水、澄澈的天空。每年，海龟都会爬到岸边把蛋产在细碎的沙子里。傍晚的风送来栀子、仙客来、薰衣草、金银花的香味。紫藤的藤蔓沿着白墙往上爬，一心想着爬到云端，做着只有梦想家才会希冀的梦。黑夜一如既往地亲吻你的肌肤，你能闻到夜的气息中茉莉花的味道。月亮也离地面更近一些，明亮而温柔地悬挂在屋顶上方，在窄窄的巷子里、鹅卵石铺就的街道上洒下清朗的光辉。可是影子还是爬过了光。黑暗中隐隐听得见质疑和密谋之声。岛被一分为二了——北部和南部。语言、文字，乃至记忆都不相同，甚至连岛民们祷告时都各奉其神。

一条分割带直接贯穿整个首都，就像是在心脏上切了一刀。沿着分割带，也是边界线望去，满目尽是布满弹孔的破房子，被手榴弹炸得伤痕累累的空院子，木板封住的商店只剩下残垣断壁，装饰精美的大门斜挂在破损的铰链上，上个时代的豪华汽车在厚厚的积灰下一点点锈蚀……带刺的铁丝网、码摞的沙袋堆、装满混凝土的桶、反坦克壕沟，还有瞭望塔，将道路全都堵上了。街道总是戛然而止，就像未尽的思绪、未决的情感。

不巡逻的时候，士兵们就端着机枪站岗，这些无聊而又孤独的年轻人来自世界各地，在被派到这处陌生环境之前，他们对这座岛以及它那复杂的历史知之甚少。墙上到处都贴着官方指示语，颜色醒目、字母全都大写：

前方禁入

禁区，请远离！

禁止拍照摄像

沿着街垒继续向前，有路人用粉笔在一只桶上潦草地添了一句：

欢迎来到无人区

分割带撕开了塞浦路斯，从它的一头贯穿至另一头，这是由联合国部队巡逻的缓冲区，长约110英里[①]，有些地方宽至4英里，有些地方又只有几码[②]宽。就像隐踪藏迹的古老河流，它幽灵般地穿过繁杂的景致——废弃的村落、沿海腹地、湿地、休耕地、松树林、肥沃的平原、铜矿和考古遗址，蜿蜒前行。但正是在这里，在首都及其周边，它变得更显而易见、真实有形，也因而更触目惊心。

尼科西亚，这世上唯一的分裂之都。

这般描述听上去倒也不坏，即便不说绝无仅有，似乎也有其独特之处，正如将沙漏翻转过来时，一粒沙子全然不顾地心引力的拉扯，径直向上飘去。而事实上，尼科西亚绝非孤例，不过是隔离地和分裂区名册上新增的一个名字而已；它们有些已经尘封于史册，有些正等待被添加。尽管如此，此时此刻，它仍然与众不同。这是欧洲最后一个分裂之都。

我的家乡。

很多东西是边界线拦也拦不住的，无论它的划分如何明确、守卫如何森严。譬如地中海季风"梅特米"或"梅尔丹"，听上去温柔有加，实则异常狂暴。还有蝴蝶、蚱蜢和蜥蜴。蜗牛也一样，

[①] 英里：长度单位，1英里约为1.61千米。

[②] 码：长度单位，1码约为0.91米。

尽管他们慢得出奇。偶尔，也会有孩子没抓牢的生日气球飘上天空，误入另一边敌方的领土。

还有鸟。青鹭、黑头鸨、蜂鹰、黄鹂鸽、柳莺、云斑伯劳，还有我最喜欢的黄莺。他们从北半球远道而来，大多夜间迁徙，黑暗在他们的翼尖蕴积，掩映着他们的红眼圈；在漫长旅行的中途，他们停歇于此，然后继续飞往非洲。对他们而言，这座岛是一处小憩之所，是故事的一个阙如，一方居间之地。

尼科西亚有座小山，各种飞鸟都来此觅食。山上长满枝繁叶茂的野生黑莓、刺荨麻和石楠花丛。在这浓密的植被中藏着一口老井，井上有一滑轮，轻轻一拉，便嘎吱作响，还有一只业已磨损的金属桶拴在绳上，桶因为废弃不用而布满了藻植。即便正午炽热的阳光直射进井里，其深处仍漆黑冰冷。井就像一张饥饿的嘴，等待着下一餐饭。它噬食每一缕光、每一丝热，甚至将每一粒尘埃都吞进它那幽深的石喉。

倘若你置身此地，出于好奇或者本能，探着身子朝井下看，待眼睛适应了，你可能会捕捉到一线微光，就像鱼儿潜回水下之前鱼鳞反射的那道光，稍纵即逝。不过，别被它骗了。井下根本没有鱼，没有蛇，也没有蝎子，更没有蜘蛛在柔软的蛛丝上悬荡。这光并非来自活物，而是来自一只镶了珍珠母边的18克拉的古董金怀表，上面刻着几行诗：

命定之地终会抵达
莫要匆忙赶路……

背面有两个字母，确切地说，同一个字母写了两次：

Y & Y

  这口老井有 34 英尺[①]深，4 英尺宽。它由略微弯曲的方晶石建造，石头水平方向上还砌着相同的道痕，一道道延伸下去，直抵井下寂静而发臭的死水。幽深的井底下困着两个男人，他们是一家颇受欢迎的小酒馆的老板。二人都是中等个头，身材修长，长着又大又支棱的耳朵，这耳朵常被他们拿来打趣。他们在这个岛上出生、长大，40 多岁时遭人绑架，受到毒打，并被杀害。在被扔进这竖井之前，俩人先是被铁链拴在一起，后又被捆在一个三升的装满混凝土的橄榄油罐上，以确保他们永远不会浮出水面。被绑架的当日，其中一人所戴的怀表就停在了距离午夜仅差八分钟的时刻。

  时间是一只夜莺，就像任何其他鸣禽一样，它可能会被俘获，被囚禁在笼子里，长久到难以想象。但是，时间不可能永远被控制。

  任何囚禁终有到头的那一日。

  总有一天，水会腐蚀掉金属，铁链会断裂，混凝土坚硬的内核会软化，就像最硬的心肠也会随着岁月的流逝而变得柔软。只有到了那时，这两具尸体才会最终获得自由，游向头顶的那片天，在折射的阳光下闪烁微光。他们向着幸福的蔚蓝天空缓慢上升，继而变得急促狂乱，犹如潜入水底的采珠者跃出水面时大口喘息。

  总有一天，在地中海尽头那座美丽的孤岛上，这口废弃的老井会坍缩，它的秘密也会浮出水面，每一个秘密都注定如此。

[①] 英尺：长度单位，1 英尺约为 0.3 米。

第一部分

如何埋下一棵树

一个名叫岛的女孩
英国，2010年代末

这是伦敦北部布鲁克·希尔中学今年的最后一堂课。二年级的教室里正在上历史课，离下课铃响只剩15分钟了，学生们躁动不安，都在期待着圣诞节假期的开启。只有一个学生例外。

16岁的艾达·卡赞扎基斯安静而专注地坐在教室后排靠窗的座位上。她扎着低马尾，红褐色的头发闪闪发亮，精致的五官紧绷着，一双棕褐色的眼睛里不难看出她昨晚没睡好。她既不对即将到来的节日抱有期待，也不为可能到来的降雪感到兴奋。尽管脸上不动声色，但她仍时不时偷偷朝外瞟几眼。

中午时分，天空下起了冰雹，乳白色的冰粒子撕扯着树上的最后几片叶子，敲打着自行车车棚的棚顶，还踩着狂野的踢踏舞步点，在地上蹦蹦跶跶。现在已经安静下来了，但谁都看得出天气更阴沉了。一场暴风雨即将来临。今天早上的广播说，极地涡旋将在48小时之内袭击英国，气温将降至历史最低，并伴有冰雨和暴风雪。预计，缺水、断电和水管爆裂将导致英格兰和苏格兰大部分地区以及北欧部分地区陷入瘫痪。人们一直在囤货——鱼罐头、烘豆子、袋装意面、卫生纸——就像是在为打围攻战做准备。

学生们一整天都在讨论暴风雪，很是担心他们的假期计划和旅行安排。艾达则不然。她既没有家庭聚会，也没有异地旅行计划。她的父亲打算哪儿也不去，他得忙工作。她的父亲是一个不可救药的工作狂，认识他的人都能证明这一点，但自她母亲去世后，他就像躲进隧道里寻求安全和温暖的穴居动物一样，只顾埋头搞研究了。

艾达小时候就已经明白自己的父亲和别人的父亲很不一样，但她仍然很难接受父亲对植物的痴迷。别人的父亲都在办公室、商店或政府部门工作，穿着搭配得体的西装、白衬衫和擦得锃亮的黑皮鞋，而她的父亲通常都穿着防水夹克、橄榄色或棕色的斜纹棉布裤和一双笨靴子。他也没有公文包，而是习惯背着一个单肩包，里面装着杂七杂八的东西，比如放大镜、解剖工具、植物压板、指南针和笔记本等。别人的父亲没完没了地谈论生意和退休计划，她的父亲却更感兴趣杀虫剂对种子萌发的毒害作用或者伐木对生态环境的破坏。当他侃侃而谈砍伐森林的影响时，他的同行们则把热情投到了个人股票的涨跌之中。他可不是嘴上说说而已，还认真地写了关于这方面的文章。作为一名进化生态学家和植物学家，他已经出版了12部专著，其中一部名为《神秘王国：真菌如何塑造我们的过去，改变我们的未来》。还有一部专著是关于角苔、叶苔和青苔的，封面上，一座石桥横跨一条小溪，溪水汩汩地流经水中的岩石，岩石周身披覆着天鹅绒般的绿苔藓。在这张梦幻般图片的正上方印着烫金书名《欧洲常见苔藓植物野外指南》，下面用大写字母印着他的名字：科斯塔斯·卡赞扎基斯。

艾达不知道什么样的人会读她父亲写的这类书，她不敢向学校里的任何人提起。她不想再让她的同学们对她和她的家人指指点点，说他们都是怪人。

无论在什么时候，父亲似乎都更喜欢和树待在一起，而不是人。他一直都这样，只是母亲在世时，他的这些怪癖还不那么明显，或许是因为母亲也有自己的古怪之处。母亲过世后，艾达发现父亲与自己渐行渐远，也或许是自己与父亲渐行渐远。在悲伤氤氲的屋子里，很难分辨到底是谁在躲着谁。所以，他们会待在家里，就他们俩，风暴期间足不出户，甚至整个圣诞期间也不出门。艾达希望父亲会记得去购物。

她的目光落在笔记本上。翻开的那页纸的底部，是一只她之前画的蝴蝶。她勾勒着它那脆弱的翅膀，小心翼翼地，仿佛一触即断。

"喂，有口香糖吗？"

艾达的思绪突然被打断，她转过身去。艾达喜欢坐在教室后排，但这样一来就不得不和艾玛·罗斯一组。艾玛·罗斯有些恼人的坏习惯，她喜欢把指关节弄得嘎嘎作响，学校不让吃口香糖，她却嚼个不停，还有别人压根儿不感兴趣的事情，她会说个没完没了。

"不好意思，我没有。"艾达摇了摇头，紧张地瞥了老师一眼。

"历史是一门最有魅力的学科，"沃尔科特夫人说着，她的粗革皮鞋牢牢地扎在讲台后面的地上，仿佛讲台是她的一道街垒，只有站在后面，她才能对着她的 29 个学生侃侃而谈。"不了解我们的过去，又怎么能够指望创造我们的未来？"

"哦，真受不了她。"艾玛·罗斯低声嘟囔了一句。

艾达没有说话。她不确定艾玛·罗斯受不了的是她还是老师。如果是前者，她没什么要为自己辩护的。如果是后者，她更不打算和她一起诽谤。她喜欢沃尔科特夫人，尽管沃尔科特夫人明显不擅长管理课堂秩序，却总是对他们很好。艾达听说这个女人的丈夫几年前就去世了。她曾不止一次地在脑子里想象过这位老师的日常生活：早上，她拖着圆滚滚的身子从床上起来，趁着还有热水时赶紧冲个澡，然后从衣柜里胡乱翻找出一件和昨天那件差不多的合身衣服穿上，手忙脚乱地给自己的一对双胞胎喂完早餐，再急匆匆地把他们送到托儿所，她的脸会涨得通红，语气里满是歉意。她还想象过她的老师在夜里抚摸自己，双手在棉质睡衣下画圈圈，有时还会邀请男人来家里，那些男人在地毯上留下湿漉漉的脚印，在她心中埋下数不清的酸楚。

艾达并不知道自己的想象是否符合实际，但她觉得八九不离十。这是她的天分，也可能是唯一的天分。她能够察觉到别人的悲伤，就像动物能在一英里之外就闻到自己同类的味道。

"好了，同学们，下课之前再提醒一下！"沃尔科特夫人拍了下手，"下学期我们将要学习移民和代际变化。这是一个很有意思的话题，对于你们接下来全力备考GCSE[①]很有帮助。作为准备，我想让你们在假期里拜访一位年长的亲戚。最好是你们的祖父母，也可以是其他家庭成员。了解一下他们年轻时的事儿，然后写一篇四到五页的文章。"

失望的叹息声在教室里此起彼伏。

"一定要确保你们的文章有历史事实作为支撑，"沃尔科特夫人对大家的反应视而不见，"我希望看到的是有证据支持的扎实研究，而不是猜测臆断。"

---

① GCSE：英国普通中等教育证书（General Certificate of Secondary Education），它标志着英国中学教育的完成，是国际公认的官方高中文凭。英国学生通常会在十一年级结束时，也就是16岁时，参加GCSE考试。

随之而来的是更多的叹息声和牢骚声。

"哦,别忘了看看是否有传家宝,比如古董戒指、婚纱、老式瓷器、手工被子、家书或家传秘方,以及任何祖传下来的纪念品。"

艾达垂下双眸。她从未见过父母两边的亲戚,她知道他们住在塞浦路斯的某个地方,但也仅此而已。他们是什么样的人?他们依靠什么过日子?要是在街上擦肩而过,或者路边偶遇,他们能认出她吗?她听说过的唯一一位近亲是位名叫梅耶姆的姨妈,她曾寄来赏心悦目的明信片,上面有阳光明媚的沙滩和野花盛开的牧场,这显得十分突兀,因为姨妈从未与他们的生活产生过任何交集。

如果说她的亲戚是个谜,那塞浦路斯就是一个更大的谜。她在网上看过照片,但她一次也没去过那个地方,尽管她的名字就来源于它。

在她母亲的语言里,她的名字的意思是"岛"。小时候,她以为它指的是大不列颠岛,这是她当时知道的唯一的一座岛,后来她才慢慢意识到,实际上它指的是远方的另一座岛。以此给她命名的原因是,她的母亲是在那儿怀上她的。这个发现即便说不上令她不适,但也让她感到困惑。首先,这让她想到自己的父母曾有过性行为,这是她从来都不愿去想的事情;其次,这使她以一种无法躲避的方式与一个地方连在一起,而这地方迄今为止还只存在于她的想象。自那之后,她便把自己的名字也添进了口袋里随身装着的外语词汇收录本,那些词汇虽然新奇有趣,但会让人感觉到遥远而陌生,甚至难以理解,就像你在沙滩上捡到了完美无缺的鹅卵石,并把它们带回了家,但又不知道该拿它们做何用。艾达现在已经收集了不少习语,还有一些曲调欢快的歌。但也仅此而已。她的父母在家更倾向于英语交流，没有教她他们自己的母语。因此，艾达既不会讲父亲的希腊语，也不会讲母亲的土耳其语。

从小到大，每当艾达问起为什么他们还不去塞浦路斯见见亲戚，抑或为什么他们的亲戚从不来英国看他们，父母总会给出一大堆借口，什么时间不合适，要做的工作太多或者开销太大，等等。渐渐地，怀疑就像一粒种子在艾达的内心深处扎了根——可能父母的婚姻并没有得到家人的认可。进一步猜想，她作为这一婚姻的产物，也没有得到真正的认可。然而只要有可能，艾达仍乐观地相信，倘若大家庭中有人愿意与她和她的父母住上一阵子，无论曾发生过多么不可宽恕的事，他们都会原谅他们的。

尽管如此，母亲离世后，艾达再也没问过有关母亲近亲的问题了。要是他们是那种连亲人的葬礼都不参加的人，也就很难指望他们会喜欢上逝者的孩子，何况还是一个素未谋面的孩子。

"采访的时候，不要评判老辈人，"沃尔科特夫人建议道，"仔细听听，试着从他们的角度看问题。一定要录下整个对话。"

坐在前排的杰森插话道："那如果我们采访的是纳粹战犯，也要友好相待吗？"

沃尔科特夫人叹了口气："好吧，这个例子有点极端了。不，我不希望你能对那种人也友好。"

杰森咧嘴一笑，就好像他已经得了一分。

"老师！"艾玛·罗斯也插话了，"我们家有把古董小提琴，这算不算传家宝？"

"当然算了，只要是你家里传了几代人的东西。"

"哦，是的，一直是我们家的，有些年头了。"艾玛·罗斯微笑道，"我妈妈说它是在维也纳制造的，是19世纪或18世纪的琴。

不管怎么说，值钱得很，但我们不卖。"

扎法尔举起了手："我奶奶留给我们一个嫁妆箱，是她从旁遮普带来的。这算吗？"

艾达感到自己的心怦怦地跳着，她甚至没有听老师的回答，也没有听接下来的对话。她感到浑身不自在，更不敢去看扎法尔，害怕自己的情绪被看穿。

就在一个月前，他俩意外搭档做同一个科学项目——组装一个设备来测量不同食物中所含的卡路里。她花了好几天试着协调两人碰面，但都失败了，后来就索性放弃，自己承担了研究的大部分工作，查找文章、购买工具、制作热量计等，最终他们都得了 A。扎法尔的嘴角挂着一丝微笑，尴尬地表示谢意，之所以尴尬可能是因为内疚，也或许只是满不在乎。那是他们最后一次说话。

艾达从未吻过男孩子。她们同年级的女生体育课前后聚在更衣室时，都有些悄悄话要讲，不论是真实发生过的还是想象中的，但艾达没有。她的全然沉默并没有被忽视，反而招来了很多玩笑乃至嘲笑。有一次，她在自己的书包里发现了一本色情杂志，她肯定是有人把杂志偷偷塞进来的，就是为了让她出洋相。她战战兢兢了一整天，担心老师会发现并告诉她的父亲。她对父亲的害怕与其他同学对父亲的害怕并不一样，她并不是感到恐惧。当她决定留下这本杂志时甚至没有觉得内疚。这不是她没有告诉他这件事情的原因，也不是她没有告诉他其他事情的原因。自打她从根本上意识到自己需要保护父亲，不再让他痛苦下去时，她就不再和父亲交心了。

要是母亲还活着，艾达可能会让她看看这本杂志。她们可能会边看边咯咯地笑着，也可能会捧着装着热巧克力的咖啡杯，一边聊着,一边呼吸着飘向脸颊的热气。母亲理解她那些不守规矩的、顽皮的想法,它们是月亮的暗面。母亲还曾半开玩笑地说自己太叛逆了,当不了好妈妈,又太慈爱了,当不了好的叛逆者。直到现在,她走了之后,艾达才意识到,不论怎样,她都是一个好妈妈,也是一个好的叛逆者。她已经离开人世整整十一个月零八天了,这也将是第一个没有她陪伴的圣诞节。

"艾达,你怎么看?"沃尔科特夫人突然问道,"你同意吗?"

艾达的注意力刚转回到笔记本里的画上,心头又是一紧,赶紧把目光从蝴蝶那儿挪开,她意识到老师正盯着她看。她的脸很快就红到了耳根,后背也绷得紧紧的,就好像身体感知到了什么尚不了解的危险。她努力张了张嘴,声音有些颤抖,甚至都不确定自己是否在说话。

"您能再说一遍吗?"

"我问的是你觉得杰森说的对吗?"

"对不起,老师……什么对不对?"

同学们一阵窃笑。

"我们正在谈论传家宝,"沃尔科特夫人的微笑中透着疲惫。"扎法尔提到了他祖母的嫁妆箱,然后杰森说,为什么女人总是喜欢执着于过去的纪念品和小摆件?我想知道你也这么认为吗?"

艾达干咽了口唾沫。她的太阳穴突突直跳,浓密而黏稠的沉默渗进她四周的空间里。她想象着它就像黑墨水一样晕染了钩针编织的白色桌巾,就像她曾在母亲梳妆台的抽屉里见过的那样,它们被整齐地剪成了极小的块儿,毁掉了,之后被夹在了面巾纸之间,似乎母亲既没有办法让它们恢复原样,也无法下定决心扔掉它们。

"你怎么看呢?"沃尔科特夫人温柔又坚定地问道。

9

艾达缓慢地站了起来，椅子与石板地摩擦着发出刺耳的声响。她清了清嗓子，尽管脑子里一片空白，完全不知道要说些什么。笔记本上的那只蝴蝶也警觉了，不顾一切地想要逃离，它飞向空中，尽管它那未完成的、边缘模糊不清的翅膀还不够有力。

"我……我认为并不只是女人这样。我父亲也这样。"

"他怎样呀？"沃尔科特夫人问道，"具体说说？"

现在所有的同学都盯着她，想听她说点实在的。有些人眼里透着些许怜悯，有些人则面露漠然，她倒宁愿是后者。大家齐刷刷的关注让她感到十分无助，耳朵边的压力越来越大，她仿佛在向水底沉溺一般。

"能举个例子吗？"沃尔科特夫人说，"你父亲收集什么呀？"

"呃，我父亲……"艾达慢吞吞地说道，然后又停了下来。

关于父亲，她能告诉大家什么呢？告诉大家，有时候他会忘记吃饭，甚至说话，经常一整天都不吃一顿正经饭，也不说一句囫囵话，还是告诉大家，如果可以的话，他愿意在后花园里度过余生，或者更好的是，在某个森林里，他会把手插进土壤里，周围满是细菌、真菌和所有那些每分每秒都在生长、腐烂的植物？如果连她自己都很难弄懂父亲，她又能告诉大家关于父亲的什么事，才能让大家明白父亲是怎样的人呢？

最后，她只说了一个词："植物。"

"植物……"沃尔科特夫人重复着，脸上露出不解的表情。

"我父亲喜欢它们。"艾达急忙补充道，但又马上后悔起自己的措辞。

"哦，太可爱了……他喜欢花！"杰森用甜腻腻的嗓音评论道。

教室里一阵哄笑，这次没人再掩饰了。艾达留意到就连她的朋友埃德也在躲避她的目光，他肩膀耷拉着，假装低着头看课本。她又把目光投向扎法尔，他明亮的黑眼睛之前很少留意她，此时却带着一种近似关切的好奇打量着她。

"哦，那太好了，"沃尔科特夫人说，"但是你能想到一件他在意的东西吗？比如某个在情感上让他很重视的东西。"

那一刻，艾达唯一的想法就是找到合适的词儿来应答。可为什么偏偏找不到呢？她的胃因阵痛而收紧，有那么几秒，疼得她几乎无法呼吸，更别提讲话。不过她还是讲了，讲的时候，她听见自己说："他花了很多时间和他的树待在一起。"

沃尔科特夫人微微点了点头，唇边的笑容不见了。

"特别是那棵无花果树，我想那是他的最爱。"

"好吧，坐下吧。"沃尔科特夫人说。

艾达并没有照做。那疼痛已经冲向胸腔，正在寻找出口。她的胸口紧绷着，就好像被一双看不见的手捏着。她觉得晕头转向，教室在她的脚下轻轻摇晃。

"天啊，她真是个奇葩！"有人低声说道，可这声音足够让她听到。

艾达紧闭双眼，领受着这句话对自己的灼伤，她的身上留下了一道生疼的焦痕。但他们的言行再怎么恶劣，都抵不上这一刻她对自己的恨。她这是怎么了？怎么就不能像其他人那样回答一个再简单不过的问题？

小时候，她喜欢在土耳其地毯上转圈，转得头晕目眩的，然后倒在地板上，躺在那儿看着世界一圈又一圈地旋转。艾达仍然记得地毯上的手工编织图案消失在无数的火花中，各种颜色相互融合，猩红色融入绿色，藏红色融入白色。但此刻她所经历的是另一种晕眩。她有一种落入陷阱的感觉，门在她身后锁上了，门闩咔嗒一声落了位。她感到全身瘫软无力。

以前，她曾无数次怀疑自己身上携带了一种不仅仅属于她自己的悲伤。他们在科学课上学过，每个人都从母亲那里遗传来一条染色体，从父亲那里遗传来另一条染色体——DNA长链含有数以千计的基因，这些基因组成了数十亿个神经元，神经元之间又有数万亿个链接。父母将所有的遗传信息传给孩子，这些信息存活、成长、繁殖，头发的颜色、鼻子的形状、是否有雀斑、阳光下打不打喷嚏等，一切早已注定。但这些都回答不了她心中的那个灵魂拷问：如悲伤这样触摸不到也无法测量的东西是否也会遗传？

"坐下吧。"沃尔科特夫人又说了一遍。

她仍然没动。

"艾达……你听见我说什么了吗？"

艾达依旧站着不动，竭力抑制着溢满喉咙、堵住鼻孔的恐惧。这让她想起了烈日下大海的味道。她用舌尖碰了碰它，这不是咸咸的海水，这是温热的血液。她一直在咬自己的脸颊内侧。

她的目光滑向窗外，窗外的暴风雨正在逼近。她注意到，在瓦灰色的天空中，在一堆堆的云层中，有一抹深红如血一般注入地平线，仿佛一道从未完全愈合的旧伤口。

"请坐吧。"老师说。

她又一次没有照做。

后来，很久之后，在最糟糕的都已经发生之后，夜晚她独自躺在床上，难以入眠，听着同样睡不着的父亲在屋里踱来踱去，艾达会回想起这个时刻，它仿若时间上的一道裂隙，当时她本可以按照老师的吩咐坐回座位的，那样教室里的人或多或少就不会注意到她了，不会引人注目，也不会招来烦恼。要是拦住自己没去做接下来要做的事就好了，她就可以让一切照旧。

无花果树

　　这天下午，伦敦上空乌云密布，阴郁的气氛笼罩着整个世界，科斯塔斯·卡赞扎基斯把我埋在了花园里，就是那个后花园。平时我很喜欢这儿，这里有繁茂的山茶花、芳香的忍冬和花朵状如蜘蛛的金缕梅。可今天并不一般，我试着让自己开心起来，去看到事物积极的一面。不过没什么用，我很紧张，心里充满了忧虑。在这之前，我从未被埋起来过。

　　科斯塔斯一大早就在寒冷的室外辛苦劳作了。他的额头上挂着一层细密的汗珠，每当他用力把铁锹的钢刃插进坚实的土壤时，汗珠就变得亮晶晶的。木棚架的黑影在他身后延展，夏天时，蔷薇和铁线莲的藤蔓会爬满这些棚架，但现在它只是一道能一眼望穿的屏障，隔开了我们的花园和邻居的露台。在他的皮靴子旁，沿着蜗牛留下的银色尾迹，慢慢聚起了一堆土，摸上去湿冷而疏松。他呼吸时面前升起了雾团，海军蓝大衣紧紧箍着他的肩膀，这是他在波多贝罗路的一家二手店里买的。他的指关节也红肿着，微微渗着血，但他似乎并没注意到。

　　我又冷又害怕，尽管我不愿承认这一点。我多希望能和他倾诉我的烦恼。但是即便我能张嘴说话，他也听不见的，他只是在那里心无旁骛地挖着，沉浸在自己的思绪中，根本不朝我这个方向看上一眼。等完事了，他会放下铁锹，用见证过喜悦和痛苦的灰绿色眼睛看看我,然后把我推进那块洼地里去。

离圣诞节没几天了,邻居家随处可见闪闪发光的小彩灯和金属亮片,充气的圣诞老人和麋鹿都假模假式地笑着,商店的遮阳篷上悬挂着光彩夺目的花环,房屋的玻璃窗上装饰着亮晶晶的星星,让人忍不住想要窥视别人的生活。仿佛别人的生活总是少了几分纷扰复杂,多了几分激情振奋乃至幸福。

树篱间的一只白喉莺开始唱歌,音调迅疾而沙哑。我很好奇,一只北非莺在这个时候留在我们的花园里做什么,他为什么没和其他鸟儿一起飞去暖和的地方?他们现在一定是朝南飞,倘若稍微改变一下飞行路线,也许就能飞到塞浦路斯拜访我的祖国。

我知道他们这些雀形目鸟类偶尔会迷路,但这种情况很少发生。有时,他们飞不动了,年复一年,同样的风景却永远不一样,空旷的土地向四面八方延伸着,因此他们便留了下来,不惜挨饿受冻,甚或时常与死亡相伴。

这个冬天已经够漫长了。今年和去年温和的天气不同,天空总是乌云密布,时不时下一阵小雨,道路泥泞不堪的,空气晦暗而阴郁。这对于亲爱的老英格兰本不算稀奇,但今年,自初秋以来,气候一直不稳定。夜里,我们听到狂风怒号,会不由得联想起一些无法驯服的不速之客,每个人尚未做好准备去面对它们,更别说理解了。许多个早晨,当我们醒来时,道路上已经结了一层冰,草叶变得像翡翠碴子一样硬邦邦的。成千上万无家可归的人只能露宿伦敦街头,庇护所根本不够,甚至都无法为其中四分之一的人提供庇护。

今夜将是今年迄今为止最寒冷的一夜。仿佛由玻璃碎片组成的空气,已经刺穿了它碰到的一切东西。这就是科斯塔斯加快速度的原因,他一心想着赶在地面冻成石头之前干完活儿。

赫拉风暴,这是他们对正在迫近的龙卷风的称呼。这次的龙卷风既不叫乔治、奥利维亚,也不叫查理、玛蒂尔达,而是一个取自神话人物的名字。他们说,这将是这几个世纪以来最糟糕的一次风暴,比1703年的大风暴还要严重,那次风暴刮碎了屋顶上的瓦片,刮掉了女士们的鲸鱼骨紧身胸衣,刮飞了绅士们搽了粉的假发,刮没了乞丐们身上的破衣烂衫;木制的豪宅和泥砌的贫民窟,并无二样,都被毁掉了;帆船就像纸船一样被砸得稀碎,顺着泰晤士河而下的所有垃圾全都给刮到河岸上了。

可能就是故事吧,不过我相信是真的。就像我相信神话一样,因为神话里往往藏着事实。

我告诉自己,倘若一切都按计划进行,我只会被埋在地下三个月,甚至更短。当水仙花沿着小径盛开,风信子铺满树林,整个大自然又恢复了生机勃勃时,我就会重见天日,完全清醒过来,笔挺地直立起来。然而,无论我多么努力,我都无法抓住那一线希望,残酷无情的冬天似乎要留在这里。反正我也从未真正乐观过。这一定是刻在基因里的,我的祖上是一连串的悲观主义者。于是,一如往常,我开始想象事情可能出错的所有方式。要是明年春天没来,我被永远地留在地底下呢?又或者,即便春天终于来了,但要是科斯塔斯·卡赞扎基斯却忘了把我挖出来呢?

一阵风刮过,就像一把锯齿刀刺入了我的身体。

科斯塔斯一定是注意到了,因为他停了下来:"瞧瞧!都要冻坏了,可怜的家伙。"

他很关心我,一直都是。过去,每当严寒来临,他都会提前采取措施以免我冻死。我记得一月里一个寒冷的下午,他在我四

15

周立起了防风林,还用粗麻布把我一层一层地裹上,以此来减少水分流失。还有一次,他用地膜盖住了我。他在花园里放置了加热灯,以便在晚上提供温暖,更重要的是破晓之前,这是一天中最黑暗的时刻,通常也是最冷的时刻。这是我们大多数人睡得昏昏沉沉醒不来的时候,街上的流浪汉,还有我们——无花果树。

我是 Ficus carica[①],也被称作是可食用的普通无花果,不过我可以向你保证:我一点儿也不普通。我很骄傲,我是植物王国桑科桑树属大家庭中的一名成员。我起源于小亚细亚,从加利福尼亚到葡萄牙再到黎巴嫩,从黑海海岸到阿富汗的丘陵再到印度的山谷,处处可见我的身影。

严寒的冬天里,人们会把无花果树埋进地沟里,等到春天再挖出来,这是一个奇特而源远流长的传统。那些在美国和加拿大零度以下的镇子里定居下来的人对此并不陌生。意大利人、西班牙人、葡萄牙人、马耳他人、希腊人、黎巴嫩人、埃及人、突尼斯人、摩洛哥人、阿尔及利亚人、以色列人、巴勒斯坦人、伊朗人、库尔德人、土耳其人、约旦人、叙利亚人、赛法迪犹太人……还有我们塞浦路斯人。

也许现在的年轻人不怎么熟悉这一传统,不过上了年纪的人对此并不陌生。他们是第一批从地中海温和气候区迁到西部狂风肆虐的大大小小城市的人。这么多年过去了,他们仍然会费尽心机地跨境偷运他们最爱的臭奶酪、香熏牛肉、羊肠肚、冻饺、自制芝麻酱、角豆糖浆、核桃蜜饯、牛胃汤、脾肠、金枪鱼眼、公羊睾……其实只要搜寻一番,他们就能在自己移居国超市的"国

[①] 整部小说出现了"fig tree"和"Ficus carica"两种说法来指称无花果树,"fig tree"是无花果树的英文简称,"Ficus carica"是无花果树的拉丁学名。

际食品"区找到这些美味佳肴中的好几种。但他们会说,味道不对。

第一代移民自成一派。他们经常穿着米色、灰色或棕色等不扎眼的衣服,仿佛总是在低语,从不呐喊。他们与人交往拘谨有加,自是希望能从别人那里获得尊重。他们处事也略显怪异,很少能够应对自如。他们对生活给予自己的各种机遇感激不尽,也因生活夺走自己的一些东西而伤痕累累,他们总是格格不入,某些不可言说的经历将他们与众人分离开,就像车祸的幸存者那样。

因此,当没有旁人在场时,第一代的移民们会和他们的树木聊个不停。他们对我们吐露心声,向我们讲述他们的理想和抱负,还有那些他们留在身后的东西,比如穿过铁篱时被铁丝网勾下的几缕羊毛。但大多数情况下,他们只是喜欢和我们待在一起,像同久违的老朋友聊天一样和我们叙旧。他们悉心呵护着自己的植物,尤其是那些他们从故土带来的植物。他们内心深处知道,当你从暴风雨中拯救出一棵无花果树时,你拯救的是某个人的记忆。

教　室

"艾达,请坐。"沃尔科特夫人又说了一遍,紧张的气氛让她的声音变得有些生硬。

但艾达还是没动。她不是没有听见老师讲话,她完全明白老师的要求是什么,并无意反抗,但那一刻,她就是没法让自己的身体听从自己的大脑。在她视线的一隅,她瞥见了一个盘旋的小点——笔记本上勾画的那只蝴蝶正在教室里飞舞。她心神不宁地望着它,担心别人也会看到它,尽管内心深处一个小小的独立的声音告诉她,他们不会看到的。

蝴蝶飞了一会儿,停在老师的肩膀上,又跃至她的一只状如吊灯的银耳坠上。而后,它又迅速离开,转着圈儿飞向杰森,落在他纤细的肩膀上,在他的衬衫下面蠕动。现在艾达可以在她的脑海中描绘出隐藏在杰森衣服下的瘀伤,大多数旧伤业已愈合,但还有一块相当大的新伤,是刺目的黑紫色。这个在学校里谈笑风生、自信爆棚的男孩,在家里却常常挨父亲的打。她倒吸了一口凉气。痛苦无处不在,无人幸免。唯一的区别就是,有些人会设法藏得很好,有些人则再也藏不住了。

"艾达?"沃尔科特夫人更大声地叫她。

"她敢情是聋了!"一名同学讥讽道。

"傻了吧!"

"教室里不能这么讲话。"沃尔科特夫人底气不足地说道。她又看向艾达,宽大的脸上混杂着迷惑与关切的表情,"你这是怎么了?"

艾达纹丝不动,一句话也没有说。

"你要是有什么想告诉我的,可以下课再说。我们晚会儿再谈吧?"

艾达还是没动。她的四肢拒绝做出反应,完全不由她的脑袋掌控。她记得父亲曾说过,在极冷的温度下,一些鸟会进入短暂的类似冬眠的状态,比如黑冠山雀,这样它们就可以省下能量以熬过最糟糕的天气。这正是她现在的感受,陷入了某种惯性之中,在为即将到来的事情做好准备。

"坐下吧,这个白痴真是丢人现眼呢!"

这是另一个学生的低语,还是她自己的脑子里蹦出的恶毒的声音？她永远不会知道了。她的嘴抿成一条线，下巴也紧绷着，整个人牢牢地抓住桌边，她得拼命抓住点什么，担心一松手就会失去平衡，摔倒在地。她每吸一口气，恐慌就在肺里翻搅着，渗进她的每一个神经和细胞。她刚一张嘴，它就喷涌而出，就像一条地下溪流急于冲破禁锢，喷涌而出。一个属于她自己的既熟悉又陌生的声音从内心某处遽然响起，这声音高亢而嘶哑、粗糙而荒谬。

她尖叫起来。

这始料未及的尖叫是那么有力，声音更是高得离谱，以至于教室的其他人一片沉寂。沃尔科特夫人一动不动地站着，双手按住胸口，眼眶周围的皱纹更深了。教书这么多年，她还从未碰见过这样的事情。

4秒过去了，8秒、10秒、12秒……墙上的时钟缓慢而痛苦地向前挪动。时间扭曲变形了，就像烧焦了的木头。

现在沃尔科特夫人走到她的身边，试着和她搭话。艾达能感受到老师的手指落在她的胳膊上，也知道这个女人在和她说着什么，但她根本听不清老师所说的话，因为她一直在尖叫。15秒过去了，18秒、20秒、23秒……

她的声音就像一块飞毯，将她托了起来，全然不顾她的意愿要把她带走。她感到自己悬浮着，正从天花板的一盏顶灯处观察着这一切，只不过她不觉得自己身在高处，而更像是身在事外，这是一种脱离自我的感觉，她既不属于这一刻，也不属于这个世界。

她想起自己曾经听过的一次布道，可能是在教堂，也可能是在清真寺，因为童年的不同阶段，这两个地方她都去过，尽管时间都不长。"灵魂离开身体之后会升至天国，而这一路，它会驻足回看下面的一切、超然世外、心如止水，再也不会痛苦。"这是瓦西里奥斯主教说的，还是穆罕默德伊玛目说的？银制圣像，蜂蜡烛炬，圣者和使徒的画像，一翼张开、另一翼折叠的天使加百列，残损的东正教圣经，书页有着翻痕、书脊都变了形……丝绸祷告垫，琥珀念珠，一本《穆罕默德言行录》，一册留有岁月痕迹的《伊斯兰释梦》，做了好梦噩梦都要翻开来查一查……二人都试图说服艾达信仰他们的宗教，与他们为伍。她越来越觉得，自己最终选择了虚空、虚无。一个毫无分量的外壳仍然包裹着她，把她和其他人隔绝开。不过，在本学期最后一堂课上的持续尖叫，让她感受到了一种近乎超然的感觉，仿佛她现在没有，也从来不曾受制于躯体的那个外壳。

30秒过去了。似是永恒。

她的嗓子都喊破了，但仍没停下。听自己的尖叫，会感到羞耻万分，却也同样激动不已——挣断，逃脱，不受控制，不被束缚，不知道它能带你去多远，这股无法驯服的、由内而生的力量。这是动物的天性，充满了野性。在那一刻，她与过去的自己判若两人。尤其是她的声音，好似尖锐的鹰唳、触人灵魂的狼嚎、午夜红狐刺耳的号叫。可以是这些声音中的任何一个，就是不像一个16岁女学生的尖叫。

其他学生出于惊愕和难以置信，全都瞪大了眼睛盯着艾达，像是被她的疯狂举动下了咒语。他们中有些人歪着脑袋，好像要试图弄明白这么胆小的女孩怎么会发出这么令人不安的尖叫。艾达感觉到了他们的恐惧，这一次，她感觉自己不再是那个害怕的人了。她的视线模糊起来，看见他们聚在一块儿，满脸困惑，手足无措，就像是一模一样的身体串成了一条纸链。她与这纸链毫无关系。

她与万物都毫无关系。她身处这铜墙铁壁般的孤独之中，完整无缺。她从未觉得自己被扒得如此彻底，却又如此强大。

40秒过去了。

艾达仍然在尖叫，她的愤怒——倘若这真是愤怒——向前翻涌着，就像汽油在熊熊燃烧着，没有火势减小的迹象。她的皮肤已经成了斑驳的猩红色，嗓子眼儿像被钝刀划过，脖子上的血管也因血流涌动突突直跳，她的双手仍然摊放在身前，只是现在手里空无一物。就在这时，她的脑海里突然浮现出了母亲的身影，自从母亲去世后，她第一次没有因为想到母亲而落泪。

铃响了。

教室外的走廊里，急促的脚步声、激动的交谈声混成一片，热闹非凡。兴奋，欢笑。一阵短暂的躁动后，圣诞假期就此开始了。

教室里，艾达的疯狂震慑了所有人，以至于没人敢轻举妄动。

52秒过去了，将近1分钟的时候，她的嗓子哑了，喉咙就像一根被晒蔫了的芦苇，干渴又空洞。她的肩膀耷拉下来，双膝发抖，脸也微微颤动着，仿佛刚从睡梦中被人吵醒。她安静了下来。猝不及防地开始，又猝不及防地结束了。

"搞什么鬼啊？"杰森大声嘟囔了一句，但没有人搭话。

艾达谁也没看，瘫坐回椅子上，她气喘吁吁，精疲力竭，仿佛舞台上的木偶，戏演到一半，提线却啪的一声断了。过后，艾玛·罗斯会夸张而详细地描述这一切。但这会儿，就连艾玛·罗斯也沉默了。

"你没事吧？"沃尔科特夫人满脸震惊地又询问了一遍，这次艾达倒是听到了。

远处，成团的乌云开始聚集，影子落在墙上，就像一只巨鸟飞翔时双翅留下的影子,艾达闭上双眼。一个声音在她的脑海里回荡,发出节奏沉稳的咔、咔、咔的声响,那一瞬间,她所能想到的就是,在这间教室之外的某个地方,千里万里之外的某个地方,某个人的骨头正在断裂。

无花果树

"把你埋在这儿,我会每天都来找你聊聊的,"科斯塔斯一边说着,一边把铁锹插进土里,他用力下压锹把,铲起一锹土,把它抛到身边越堆越高的土丘上,"你不会感到孤独的。"

我真希望我能告诉他孤独是人类的发明,树从不孤独。人类自以为他们确切地知道一棵树的树根止于何处,而另一棵树的根又始于何处。事实上,树根在地下相互缠绕、难分难舍,并且与真菌、细菌连在一起,因此我们才不会有这样的幻觉。对我们来说,万事万物都互相关联。

即便如此,得知科斯塔斯打算经常来看我,我还是很高兴的。我向他伸出我的枝丫,以示感谢。现在,他站得离我很近,我闻到了他身上古龙香水的味道——檀香木、佛手柑、龙涎香混合在一起。我记住了他英俊脸庞的每一处细节,高高的、光滑的前额,笔挺的、瘦瘦尖尖的鼻子,半月形的睫毛下清澈的眼睛……还有他那卷曲的头发,依旧浓密,依然乌黑,虽然些许白发已经冒了出来,鬓角也开始灰白起来。

这一年,爱,就像这不寻常的冬天一样悄然而至,缓慢而微妙,以至于当我意识到发生了什么时,已经来不及保护自己了。我就这样愚蠢地、丝毫不计后果地迷恋上了一个永远不会把我当成亲密伴侣的男人。这种突如其来的需要，这种对明知无法拥有的东西的深切渴望，让我很是窘迫。我提醒自己，生活不是一张订单，不是一场精打细算的交易，不是每一份爱都必须得到同样的回报，但事实上，我仍然忍不住地想，如果有一天科斯塔斯回应了会怎样，万一一个人爱上了一棵树呢。

我知道你在想什么。我，一棵普普通通的无花果树，怎么可以爱上一个智人？我知道，我不够漂亮，长相平平。我不是樱花，那种绚丽的日本樱花，开着妩媚的粉色花簇，朝着四面八方伸展，光彩夺目、摄人心魄。我不是糖枫，闪耀着宝石红、藏橘、金黄等诱人的深浅不一的光泽，拥有着形状完美的叶子，散发着致命的魅惑。我自然也不是紫藤，俨然一个精雕细琢的蛇蝎美人。我更不是那四季常青的栀子花，香气醉人、枝叶凝翠，也不是炎炎烈日下爬满土坯墙的三角梅，翻涌着紫红色的光彩。也不是珙桐，让你等待许久，终于等来迷人的、浪漫的苞叶，像浸着芳香的手帕在微风中飘舞。

我承认，以上种种魅力都与我无缘。如果你我在街上邂逅，你可能都不会再多看我一眼。但我相信我的平易近人正是我的可爱之处。我虽然容貌一般，也少有人赞赏，但我的神秘特质和强大内心却大有裨益。

过去的岁月里，我曾引诱成群的鸟、蝙蝠、蜜蜂、蝴蝶、蚂蚁、老鼠、猴子、恐龙进入我的树冠……还有一对懵懂的男女，他们在伊甸园里漫无目的地徘徊，眼神呆滞。没错，那不是苹果。是时候有人来纠正这个严重的误解了。亚当和夏娃屈从了无花果的引诱，那可不是脆生生的苹果，而是诱惑、欲望和激情之果。

我无意贬低我的植物伙伴，但即便是在原罪发生亿万年后的今天，平淡乏味的苹果又怎能与甘美多汁的无花果相提并论，更何况后者尝起来还有失乐园的味道？

出于对信徒应有的尊重，我们来假想一番，看看这假想能否站得住脚：第一个男人和第一个女人受到引诱吃了再普通不过的苹果而酿下大错，他们发现自己赤身裸体，于是开始瑟瑟发抖、羞愧难当，虽然担心自己随时会被上帝抓住，他们仍然在梦境一般的花园里漫步，直至偶遇一棵无花果树，才决定用他的叶子遮身蔽体。故事很有趣，但它遗漏了什么东西，我知道：就是我！自始至终都是我——善与恶、明与暗、生与死、心动与心碎之树。

亚当和夏娃分食了一颗鲜嫩的、熟透了的、美味诱人又芳香四溢的无花果，从中间撕开后，饱满而醇厚的甘甜在他们的舌头上融化开去，他们便开始以全新的目光看待周遭的世界，那些获得了知识和智慧的人常会有这样的体验。此时他们正好站在那棵树下，便用树叶把自己遮掩起来。至于苹果，抱歉，他根本不是主角。

研究一下各种宗教信经，你就会发现，每一个创世故事里都有我，我见证着人类的文明和他们无休无止的战争，我的 DNA 结合成了这么多的新形式，以至于今天全世界的每一片大陆上都有我的身影。至于情人和爱慕者，我已经够多了。有些甚至为我疯狂，疯狂到为了和我在一起不管不顾，直至他们短暂的生命结束，比如我的榕小蜂[①]。

我知道，即便如此，也不能证明我就有权去爱一个人类，得

[①] 榕小蜂：也称无花果榕小蜂，它们生活在无花果的花中，给花授粉，并把卵产在花的基部，幼虫在瘿花中发育。

到他爱的回应更是奢望。我承认，爱上自己的异类不是明智之举，这只会让你的生活变得复杂，搅乱你的日常，令你的稳定感和归属感变得一团糟。但是，话又说回来，那些期望理智去爱的人也许从来都没有爱过。

"无花果呀，到了地底下你会暖和起来的。不会有事的。"科斯塔斯说。

在伦敦住了这么多年了，他说话仍带着明显的希腊口音。嘶哑的[r]音，轻柔的[h]音，模糊的[sh]音，简略的元音，兴奋时加快、沉思或不自信时又放慢下来的语调，这一切听上去多么熟悉而令我安心啊。我听得出他话语里的每一处辗转起伏，他的声音就像清澈的水，悠漾、翻滚，涤荡着我的身躯。

他说："总之不会太久，就几个星期。"

我习惯了他跟我说话，但他从来没有像今天这样说这么多。我想知道，是不是冬天的风暴触发了他内心深处的内疚之情。毕竟，是他把我藏在一个黑色行李箱里，从塞浦路斯带到了这个不见阳光的国家。事实就是，我是被偷运到欧洲大陆的。

在希思罗机场，当科斯塔斯拉着行李箱从一个魁梧的海关官员面前经过时，我紧张不安，以为他会被随时拦下搜查。与此同时，他的妻子走在我们前面，她步履轻快，同往常一样坚定而又迫不及待。当时，德夫妮已经怀上了艾达，尽管他们还不知道。他们以为只是把我带进了英国，却没有意识到也把自己尚未出世的孩子带来了。

入境处的大门敞开了，科斯塔斯抑制不住内心的激动大喊道："我们到了，我们成功了！这是我们的新家！"

25

他是在跟自己妻子说话还是在跟我说话？我愿意相信是后者。不管跟谁，那都是16年前的事了。自那之后，我再也没有回过塞浦路斯。

尽管如此，我心里仍然装着那座岛。我们的出生之地是我们生活的雏形，即使我们离开了那里。尤其是，我经常在梦里发现自己身处尼科西亚，站在熟悉的阳光下，我的影子投射在岩石上，碰触到带刺的金雀花丛，那里开满了花，每一朵都像儿童寓言里的金币一样无瑕而闪亮。

那留在身后的过去，我全都记得。斑驳的海岸线在沙地上蜿蜒，就像手掌上的纹路一样等待着人们去解读，蝉在难耐的酷热里齐声放歌，蜜蜂在薰衣草田上嗡嗡作响，蝴蝶在第一缕晨光中张开翅膀……在一众奋力活着的生灵中，蝴蝶是最乐观的那个。

人们认为这是性格使然，是乐观主义者与悲观主义者的差别。但我相信这一切都归结于无法忘却。你的记忆力越强，乐观行事的机会就越渺茫。我并不是说蝴蝶没有记忆，他们当然有记忆。飞蛾能记得他还是毛毛虫时学到的东西。但我和我的同类，我们饱受永不磨灭记忆的折磨，我说的不是几年或几十年里的记忆，是几个世纪的记忆。

没世不忘是一种诅咒。塞浦路斯老妪诅咒某人疾病缠身时，她们不会诅咒极端的厄运降临到他身上，她们不会诉诸天打雷劈、突发意外或飞来横祸。她们只是说：

愿你没世不忘。
愿你入了土都还记得。

所以我猜这是我基因里就有的东西,我永远无法摆脱这种忧郁。一把无形的刀把它刻进了我的树皮里。

"好吧,这应该就够了。"科斯塔斯一边说着,一边检查挖好的坑,看来坑的长度和深度都很令他满意。

他舒展了一下酸痛的后背,从口袋里掏出一方手帕,擦去手上的泥。

"我得给你修剪一下,这样更容易过冬。"

他拿起一把剪刀,修剪我那歪歪扭扭的侧枝,动作敏捷而熟练。他又用一根尼龙绳圈住我,把我粗壮的枝丫捆在一起。他把捆绳小心翼翼地收紧,打了一个足够宽松的平结,这样既不会伤到我,又能令我在土坑里足够舒适。

"差不多了,"他说,"得快点了,暴风雨就要来了!"

但我很了解他,我知道他急着要把我埋好的原因不仅仅是暴风雨即将到来。他想在女儿放学回家前完成这项工作,他不想让年轻的艾达再目睹一场葬礼。

那天,他的妻子陷入昏迷后再也没有醒来。悲伤就像秃鹫一样盘旋于这栋房子,直到他吃光最后一丝轻松和快乐才离开。在德夫妮走后的几个月里,科斯塔斯仍然时不时地来到花园,坐到我身旁,通常是在午夜之前,他把自己裹在一条薄毯里,眼睛红肿着,无精打采的,就像是有人违背了他的意愿把他从湖底挖出来了一样。他从不在家里哭,不想让女儿看到他的痛苦。

就是在那样的夜里,我对他产生了感情,这让我感到痛苦。正是在那些时刻,我们之间的差异让我心痛。我很遗憾,真恨不得把自己的枝丫变成臂膀来拥抱他,把自己的细条变成手指来爱抚他，把自己的树叶变成上千条舌头来回应他的话，再把我的树干变成一颗心来接纳他。

"好了，都搞定了。"科斯塔斯打量着周围的一切说，"我现在要把你推下去了。"

他的脸上泛着温柔，眼睛里闪烁着柔和的光芒，折射出天边慢慢西沉的太阳。

"你的一些根会断掉，但别担心，"科斯塔斯说，"那些剩下的根足够让你活下去了。"

我努力保持镇静，尽量不去惊慌，我迅速地向下发出警告，告诉我的那些已经入土的四肢，几秒钟后，他们中的很多就会死去。他们也同样迅速地发回成千上万的信号，告诉我他们知道接下来会发生什么。他们准备好了。

科斯塔斯深深吸了一口气，躬身向前，把我推下地坑。起初，我纹丝不动。他便开始更用力了，他用手掌抵住我的树干，在小心翼翼、保持平稳的同时，坚定而持续地发力。

"你不会有事的。相信我，亲爱的无花果。"他宠溺地说着。

他语调中的温柔包裹着我，让我在原地舍不得移动。哪怕他嘴里只说了一个亲昵的词儿，在我心里也重若千金，把我拉回到他的身边。

慢慢地，我所有的恐惧和怀疑都不复存在，如一缕缕雾霭飘走了。那一刻，我懂了，只要见到雪花莲从地下探出头来，或者金莺在蓝天下展翅归来，他就会让我重见天日。我确信，我还会再见到科斯塔斯的，在他美丽的眼睛里，在他的灵魂里，失去爱妻后那浓郁的悲伤一直笼罩在他身上。我多么希望他能像爱妻子那样爱我。

"再见,科斯塔基①,春天时再见,到那时……"

他的脸上闪过一丝惊奇,迅速而短暂,有那么一秒钟,他似乎听到了我的声音。我们几乎就要相认了。那么近,又那么远。

科斯塔斯把我抓得更紧了,最后用力往下一推。天旋地转,世界倾覆了,铅灰色的低云和土块融为混沌一片。

当听到我的根须绷紧、断裂时,我撑住身子,为下落做好准备。一种奇特的、发闷的"咔嚓——咔嚓——咔嚓"的声音从地下传来。如果我是人,那应该是我骨头断裂的声音。

夜　晚

艾达站在卧室的窗边,把额头贴在玻璃窗上,注视着花园里的父亲,两盏夜灯将那里照得甚为可怖。他背对着她,正耙梳着阴冷地面上的干树叶。这个晚上,自他俩一起回来后,他就一直待在外面,冒着严寒忙个不停。他说,接到学校电话后他便把无花果树放在那里,让它无人看管。不管父亲是什么意思,艾达想这可能是他的另一个癖好吧。他说,他现在得赶紧去照料无花果树了,并保证几分钟之内就干完,可几分钟已经拖到近一个小时了,他还在外面。

她不断地回想起下午发生的一切。羞耻仿若一条蛇盘踞在她的肚子里,不停地噬咬她。她仍然不敢相信自己做了什么。就在

---

① 科斯塔基:此处无花果树将"科斯塔斯(Kostas)"唤作"科斯塔基(Kostaki)",后者是一种较前者更加少用,也更个人化和情感化的昵称。

那儿，当着全班同学的面，疯了似的肆意尖叫！她是怎么了？还有沃尔科特夫人的脸，面无血色、惊恐万分。这种表情一定具有传染性，因为当其他老师得知发生了什么事情时，艾达在他们脸上看到了同样的神情。当她想起自己被叫到校长办公室的那一刻，她感到一阵压抑，令她窒息。那时其他学生都走了，声音回响在空壳一般的大楼里。

他们没有苛责她，但话语中明显透露出关切，既担心她的状况，又对她的行为很是不解。今天这件事发生之前，他们大概还认为她是个性格内向的孩子，不那么羞怯，也没那么恬静，只是不喜张扬，是一个心思较重的女孩，喜欢活在自己的世界里，只是自从母亲去世后，变得更加冷漠、拒人千里了。现在发生的一切令他们对她更捉摸不透了。

他们即刻给她父亲打去了电话，他径直冲到学校，甚至没顾得上换掉在花园干活时穿的衣裳，他的靴子上沾满了泥浆，头发上还落了一小片叶子。校长和他私下谈了一会儿，艾达则坐在走廊的长凳上晃悠着双腿。

回家的路上，父亲不停地问这问那，试图去搞清楚她为什么会这么做，但他的追问却让艾达更加沉默了。一到家，她就躲进了卧室，而父亲则又去了花园。

当她意识到自己现在必须得转学了时，眼里满是泪水。还能怎样呢？在此期间，校长会处分她吗，留校察看或是其他什么处罚？如果真是这样，艾达倒是不担心的。因为校长能想出来的任何处罚都比不上新学期开学时其他同学投来的憎恶的目光。从现在起，再不会有男孩和她约会了，也再不会有女孩邀请她去自己的生日派对或一起购物了。从现在起，她被贴上了奇葩和神经病的标签,这标签就像皮肤上的刺青,每次只要她一走进教室,其他人便会一下子就联想到。想到这些,她觉得恶心难受,胃里像灌满了湿漉漉的沙子一样沉重。

越想越乱,艾达知道不能再一个人待在房间里了。她走了出去,穿过大厅时,看到墙上挂着装裱了的素描画和家庭照片,有度假的、生日的、野餐的、结婚纪念日的……幸福瞬间的记录,明亮如初、熠熠生辉,但早已物是人非,就像晦暗的星星散着孱弱的余光。

艾达拉开了通往后花园的滑动门。顷刻间,风刮了进来,桌上的一摞书、纸散落了一地。艾达把它们捡了起来,这沓纸最上面的那张,有父亲工整的笔迹,上面写着:如何用十步埋好一棵无花果树。这是一张给出了详细说明还配了简图的清单。她的父亲并不像母亲那样擅长绘画。

艾达一走进花园,就感受到了刺骨的寒冷。她先前沉浸在自己的烦恼中,不曾想过赫拉风暴的威力,但现在这感觉太真实了。空气中弥漫着一股发霉的酸味,烂树叶、湿石头还有上了潮的木头焚烧的气味混在一起。

她有意沿着石径走过去,砾石在她毛茸茸的皮拖鞋下嘎吱作响,乳白色的拖鞋后面还露着一块。她本该换上靴子再出来的,但已经来不及了。她目不转睛地盯着只有几英尺远的父亲。许多个夜晚,艾达透过自己卧室的窗户看见,就在那棵无花果树旁的同一个地方,黑暗像乌鸦围着腐肉一样包围着他。漆黑的夜幕映衬着他的轮廓,他佝偻着身子,悲痛欲绝。艾达甚至一次也没有出去过,她觉得父亲并不愿意让她看到他那个样子。

"爸爸?"她听见自己的声音有些颤抖。

他没有听见她说话。艾达走近了些,直到现在她才注意到花园有些变样了,尽管她并不能立刻就捕捉到具体是哪儿变了。当扫视这块地方时,她倒吸了一口气,这才意识到:无花果树不见了。

"爸爸!"

科斯塔斯转过身来。一见到她,他立刻露出笑颜:"亲爱的,你不该不穿夹克就出来的。"他的目光滑落到她的脚上,"靴子也没穿?艾达,你会感冒的。"

"我没事。无花果去哪儿了?"

"哦,她在这里呢,在这下面。"科斯塔斯指着脚下小心铺着的几块胶合板。

艾达又近前一步,以好奇的目光盯着掩埋了一半的地坑。今天早餐时,父亲提起过他打算把无花果树埋起来,她当时并未在意,也不太明白他的意思。现在她喃喃道:"啊,你真的这么做了!"

"我必须这么做。我担心她可能会顶梢枯死。"

"什么意思?"

"就是说树在极寒天气里可能会死掉。有时候霜冻会带来灭顶之灾,有时候是反复冻融。那样他们就不行了。"科斯塔斯蹲下来,把一些护根用的材料扔在胶合板上,并用手拍了拍,好让它沉下去。

"爸爸?"

"嗯?"

"你为什么总把这棵树说得像个女人似的?"

"嗯,她……它是雌性的。"

"你怎么知道?"

科斯塔斯站起身来,花了一点儿时间来回答她:"有些物种是雌雄异株的,这意味着每棵树都有明显的雌性或雄性特征。柳树、杨树、紫杉、桑树、白杨、杜松、冬青……他们都这样。但也有许多是雌雄同株的,同一棵树上同时开雄花和雌花。橡树、柏树、松树、桦树、榛树、雪松、栗树……"

"无花果是雌性的吗?"

"无花果树很复杂,"科斯塔斯说道,"大约一半是雌雄同株,一半是雌雄异株。无花果有多个栽培品种,地中海地区还有一种'野生无花果',果实不能食用,通常只用来喂山羊。我们的无花果树是雌性的,而且还是单性繁殖品种,就是说她可以自己结果,不需要附近有雄株。"

他停了下来,意识到自己说得太多了,担心这样可能又弄丢了她,这些天他似乎总是这样适得其反。起风了,灌木沙沙作响。"我不想你着凉,亲爱的。进屋去吧。我过几分钟就来找你。"

"你一个小时前就是这么说的,"艾达耸了耸肩,"我没事的,我能留下来帮帮你吗?"

"当然,只要你乐意。"

对于她出乎意料地主动提出帮忙,他尽量不显露出自己的惊讶。自从德夫妮死后,在他看来,父女俩的感情就像钟摆一样摇摆不定。每当他问起她的学校和她的朋友们时,她都闭口不言,只有当他埋头工作时,她才会稍稍敞开一点心扉。他越来越注意到这一点,为了让她近前一步,他必须先退后一步。这让他想起她小时候,每个周末他们都手牵着手去操场。那是个迷人的地方,有障碍训练场,还有许多木制设备,尽管艾达几乎从未注意过它们——她只对秋千感兴趣。每次科斯塔斯推一把秋千上的她,看着她开心地踢着腿从他身边飞走,飞到空中时,艾达就会大喊:"再高点,爸爸,再高点!"尽管科斯塔斯担心她可能会翻倒过来,或者金属链会断掉,但一番心理斗争后,他仍会推得更猛。随后,当秋千落回来时,他不得不让开道儿,给她腾出空间。所以还是这样,来来回回。父亲给女儿让出空间,让她获得自由。只不过,在最初的那些日子里,他们有很多可以互相分享的事情,他们会聊个不停。那时,这种尴尬而痛苦的沉默还没有在他们之间形成。

"那我需要做些什么呢?"艾达意识到他并没有给自己下达指令。

"好哦,我们需要用土壤和树叶盖住地坑,我这儿还有一些稻草。"

"没问题。"她说。

他们肩并肩地开始工作:他聚精会神,专心致志;而她心烦意乱,行动迟缓。

远处的某个地方,救护车的警笛声划破了寂静的夜色。路的尽头,一只狗吠叫了几声。然后,一切又复归寂静,只有屋前那扇松了的门时不时地撞击着铰链。

"会痛吗?"艾达声音很轻地问道。

"什么?"

"当把一棵树埋起来时,它会感到痛吗?"科斯塔斯扬起紧绷的下颚,"这个问题有两种回答方式。科学共识是,树并不像大多数人一样有知觉……"

"但你好像并不认同?"

"嗯,我认为我们所知甚少,人类才刚刚开始发现树的语言。但可以确定地讲,他们能听见、看见,还能交流,他们当然也有记忆。他们能够感知到水、光和危险。他们还能给其他植物发信号,互相帮助。他们要比大多数人所意识到的更生动有趣。"

"尤其是我们的无花果树,要是你知道她有多特别就好了。"

科斯塔斯还想补充这一句，但忍住了。

在花园里微弱的灯光下，艾达端详着父亲的脸。这几个月以来，他明显老了。眼睛下面已经有了眼袋，就像灰白的月牙。痛苦镌刻进了他的面容，增添了整张脸的立体感。她看向别处，问道："但是你为什么总是和无花果说话呢？"

"我吗？"

"是的，你总是这样，我以前听你说过。但是你为什么这么做呢？"

"嗯，她是个很好的倾听者。"

"得了，爸爸！我是认真的。你知道这听起来有多另类吗？如果有人听到你和树说话会怎么想？他们会认为你疯了。"

科斯塔斯笑了。他突然想到，也许年轻人和老人之间最显著的区别之一就在于这一细节。随着年龄的增长，你越来越不在意别人怎么看你，只有那时你才能愈加自由。

"别担心，我的艾达，周围有人的时候我不会跟树说话。"

"是啊，但是……总有一天会有人看见的。"她一边说，一边将一把干树叶撒在坑里，"我很抱歉，但我们到底在这儿做什么呢？如果邻居看见了，他们会以为我们在掩埋尸体。他们可能会报警的！"

科斯塔斯垂下眼睛，他脸上的微笑消失了，取而代之的是某种说不清道不明的东西。

"说实话，爸爸，我不想伤你的心，但是你的无花果让我毛骨悚然。我能感觉到它有点怪怪的。有时我觉得它（她），在听我们说话，在监视我们。我知道，这听起来疯狂得很，但这就是我的感觉。我想说，有没有可能？树能听到我们在说什么吗？"

35

顷刻之间,科斯塔斯的脸上闪过一丝不安,然后他说道:"不,亲爱的。你不必为这样的事情担心。树可能是不同寻常,但我还不至于那么离谱。"

"行,好吧。"她走到一边,默默地看他又工作了一会儿,"你打算把她埋多久?"

"几个月吧。等天气暖和了,我就把她挖出来。"

艾达嘘了一声:"几个月好久啊。你确定她还能活下来?"

"她不会有事的,"科斯塔斯说,"她经历过很多事情了,我们家的无花果树,你妈妈总叫她战士。"

他停了下来,好像是担心自己说得又太多了。他迅速地在地坑上铺了一块防水布,并在四个角上各压了块石头,以确保它不会被风刮走。

"我想这就行了。"他掸去手上的灰尘,"谢谢你的帮助,亲爱的。我很感动。"

他们一起走回房子,风把他们的头发吹乱了。尽管艾达知道那棵无花果树不可能从那个洞里钻出来跟着他们走,因为它剩下的根还牢牢地埋在泥土里,但就在关门之前,她还是忍不住回头看了一眼黑暗冰冷的地面,当她这么做的时候,她感到一股寒意爬上她的脊柱。

无花果树

"你的无花果让我毛骨悚然。"她居然这么说,她为什么要这么说?因为她怀疑我可能并不像看上去那么简单。嗯,确实是,但这并不意味着我就令人毛骨悚然。

人类啊！在观察了他们这么长时间之后，我得出了一个悲观的结论：他们并不真想更多地了解植物。他们不想搞明白我们能否自主选择、是否有利他主义思想和亲缘关系。有趣的是，他们在某种抽象的层面考虑这些问题，他们宁愿不去探索，不予回答。我想，他们发现，如果假定树没有传统意义上的大脑，只能经历最基本的生存，一切都会变得简单些。

好吧……任何一个物种都没有义务去喜欢另一物种，这是肯定的。但是，如果你要像人类一样，声称自己比过去和现在的其他所有生命形式都要优越，那么你必须了解这地球上最古老的生物，他们在你到来之前就早已存在了，在你离开之后也会继续存在。

我猜，人类刻意不去更多地了解我们，也许是因为他们潜意识里觉得，他们发现的东西可能会令其不安。比如，难道他们愿意知道树木能够有目的地调节和改变自己的行为？如果这是真的，那意味着不一定非得依赖大脑才能拥有智力。或者，树木可以通过土壤中的网状真菌网络发送信号，警告他们的邻居前方有危险，比如靠近的捕食者或致病的虫子，并且由人类直接导致的滥砍滥伐、森林退化和干旱使这些压力信号最近已经升级了。或者，藤蔓植物博奎拉三叶草的叶子会通过变形来模仿其所攀缘的植物的形状或颜色，这使得科学家们很好奇他是否拥有某种视觉能力。或者，树的年轮不仅透露了他的年龄，还藏着他遭受过的包括野火在内的创伤，濒死的经历深深地刻在每一道年轮里，成为一个个难愈的伤疤。或者，刚修剪过的草坪的味道会让人想到洁净与复苏，以及所有新鲜的、充满热情的事物，但实际上这是草发出的一种求救信号，用来警告其他植物并寻求帮助。或者，植物能认出他们的亲朋好友，能感受到你的抚摸，有一些甚至还会数数，比如捕蝇草。或者，森林里的树木能预知鹿何时前来觅食，他们会在树叶中注入一种水杨酸来保护自己，这种水杨酸有助于产生令鹿群厌恶的单宁酸，从而巧妙地击退他们。或者，在撒哈拉沙漠里有一棵被人们称为"世上最孤独的树"的金合欢，他长在古代商旅路线的十字路口，这种神奇的生物通过把根扎得又远又深，在极端炎热和缺水的环境下独自生存了下来，直至不久前一个醉酒的司机驾车撞倒了他。又或者，许多植物遭到威胁、攻击或砍伐时，会产生功效类似于麻醉剂的乙烯，研究人员将这种化学物质的释放描述为类似于听到植物在紧张时发出尖叫。倘若人类发现了以上罗列的事实，他们还能开心得起来吗？

树大多数的痛苦都是由人类造成的。

城里的树比农村的树长得快，但我们一般也死得更早。

人们真想知道这些事情吗？我不这么认为。坦白说，我甚至都不确定他们眼里有没有我们。

每一天，人类都从我们身旁经过，他们坐在树荫下休憩、抽烟、野餐；他们摘下我们的叶子和果实，喂饱自己的肚子；小时候，他们砍下我们的树枝当马骑，长大后，他们更加残忍了，用我们的枝条鞭笞以驯服他人；他们把爱人的名字刻在我们的树干上，发誓要相爱到永远；他们把我们的针叶编成项链，把我们的花涂成艺术品，把我们劈成柴火烧掉取暖；有时，他们砍掉我们只因为我们挡住了他们的视线；他们用我们造摇篮、酒瓶塞子、口香糖、质朴家具，用我们弹奏出世上最动人的音乐，把我们变成冬夜里让他们沉浸其中的图书；他们还用我们打棺材，死了躺在里面，和我们一起埋在地下六英尺深的地方；他们甚至还为我们创作浪漫的诗歌,赞誉我们是连接天与地的桥梁。然而,即便如此,他们眼里还是没有我们。

我认为人类难以理解植物的一个原因是,为了与外在事物建立联系并真正给予它关心,他们需要与一张脸互动,这张脸与他们的脸越接近越好。动物的眼睛越引人注目,它就越容易得到人类的同情。

猫、狗、马、猫头鹰、小兔子、侏儒猴,甚至那些把鹅卵石当浆果一样吞下去的没有牙齿的鸵鸟,他们都得到了应得的爱。但是蛇、老鼠、鬣狗、蜘蛛、蝎子、海胆,就得不到那么多的爱了……眼睛最小或根本没有眼睛的生物是最没有机会被人爱的。说到底,树也一样。

树或许没有眼睛,但我们有视觉。我对光有反应。我能探测紫外线、红外线和电磁波。如果我现在没被埋起来,下次艾达靠近我的时候,我就能知道她穿的是蓝外套还是红外套。

我喜欢光。我需要光,不仅要靠它把水和二氧化碳转化成糖,以便我生长、发芽,光还让我感到安全。植物总是向光弯曲。搞明白了这一点后,人类便利用这些知识来欺骗和操控我们,以达到自己的目的。花农在半夜开着灯,让菊花在不该开花的时候开花。只要给一点光,你就能让我们做很多事。带着爱的承诺……

"几个月好久啊……"我听见艾达这么说。她并不知道我们有着不同的时间观。

人类的时间是线性的,是一个从过去到未来的简单连续体,他们认为过去业已终结、不可改变,而未来尚未触及、未被玷污。每一天都是崭新的一天,充满了新鲜的事情,每一段爱情都与前一段截然不同。人类对新鲜事物的胃口永无餍足,我觉得这对他们没多大好处。

树的时间则是环形的、周期性的、多年不变的,过去与未来都在这一刻呼吸,而现在也不必朝一个方向涌淌。相反,它在圈里画圈,就像你砍倒我们时发现的年轮一样。

树的时间相当于"故事时间",而且,就像故事一样,一棵树不会沿着完美的直线、完美的曲线或精确的直角方向生长,而是弯曲、盘绕、岔分成不可思议的形状,令人惊奇的枝丫和富有创意的弧线旁逸斜出。

人的时间和树的时间并不相容。

埋下无花果树十步法

1. 待严霜或冬季强风暴使树叶凋落时着手。

2. 赶在地面上冻之前,在树前挖一个地坑。确保它足够长、足够宽,可以让整棵树舒舒服服地躺在里面。

3. 修剪侧枝和较高的垂直新枝。

4. 用一根麻绳把剩下的垂直枝捆住,注意不要捆得太紧。

5. 在树的周围挖到大约一英尺深。你可能需要用铁锹或锄头来斩断根部,但不要触及侧根,注意不要斩断所有的根。确保根球完整,并且还能很容易地旋转到地坑里。

6. 小心地将树向下扳倒。继续推,直到树水平躺到地坑里（树枝可能折断，小根可能断裂，但最大的根会活下来）。

7. 用干树叶、稻草、绿肥或木质护根物等有机物质填满地坑。给树盖上至少一英尺厚的土壤。然后可以用板子做进一步的隔冻。

8. 在树的顶部放几块胶合板，留出空隙以便空气和水流通。

9. 用多孔织物或防水布盖住所有的东西，在织物或防水布的边上堆上几英寸的表土或放上石头，以免风把它们刮走。

10. 对你的无花果树说些安慰话儿，相信她能行，并等待春回大地。

陌生人

第二天，气温骤降，天冷得很，尽管醒得很早，艾达还是不愿意钻出羽绒被。要不是座机铃声响了，她可能整个上午都在床上打瞌睡、看书。铃声吵个没完，她从床上跳了下来，一种莫名的恐惧攫住了她，她担心又是校长打来的电话，虽说是周末，但万一他急着告诉父亲他想到了合适的惩罚方式呢？

艾达每走一步，心跳就加快一拍。还没走到厨房，她停了下来，听到父亲拿起了话筒。

"喂？"科斯塔斯应声道，"哦，是……你好。我本来打算今天给你打电话的。"他的声音不同寻常，有期待的感觉。

艾达把背靠在墙上，试图弄清楚电话那头的人可能是谁。她感觉是个女人。当然，可以是任何人——同事、儿时的朋友，甚至是父亲在超市排队时遇上的一个人，尽管他不是那种轻易就能跟别人交上朋友的人。虽说不大可能，但也可能还有其他情况，只是她还没有做好考虑这些的准备。

"是的，不管怎样，随时恭候，"科斯塔斯继续说道，"你愿意什么时候来都行。"

艾达深吸了一口气，仔细琢磨着他的话。她父亲很少招待客人，母亲在世时他就这样，就算招待客人，通常也都是同事。可这番话听起来却不像是招待同事。

"还好你设法登上了飞机——许多航班都取消了。"他压低了声音，然后又轻声补充道，"只是，我还没来得及告诉她。"

艾达感到脸颊有些发烫，一层阴郁笼罩在她的心头。她意识到，这或许说明父亲有了一个秘而不宣的女友。这种情况持续多久了？到底是什么时候开始的，母亲去世后不久，还是在那之前？他俩一定是认真的，否则他就不会要把她带到家里来了，这里可到处都是关于母亲的记忆啊。

她小心翼翼地透过厨房门往里看。

父亲坐在桌子的一头，眼睛低垂着，摆弄着电话线。他看上去有点紧张。

"不，不！当然不行！你不能去旅馆。我不同意。"科斯塔斯继续说道，"很抱歉让你赶上这么糟糕的天气，我很想带你四处转转。是的，你应该从机场直接过来。没关系，真的。我只是需要点时间和她谈一下。"

父亲挂了电话，艾达在心里数到 40 后走进了厨房。她给自己冲了一碗麦片，又倒进去一些牛奶。

"说吧，是谁？"她问道，尽管她一开始决定假装什么都没有听见。

科斯塔斯歪了下头，指了指身边最近的椅子。"我的艾达，请坐。我有重要的事要和你讲。"

艾达心想这不是个好兆头，不过她还是照吩咐坐了下来。

科斯塔斯低头看了一眼杯子，咖啡已经凉了。不过，他还是喝了一大口："是你姨妈打来的。"

"谁？"

"你妈妈的姐姐，梅耶姆。你以前很喜欢她寄给我们的明信片，还记得吗？"

虽然艾达从小就把那些明信片翻来覆去地看个不停，但她现在并不愿承认这一点。她挺直了腰，又问："她怎么了？"

"她现在在伦敦，从塞浦路斯飞过来的，想来看看我们。"

艾达眨了下眼睛，浓黑的睫毛拂了下面颊："为什么？"

"亲爱的，她想见见我们，但主要还是想见见你。我告诉她，她可以和我们住上几天，嗯，稍长一点吧。我觉得你们互相了解一下，对各自都有好处。"

艾达把勺子伸进碗里，一些牛奶从碗边溢了出来。她慢慢地搅动着麦片，强装镇静。

"这么说你没有女朋友？"

科斯塔斯的脸色变了："原来你是这么想的？"

艾达耸了耸肩。

科斯塔斯把手伸过桌子，握住女儿的手，轻轻捏了一下："我没有女朋友，也不打算找女朋友。对不起，我应该早点告诉你梅耶姆的事。她上周给我打了个电话。说她打算过来看看,但还不确定能不能来。很多航班都取消了,坦白说,我以为她也得推迟计划了。我本打算这周末跟你谈谈的。"

"她这么着急来看我们,为什么不来参加妈妈的葬礼呢?"

科斯塔斯靠在椅背上,头顶的灯光把他脸上的皱纹照得更加分明了。"听着,我知道你很难过,你完全有理由这样。但你为什么不听听你姨妈会怎么说呢?也许她可以自己回答这个问题。"

"我不明白你为什么对这个女人这么好。你为什么一定要邀请她来我们家?如果你这么想见她,你可以找个地方和她喝杯咖啡的。"

"亲爱的,我从小就认识梅耶姆了。她是你妈妈唯一的姐姐。她的家人。"

"家人?"艾达嘲笑道,"我根本不认识她。"

"好吧,我明白了。我建议让她来家里,如果你喜欢她,会很开心认识她的;如果不喜欢,你也会庆幸以前没见过她。不管怎样,你都没什么损失。"

艾达摇了摇头:"爸爸,这太让人无语了。"

科斯塔斯起身走到水池边,眼里满是难掩的疲倦。他倒掉没有喝完的咖啡,洗了洗杯子。外面,无花果树被埋的地方,一只红腹灰雀正不慌不忙地啄着投食器,似乎它以为这个花园里永远都有食物。

"好吧,亲爱的。"科斯塔斯回到桌子边妥协道,"我不想让你有压力。如果你觉得不舒服,那也没关系,我会单独去见梅耶姆。和我们待几天后,她打算去拜访一位老朋友。我想她可以马上去那里的。她能理解的,别担心。"

艾达鼓起腮帮，又慢慢地吐气。她觉得自己准备说的所有话现在都毫无意义了。这时，一股新的愤怒涌上了她的心头。她不希望父亲就这么轻易放弃，她厌倦了看着他在所有与自己发生的争执中败下阵来，无论是鸡毛蒜皮的小事还是颇为重要的大事，每次他都像受伤的动物一样退缩到他的角落里。

她的愤怒变成了悲伤，悲伤变成了顺从，顺从变成了一种麻木，这麻木越发膨胀起来，将她内心的空虚填满。到最后，姨妈来不来看他们几天又有什么关系呢？这一切都会像她过去寄给他们的明信片一样转瞬即逝，变得毫无意义。诚然，让一个陌生人在家里走来走去是挺令人讨厌的，但也许她的出现会或多或少掩盖住父亲和她之间那道可悲的日益加深的鸿沟。

"你知道吗，我真的不在乎，"艾达说，"随你的便。让她来吧。但别指望我会配合你，好吗？她是你的客人，不是我的。"

无花果树

梅耶姆来伦敦了！这真是不可思议。我上次听到她沙哑的声音时还是在塞浦路斯，而且已经是很久以前的事了。

我想现在是时候告诉你一些有关我的重要的事情了：我不是你想的那样——一棵长在伦敦北部某个花园里的柔弱无助的小无花果树。或许我是那样，但绝不仅于此。或者也许我应该说，我这一生过了好几个轮回，也就是说，我是个老人了。

很久以前，我在尼科西亚出生并长大。当时认识我的人见了我都会忍俊不禁，眼中泛出温柔的光。他们对我很是珍视和宠爱，

以至于还用我的名字命名了一整间酒馆。这家酒馆棒极了,方圆几英里之内无出其右!入口处的黄铜牌子上写着:

| 幸福无花果 |

在这远近闻名的餐厅酒吧里,在这人潮涌动、热闹非凡,洋溢着欢乐和好客的气氛中,我的根就扎在这儿,身子则穿过房顶上他们特意为我开的一个洞。

每位来塞浦路斯的游客都想在这里用顿餐,如果他们能够幸运地找到一张桌子,就能品尝到著名的西葫芦花馅儿,还有用露天木炭烤制的鸡肉串。这个地方会为你提供最可口的食物、最动听的音乐、最醇香的佳酿和最美味的甜点,烤无花果配蜂蜜大料冰淇淋是这家店的一道特色甜点。不过,这里的老主顾们说,这里还有它的独特之处:它能让人忘掉外面的世界和无尽的悲伤,哪怕只有几个小时。

我长得又高又壮,自信满满,令人吃惊的是,就我的年龄而言,我身上居然仍挂满了美味甘甜的无花果,每颗果实都散发着芬芳。白天,我喜欢听盘子的碰撞声、顾客的闲聊声、音乐家的歌声,他们会用希腊语和土耳其语唱歌,唱的是关于爱、背叛和心碎的歌。晚上,我像那些从来都找不到理由去怀疑明天会比昨天更好的人一样,安然入睡。直到这一切都戛然而止。

岛分裂了,酒馆失修,很久之后,科斯塔斯从我的树枝上砍下一截,放进了他的行李箱里。幸好他这么做了,不然我就灰飞烟灭了,对此我永远心存感激。我当时已经奄奄一息,你知道的,我说的是在塞浦路斯的那棵树。但砍下来的那一截也是我,我活了下来。十英寸长的一小截，还没有小手指粗，就是这一小截长成了一个克隆体，基因完全相同。在伦敦的新家，我从这个克隆体里抽芽生长。我的枝干和以前的并不完全一样，但我们在其他细节上都很像，塞浦路斯的我是谁，英国的我就将成为谁。唯一不同的是，我不再是一棵快乐的树。

从尼科西亚到伦敦，旅途漫长，为了让我安全抵达，科斯塔斯先是小心翼翼地用好几层潮湿的粗麻纸把我包裹了起来，然后才把我塞到他行李箱的底部。他知道这样有风险。英国的气候不够温暖，我可能无法茁壮成长，更不用说结出可食用的果实了。但他冒了这个险，而我也没有让他失望。

我喜欢我在伦敦的新家。我努力融入其中，获得归属感。我偶尔也会想念我的榕小蜂，不过幸运的是，在过去几千年的进化中，已经有了单性结实的无花果树，我就是其中之一，我不再需要授粉。尽管如此，我还是花了七年的时间才能再次结果。这是背井离乡和重新安家对我们造成的影响：当你离开家乡去往未知的海岸时，你不可能再一如从前地活着，只有当你内心的一部分死掉了，另一部分才能重新开始。

今天，当其他的树询问我的年龄时，我发现自己很难给出一个确切的答案。我记得自己最后一次在塞浦路斯的那家酒馆里，那时我已经96岁。现居英国的我——从砍下的一小截里长出来的我，现在已经16岁出头了。

你是否总是要用简单直接的算术把月份和年份相加得出一个人的年龄？在某些情况下，为了得到正确的总数，我们需要抵掉时间的流逝，这样实际上是不是更明智一些？说到我们的祖先，他们也能经由我们而继续存在吗？这难道就是为什么当你遇到一些人，就像遇到一些树一样，你会不由自主地觉得他们一定比按时间计算出的年龄要老得多？

当每个人的生命都有不止一条生命线时，我们所谓的出生并不是唯一的开始，死亡也不是真正的结束，你要从哪里开始某个人的故事呢？

花　园

星期六晚上，艾达刚喝完一瓶无糖可乐，科斯塔斯也刚喝完他今天的最后一杯咖啡，这时门铃响了起来。

艾达退缩了："会是她吗？已经到了吗？"

"我去看看。"科斯塔斯离开房间时抱歉地瞥了女儿一眼。

艾达把手放在腿上，检查着她的指甲，所有的指甲都被咬到活肉了。她慢慢地抠着右手拇指上的角质层。几秒钟后，走廊里传来说话声。

"嘿，梅耶姆，你来了！很高兴见到你。"

"科斯塔斯，我的天哪，看看你！"

"而你……而你一点都没变。"

"啊，这真是个弥天大谎，但你知道吗，这把年纪了，能接受什么就接受什么吧。"

科斯塔斯笑了："我来帮你拿行李。"

"谢谢你，恐怕它们有点重。对不起，我知道我应该这周早些时候就打电话和你确认我要来的。事情变得非常忙乱，直到最后一刻我才知道我能搞到航班，我甚至还和旅行社吵了几句……"

"没关系,"科斯塔斯温和地说道,"你能来,我很高兴。"

"我也是……我很高兴终于到了。"

艾达坐直了身子听着,他们交流中的亲密感让她很是惊讶。她更用力地扯着角质层,在她的活肉和拇指指甲之间出现了一滴鲜红的小血珠。她飞快地吸掉了它。

过了一会儿,一个女人走了进来,她裹着一件毛茸茸的灰褐色大衣,戴着一顶兜帽,这使她的圆脸显得更圆,橄榄色的皮肤也更加暖人。她的眼睛是淡褐色的,有一些铜色的斑点,在细眉毛下微微分开;她的头发就像红褐色的波浪一样垂到了肩上;她的鼻子无疑是最显眼的,结实、棱角分明,左鼻孔里还闪烁着一颗极小的水晶钉。艾达打量着他们的客人,断定她长得一点也不像自己的母亲。

"噢,哇——这一定是艾达!"

艾达咬着脸颊内侧,站起身来:"嗨。"

"我的天哪,我还想着会看到一个小女孩呢,没想到都长成大姑娘啦!"

艾达小心翼翼地递过去一只手,不料那女人飞快地躬身,将她一把搂进了怀里,她宽大柔软的胸脯撞在艾达的下巴上。她的脸颊被风吹得冰凉,身上混杂着玫瑰露和柠檬古龙香水的味道。

"让我瞧瞧!"梅耶姆放开自己的手臂,抓住艾达的肩膀,"哟,你可真漂亮,跟你妈妈一样!比照片上的还漂亮。"

艾达后退一步,从女人的怀抱中挣脱出来:"您有我的照片?"

"当然,好几百张呢!你妈妈寄给我的。我把它们收在相册里。连你婴儿时的小脚泥印模我都有,太可爱了!"

艾达的左手紧紧攥着流血的拇指,感觉到它在稳定而有节奏

49

地颤动。

就在这时,科斯塔斯提着三个大箱子进了房间,每个箱子都是淡粉色的,上面印着玛丽莲·梦露的脸。

"哦,瞧你。快别麻烦了,赶紧放下来。"梅耶姆慌乱地说。

"小事一桩,"科斯塔斯说,"你的房间已经备好了,不妨先休息一下。或者我们先喝杯茶。你看吧,要不先吃点东西?"

梅耶姆瘫倒在离自己最近的扶手椅里,抖掉身上的外套,满手的镯子和戒指叮当乱响。一条金项链在她脖子上闪闪发亮,项链上穿了一颗邪恶之眼[①]珠子,珠子泛着幽蓝的光,一眨也不眨。

"我不饿,谢谢你——飞机上的饭分量少得可怜,可吃了却让人像河豚一样鼓鼓的。所以拜托,千万别再让我吃东西了。不过一杯茶还是要有的——只是不要奶。为什么英国人要加奶?我一直搞不明白。"

"没问题。"科斯塔斯把行李箱放在地板上,朝厨房走去。

艾达猛然发现自己不得不和这个咋呼的陌生人独处一室,她感到肩头发紧。

"和我说说,你上的是哪所学校呀?"梅耶姆用银铃一般清脆的声音问道,"你最喜欢什么科目呀?"

"抱歉,我最好去帮一下我父亲。"艾达说着,不等她回答就跑出了房间。

进了厨房后,艾达发现父亲正在往水壶里灌水。

[①] 邪恶之眼:土耳其传统文化中的一种护身符,通常是一个蓝色的眼睛图案,眼睛中心为白色或黑色。土耳其人认为邪恶之眼能够驱散或者吸引邪恶的目光,起到保护和驱邪的作用。

"怎么着?"艾达走近灶台时,咕哝了一句。

"什么怎么着?"科斯塔斯随声附和道。

"你不打算问问她为什么来这里吗?一定事出有因。我打赌肯定和钱有关。也许我外祖父母去世了,遗产继承上有一些纠纷,她想要我母亲的那份。"

"我的艾达,别急着下结论。"

"那就去问她呀,爸爸!"

"我会的,亲爱的。我们会的。一起问,别着急。"科斯塔斯边说边把水壶放到炉子上。他在托盘上摆好茶杯,又打开一包饼干,这才意识到饼干快吃完了。他忘记去购物了。

"我不喜欢她,"艾达咬着下唇说,"她也太浮夸了。你听到她说我的婴儿脚印了吗?真腻歪。跟房主人素未谋面,一上来就套近乎,真没把自己当外人。"

"好了,你还是来泡茶吧,茶壶准备好了,只要加水就行。少说两句行不?"

"行。"艾达叹了口气说。

"我去和她聊聊,你在这儿待会儿吧。别紧张,你想来了再来。"

"我非得过去吗?"

"想开点,阿迪莎①,我们给她一个机会吧。你妈妈爱她的姐姐,就当看在她的分儿上。"

在厨房里等着水烧开时,艾达靠着灶台,心事重重的。

"你真漂亮,"她姨妈说,"和你妈妈一模一样。"

---

① 阿迪莎:艾达的昵称。

艾达想起前年夏天那个昏昏欲睡的下午。大片的牵牛花和金盏花把花园涂成了艳丽的橙紫色,死亡还不曾造访这个家。她和母亲坐在躺椅上,光着脚,腿在太阳下晒得发烫。母亲咬着铅笔头在做填字游戏。艾达在她身旁一边喝着柠檬水,一边写一篇关于古希腊诸神的学校论文,但她发现自己很难集中注意力。

"妈妈,阿芙洛狄忒真的是奥林匹斯女神中最漂亮的吗?"

德夫妮拨开眼前的一缕头发,看了她一眼:"是的,她很漂亮。但是她人好不好,就很难说了。"

"啊?她很刻薄吗?"

"嗯,她可能是个婊子,抱歉我说了脏话。她都不站在妇女这一边。要我说,她的女权主义课肯定挂了科。"

艾达咯咯地笑了:"说得就好像你认识她似的。"

"我当然认识!我们都来自同一座岛。她出生在塞浦路斯,从帕福斯的泡沫中诞生。"

"我不知道这个。那她是美与爱的女神吗?"

"是的,就是她。她也是纵欲和享乐之神,还是生育之神。尽管有些功劳是后来被罗马化为维纳斯之后又加上的。早期的阿芙洛狄忒更是个危险分子,也更自私。在那张美丽的面孔下藏着一个试图控制女性的女恶霸。"

"这从何说起呢?"

"嗯,有一个年轻又聪颖的女孩叫波吕丰忒。她很聪明,却也倔得很。她看看自己的母亲,又看看自己的姨妈,她决定过一种不同的生活。不要婚姻,不要丈夫,不要财产,不要家庭责任。幸好我有你们!相反,她要去周游世界,直至找到她想要的东西。如果找不到,她就去加入阿尔忒弥斯,成为一名贞女祭司。这就是她的计划。当阿芙洛狄忒听到这个消息时,她勃然大怒。你知道她对波吕丰忒做了什么吗?她把她逼疯了,可怜的女孩疯了。"

"一个女神为什么要这么做啊?"

"这问题问得好。在所有的神话、童话故事里,打破社会常规的女性总是受到惩罚的那个。通常惩罚是心理上的、精神上的。老生常谈了,对吧?还记得《简·爱》里罗切斯特先生的第一任妻子吗?波吕丰忒是地中海版的疯女人,只不过我们没有把她锁在阁楼里,而是把她喂给了熊。不想融入文明社会的女人,就得到了不文明的下场。"

艾达想撇嘴笑一下,但内心的某种东西让她笑不出来。

"不管怎样,这是我要告诉你的阿芙洛狄忒,"德夫妮继续说道,"不与女人为友。不过,美倒是真美!"

当艾达把装好茶壶、瓷茶杯和一盘酥饼的托盘端回客厅时,她惊奇地发现客厅已经空无一人了。

她把托盘放到咖啡桌上,环视了一下四周:"爸爸?"

客房的门半开着。姨妈不在里面,只有她的行李箱扔在床上。

艾达又查看了书房和其他房间,父亲和姨妈都不见了。当她再次回到客厅时,她才注意到,在厚厚的窗帘后面,通往花园的落地窗的锁打开着。她推开门,走了出去。

冷。屋外冷得刺骨,光线也很昏暗,一定是有一盏夜灯坏掉了。银色的月辉落在石头小径上。当她的眼睛适应了周遭的阴影时,她认出了附近的两个人影。尽管暴风雨马上就到,天已经在下着雨夹雪了,但她的父亲和姨妈就站在那里,肩并肩地站在埋着无花果树的地方。夜幕之下,他们的剪影重叠在一起,这一幕看起来如此怪异，把艾达吓了一大跳。

"爸爸？你们在做什么？"她问道，风却把她的声音刮走了。

她走近了一步，又走近了一步。现在，她可以清楚地看到他们了。她的父亲挺直身子，双臂交叉，头微微偏向一侧，一言不发。姨妈怀里抱着一堆石头，这堆石头一定是她从花园里捡来的，她的嘴唇在动，像是在祈祷，语速很快，一句赶着一句，上气不接下气地恳求着。她在说些什么呢？

结束后，那女人先是把石头放在地上，然后再一块一块垒起来，把它们垒成小塔。这种富有节奏的声音让艾达想起海浪轻拍船舷的声音。

在这之后，艾达听到了一段旋律，深沉、质朴、仿若哀鸣。她不由自主地向前倾了倾身子。她的姨妈在唱歌，嗓音低沉却又令人着迷。这是一首挽歌，用她听不懂的语言唱的，但她并不怀疑个中的悲切之情。

艾达停住了脚步，不论他们正在做什么，她都不敢上前打扰了。她原地等着，头发被风吹得乱飞，双手的指甲深深地扎进了手掌里，尽管直到后来她才意识到这一点。她半躲在阴影里，看着站在被埋的无花果树旁的两个成年人，他们奇怪的行为吸引着她，却又同样把她推开，她仿佛成了他人梦境的见证者。

无花果树

  这是为死者举行的仪式。这是一种古老的仪式，引导爱人的灵魂抵达安全之地，这样它就不会在广阔的苍穹之外游荡。按照惯例，这个仪式应该在无花果树下举行，但鉴于我目前的位置，我想这次得在无花果树上面了。

  我躺在那儿，听着那低沉、洪亮而又稳定的敲击声，一块石头垒在了另一块石头上，越垒越高，就像一根支撑着天穹的柱子。相信这些东西的人说，这种声音代表着一个迷失的灵魂踏过西拉特桥[①]时的脚步声，这桥比一缕头发丝还细，比一把宝剑还锋利，横亘在现世和来世之间的虚空中摇摇欲坠。每走一步，灵魂就会抛掉它无数重担中的一个，直到最终放下一切，包括所有深藏其中的痛苦。

  了解我们的人会告诉你，一直以来无花果树均被奉为圣树。许多文化都相信灵就居住在我们的树干里，有善灵，也有恶灵，还有些善恶难辨，外行人是看不见的。另一些人则声称，每一种无花果属植物实际上都是一个交汇点，多少有点像聚集地。我们的下面、周围和上面，都有聚集，不仅人和动物会聚集，光和影的生灵也会聚集。很多故事都讲过榕树（我的一个亲戚）在一丝风都没有的情况下突然就婆娑作响，而其他树木岿然不动，整个

[①] 西拉特桥：在伊斯兰教中，穆斯林在末日审判时要经过这座桥，只有正直和虔诚的穆斯林才能通过并进入天堂，否则，就要坠入地狱。作为伊斯兰教文化中的一个重要象征，它提醒人们要持守信仰和行为的正道，以此获得来世的幸福。

宇宙似乎也静止不动，榕树却不停地战栗，开口讲话，周遭的气氛越来越诡异。倘若你亲眼看到，那景象定会令你不寒而栗。

人类总觉得我和我的同类有些神秘。因此，当他们需要帮助或遇到麻烦时，就会来到我们的身边，在我们的树枝上系上天鹅绒丝带或者布条。有时我们在他们甚至都毫无察觉的情况下就帮了他们。当装着双生子罗穆路斯和雷穆斯的摇篮在台伯河中惊险漂浮的时候，如果不是哺乳地无花果①的树根把他们卡住，你觉得母狼还会发现他们吗？在犹太教中，无花果树下打坐一直与深入、虔诚地研究《托拉》②联系在一起。虽然耶稣可能不大喜欢某棵不结果的无花果树，但我们不要忘记，正是因为用我们做了膏药，敷在希西家的伤口上，才救了他。先知穆罕默德说无花果树是他希望在天堂看到的一种树，《古兰经》中的一段经文里也写着我们的名字。也正是因为在菩提树下冥想，佛陀才得到了启示。我有没有提到大卫王是多么喜欢我们，而我们又是如何让诺亚方舟上的每一只动物、每一个人都心生希望、开启新生的？

任何一个前来无花果树下寻求庇护的人，无论事出何因，都会得到我最深切的同情，数世纪以来，从印度到安纳托利亚，从墨西哥到萨尔瓦多，人们一直都是这么做的。贝都因人会在我们的树荫下解决争端，德鲁兹人会虔诚地亲吻我们的树皮，把私人物品放在我们周围，祈求神智。阿拉伯人和犹太人会在我们周边准备婚礼，祈愿婚姻牢不可破，经得住未来可能出现的任何考验。佛教徒希望我们能在他们的神龛边开花，印度教徒也这样

---

① 哺乳地无花果：拉丁学名"Ficus ruminalis"，特指罗马传说中母狼救下双生子罗穆路斯和雷穆斯并为其哺乳的地方的无花果树。
② 《托拉》：《圣经·旧约》前五卷的总称。

想。肯尼亚的基库尤妇女会用无花果树的汁液涂抹自己,以祈求受孕成功,而当有人试图砍下神圣的穆古莫①时,也是这些妇女奋起抵抗。

人们在我们的华盖之下宰杀祭牲,许下诺言,交换戒指,清算血仇。有些人甚至相信,如果你一边烧香,一边绕着无花果树转七圈,并以恰切的顺序念出恰切的话,就可以改变自己出生时的性别。还有一些人把最锋利的钉子钉进我们的树干里,把折磨他们的任何恶疾都传给我们。这些,我们也默默忍受着。他们称我们为圣树、许愿树、被诅咒的树、鬼树、天堂树、妖魔树、偷魂树……并非没有原因。

因此,梅耶姆坚持要在无花果树下,或它的上面,为她死去的妹妹举行仪式并不是毫无原因的。当她用石块撞击石块时,我听见她在唱歌,一首缓慢而悲伤的挽歌,姗姗来迟,这是她为未能参加的那场葬礼发出的哀号。

与此同时,我确信我亲爱的科斯塔斯在一旁保持着距离,少言寡语。我不必看他的脸就知道,那上面一定挂着虽反对却又不失礼貌的神情。作为一个崇尚科学、理性和研究的人,他永远也不会相信超自然现象,但他也不会贬低任何相信超自然现象的人。他或许是个科学家,但最重要的是,他首先是个岛民。他也是由一个有些迷信的母亲抚养长大的。

我曾听到德夫妮对科斯塔斯说:"从多灾多难的岛里出来的

---

① 穆古莫:肯尼亚基库尤族的一个传统说法,象征神圣树木。据说,穆古莫通常是一种巨大的无花果树,基库尤人常在树下举行仪式和庆典,基库尤人不允许砍伐穆古莫,因为他们坚信这样的行为会带来灾难;同时,穆古莫的消亡是一种象征,预示着即将到来的悲剧、一个时代的结束或开始。

人再也不会回归正常了。我们可以假装正常，我们甚至还可以取得惊人的成就，但我们永远无法真正地拥有安全感了。别人觉得坚硬的土地对我们这等人来说是波涛汹涌的水域。"

科斯塔斯一如往常地仔细听她讲话。婚后以及很早很早以前，早到约会的时候，他一直试图保护她免遭那些波涛汹涌的水域吞噬，然而最终它们还是把她给吞噬了。

我不知道为什么今晚当我被埋躺入地下时，这段记忆又渗回了我的脑海，但我想知道，当德夫妮觉得任何东西都不够坚实的时候，梅耶姆放在冰冷地面上象征着慰藉的石头又能否安慰到她。

盛　宴

艾达第二天早上醒来时，屋子里飘着各种不同寻常的气味。她的姨妈已经准备好了早餐，或者说更像一场盛宴。烤哈洛米奶酪配扎阿塔①、烤羊奶酪配蜂蜜、芝麻蜜饼、番茄包、茴香绿橄榄、黑橄榄酱面包卷、炸辣椒、辣香肠、菠菜馅饼、泡芙芝士条、石榴糖蜜配芝麻酱、山楂果冻、槚梓酱和一大锅酸奶荷包蛋，整整齐齐摆了一大桌。

"哇塞！"艾达走进厨房时不由得赞叹道。

正在灶台边的案板上切欧芹的梅耶姆向艾达投来微笑。她穿着一条黑色长裙和一件几乎快到膝盖的厚实的灰色开衫。

"早上好！"

---

① 扎阿塔：一种烹饪用草药，也是一种香料混合物的名字，包括香草、烤芝麻、干漆树等。

"哪儿来的这么多吃的？"

"哦，我在碗橱里找到一些，剩下的是我带来的。哎呀，你真该去机场接接我的！我担心那些嗅探犬会闻出我的蜂蜜糖，怕得要命。入关的时候真是提心吊胆啊，他们常常拦下像我这样的人，对吧？"她指了指自己的脑袋，"发色太深，与护照不符。"

艾达在桌子的一端坐下，听着她说话。她看见姨妈切了一大块菠菜馅饼，又用勺子舀出一大勺荷包蛋和香肠放在一只盘子里。

"给我的吗？谢谢，但这太多了。"

"不多不多，这算什么！要想飞得高，就得吃得饱。"

艾达觉得这种话听着就别扭，但她不动声色，环顾了一下四周："我爸爸呢？"

梅耶姆自己拉了把椅子坐下，手里端了一杯茶。一把铜茶壶正在角落里烧着水，嘶嘶嘶地响着。想必这套茶具和铜茶壶也是从塞浦路斯带来的了。

"外面花园里！他说他要和那棵树谈谈。"

"行，好吧，我也习惯了，"艾达低声嘟囔着，把叉子插进点心里，"他对那棵无花果着了魔。"

梅耶姆脸上掠过一道阴影："你不喜欢那棵无花果？"

"我为什么会不喜欢一棵树呢？我有什么好在乎的？"

"你知道的，这不是一棵普通的树。是你爸妈大老远从尼科西亚带过来的。"

艾达并不知道这个，也就不再搭话。打她记事起，那棵无花果树就一直长在后花园里。她咬了一口馅饼，慢慢地嚼着。不可否认，姨妈的厨艺精湛，她母亲的就差远了，她母亲对任何家务活儿都不感兴趣。

59

她把盘子推开。

梅耶姆扬起眉毛，她的眉毛拔得细极了，看起来很像是用铅笔在她丰满的五官上画了一对拱门。

"怎么就吃这么一点儿？饱了？"

"不好意思，我本来就不怎么吃早餐的。"

"现在都进化出一群不吃早餐的人了？世界上的人不都得吃早餐吗？我们都是饿着醒来的哇。"

艾达飞快地斜了姨妈一眼。这个女人说话的方式很独特，让她觉得既有趣又讨厌。

"早上好，两位。"科斯塔斯的声音从身后传来。他大步走进厨房，脸颊冻得通红，头发上落满了雪花。"多么美妙的一场盛宴。"

"是啊，但有人不吃啊。"梅耶姆说。

科斯塔斯对女儿笑了笑："艾达早上没什么胃口，我肯定她一会儿会吃的。"

"一会儿归一会儿。"梅耶姆说，"早餐就该吃得像皇帝，午餐吃得像大臣，晚餐吃得像乞丐。不然的话，啥规矩都没啦。"

艾达靠在椅背上，双臂交叉。她仔细打量着这个女人，他们生活中的不速之客，她脸庞宽大，只要她在场，必定热闹又聒噪。"这么说来，你还没告诉我们你为什么来这儿。"

"艾达！"科斯塔斯喊道。

"怎么了？你说过我可以问的。"

"没事，问了也好。"梅耶姆把一块方糖丢进茶里搅了搅。当她再次开口时，声音像变了一个人，"我母亲去世了，已经整整十天了。"

"塞尔玛妈妈死了？"科斯塔斯说，"我不知道这件事。很抱歉，请节哀顺变。"

"谢谢你。"梅耶姆说，她的眼睛仍然盯着艾达，"你外婆92岁了，睡梦里走的。是个喜丧，大家都这么说。我办完了葬礼，然后就订了我能买到的第一班航班。"

艾达转向父亲："是关于遗产的事情，我说过吧。"

"什么遗产？"梅耶姆忙问。

科斯塔斯摇了摇头："艾达觉得，你是因为需要什么文书才来这里的。"

"哦，我明白了，就像遗嘱什么的。不过，我父母不怎么有钱。我不是来跟你们讨论什么文书的。"

"那你怎么来得这么突然？"艾达继续追问。她紧盯的眼神有种不达目的决不罢休的气势。

梅耶姆和科斯塔斯沉默了一阵，但他们之间似乎在进行一场无言的交流。艾达感觉到了这一点，但她说不清那沉默背后是什么。她很想问问他们究竟有什么事瞒着她，但她抑制住了这种冲动，她只是像母亲教她的那样，挺直了腰板。

"我一直都想来看看你，"片刻停顿之后，梅耶姆说道，"我怎么可能不想见我妹妹的孩子呢？但我之前曾许下承诺。14年前，我父亲去世了，那时你还是个婴儿。但只要我父母还活着，我就必须信守承诺。"

"什么样的承诺？"艾达问道。

"只要我父母还活着，我就不能见你们中的任何一个人。"梅耶姆呼吸有点急促地答道，"母亲去世后，我才觉得可以自由来往了。"

"我不明白，"艾达说，"你为什么要许下这么可怕的承诺？什么人逼你这么做的？"

"我的艾达，别那么着急。"科斯塔斯温和地劝说道。

艾达看向她的父亲，眼里满是怒火："得了，爸爸，我不是小孩子了。我明白了。你是希腊人，妈妈是土耳其人，两个种族势不两立，有血海深仇。你们结婚的时候惹恼了一些人，不是吗？那又怎样？任何理由都不能为这种行为开脱。他们一次也没来看过我们。不只是他们，我们两边的亲戚都没有。他们没有参加妈妈的葬礼，难道这也叫家人吗？我才不要坐在这里，嘴里嚼着沙拉三明治，耳朵边全是大道理，还装作对这一切都无所谓！"

梅耶姆心不在焉，忘了茶里已经加过一块方糖了，她把另一块也放了进去。啜了一小口。太甜了，她把杯子放在了一边。

"对不起，是我失礼了。"艾达摇了摇头，一把将椅子推到身后，站了起来。"我还有作业要做。"

她走后，厨房里陷入一片令人尴尬的寂静。梅耶姆把戒指一枚一枚地摘下来，又戴上。她自言自语地嘀咕着："我没有做沙拉三明治，我们的菜谱里甚至都没有这玩意儿。"

"对不起。"科斯塔斯说，"艾达这一年经历了太多，这对她来说太难了。"

"你也一样啊。"梅耶姆抬起头，把目光投向他，"真的太像了，她和……她和她妈妈简直一模一样。"

科斯塔斯似笑非笑地点了点头："我知道。"

"她完全有权利问这些问题。"梅耶姆说，"你怎么不生我的气？"

"这对我们有什么帮助呢？愤怒、仇恨、伤害，难道我们还没受够吗？已经无以复加了。"

梅耶姆四下望了望，仿佛把什么东西放错了地方似的。然后她又开口，压低声音对科斯塔斯耳语道："艾达知道多少？"

"就一点点。"

"但她很好奇。她年轻聪明，她想知道。"

"我时不时也和她说一些。"

"我感觉那满足不了她。"

科斯塔斯歪着头，眉宇间的皱纹更深了："她是个英国孩子，从未去过塞浦路斯。一直以来，德夫妮说的都没错。为什么要让我们的孩子背负我们搞得乱糟糟的过去？这是新的一代，就像一块干净的石板。我不想让她纠结于一段只给我们带来痛苦和质疑的历史。"

"你看着办吧。"梅耶姆闷闷不乐地说。

她又往茶里丢了一块方糖，看着它一点点溶化。

第二部分

根

恋　人
塞浦路斯，1974 年

　　离午夜还有一个小时。这是满月后的一天，月亮明亮而悦目。通常情况下，德夫妮喜欢这样的月夜，但今晚她需要黑夜的掩护。

　　她从床上起身，脱下睡衣，换上一条蓝色长裙，束上一条绣花腰带，又套上一件人人都夸赞很配她的白色褶边衬衫。她戴上耳环，不是那种金的——金耳环在耳垂的衬托下往往显得极小，几乎看不出来——而是水晶的，这对水晶耳环垂到肩头，如繁星般璀璨。戴上它们，她觉得自己更成熟，也更迷人了。她把运动鞋的鞋带系在一起，挂在脖子上。她必须像夜晚一样悄无声息。

　　她提起窗扇，慢慢地爬到窗台上，在窗沿儿上趴了几秒钟。她听到远处传来柔和的双音叫声，可能是猫头鹰在追逐猎物。她屏住呼吸倾听着，科斯塔斯教过她猫头鹰叫声的精确顺序：一声短，沉默片刻，再一声长，沉默许久。这是猫头鹰专属的摩尔斯电码。

　　她伸手抓住一根桑树枝，小心翼翼地将自己拉上去。她从那里爬下去，一次一根树枝，就像她小时候经常做的那样。她一跳到地上，就抬起头来看看有没有人在看着她。有那么一瞬，她好像看到窗户里有个影子。会是她的姐姐吗？但是梅耶姆应该在她自己房间里睡觉才对。她早些时候查看过的。

德夫妮的肚子因为焦虑而紧绷着,她偷偷溜出了花园。月光落在狭窄街道上的石头上,反射后变成了一条条银色的小溪,在她面前闪闪发亮,而她就好像在水面上滑行一样。她加快脚步,每隔几秒钟就回头看一眼,以确保没人跟着她。

他们通常于深夜在这条路拐弯处的一棵古老的橄榄树旁见面。他们躲在暗影里,散会儿步,或在墙上坐会儿,黑暗就像一条柔软的披肩,包裹着他们,让他们一点点放松下来。有时,一只黑冠夜鹭从头顶飞过,或者一只刺猬悠悠然爬过,这些夜行生物就像这对恋人一样神秘。

她今天迟到了。快要到达约会地点时,她的呼吸急促起来,附近没有路灯,也没有房子,有些地方几乎漆黑一片。当更近了时,她眯起眼睛向前看,试图从树林里辨认出他那熟悉的轮廓,但什么也没看见。她的心怦怦直跳,他一定是走了。她揣着心里的一点希望,继续走着。

"德夫妮?"

她的名字从他嘴里说出来时是那么柔和,元音也添了几分柔和。现在她看清了他的轮廓,瘦高的身形,是他没错了。一道极微弱的橙色光芒随着他的手一起晃动。

"是你吗?"科斯塔斯轻声问。

"是啊,呆子,不然呢?"德夫妮微笑着上前,"我不知道你还会抽烟呢。"

"我也不知道,"科斯塔斯说,"我很紧张。就顺了我哥的一包。"

"可是我亲爱的,你为什么要抽烟呢?难道你不知道抽上几口,再一吐就没了吗?"看着他窘迫的表情,她笑了,"我开玩笑的,没关系,我不介意。我父母都吸烟,我已经习惯了。"

他们手牵着手,十指相扣。德夫妮闻到他喷的古龙香水有点太多了,显然她不是唯一那个试图给对方留下好印象的人。她把他拉到身边,亲了他一下。她比他大一岁,自然觉得自己更成熟些。

"我真担心你不来了。"科斯塔斯说。

"我答应过的,对吧?"

"是啊,但我还是……"

"在我们家,遵守诺言很重要的。父亲就是这样把我们培养大的,我和梅耶姆都是。"

他把烟蒂弹到地上,用鞋底碾碎了:"这么说,你这辈子从未违背诺言过?"

"是啊,从来没有,这是实话。我想我姐姐也没有。这没什么值得骄傲的,我只觉得很无聊。一旦我们说了,就得说到做到。这就是为什么我一般不轻易承诺别人。"她仰起头,目不转睛地盯着他的眼睛,"但我可以轻易就承诺一件事,那就是我永远爱你,科斯塔斯·卡赞扎基斯。"

她能听到他胸腔里的心脏怦怦直跳。这个像清晨的露珠一样温柔的男孩,这个能用一种她听不懂的语言唱出最动人的歌谣、会兴奋地畅谈常青灌木和羽冠戴胜鸟的男孩,此刻却仿佛失了声一般。

她贴过身去,靠得那么近,以至于他都能感受到她扑面而来的气息。"你呢?"

"我?很久以前,我就已经发过誓了。我知道,我一定会爱你到天荒地老。"

她笑了笑,尽管她喜欢质疑的习惯让她不会轻信于他,但她也不允许自己怀疑他。至少今晚不可以。她想把自己裹在他的誓言里,就像是在手掌围罩下不经风雨的火焰一般。

"我带了点东西给你。"科斯塔斯说着,从口袋里掏出一个没有包装的小东西。

那是一个樱桃木做的音乐盒,盒盖上镶着色彩鲜艳的蝴蝶,还插着一把系着红色丝绸流苏的钥匙。

"哇,太漂亮了,谢谢你……"

她把盒子抱在胸前,光滑的盒子被冻得冰凉。她知道这一定是他攒钱买的。她小心翼翼地扭动下面的钥匙,甜美的旋律流淌出来。他们安静地听着,直到音乐结束。

"我也有东西给你。"

她从包里拿出一卷纸。一幅他坐在岩石上的素描,鸟儿正要飞过地平线,一组石砌拱门向两边延伸。一周前,他俩曾在老水渠旁漫步,这条引水渠曾从城市北部的山上引水而下。虽然白天要冒险得多,但他们还是在那里呼吸着野草的气味,度过了整个下午,这就是她想要捕捉的那个瞬间。

他把画举起来,在月光下端详:"你把我画得好帅。"

"嗯,这没什么难的。"

他端详着她的表情,手指摩挲着她下巴柔和的线条:"你好有天赋。"

他们吻上了,这次亲吻的时间更长,他们迫不及待地伸手去搂抱对方,似乎这样便不会跌倒了。不过,即使每一次爱抚、每一声低语都让他们愈加温柔,他们的动作里仍带着一丝胆怯。爱人的身体,就是一片广袤无垠的土地。你并不是一下子就发现了它,而是心急如焚地一步一步奔向它,你会迷路,会找不到方向。你踩着阳光普照的山谷和起伏的田野,发现它温暖宜人,然后躲进僻静的角落,你跑入那些看不见的意料之外的洞穴,一路磕磕绊绊,还伤了自己。

科斯塔斯用双臂环抱着她,把脸贴在她的头上,德夫妮则把脸埋在他的脖子里。他们都知道,虽然这么晚了,不大可能有人察觉到他们,但也仍有可能被人发现,并被报告给他们的家人。在这样一座说大不大、说小不小的岛上,每扇格子窗的后面,每道墙缝里,甚至每只迎风高飞的红尾鹰的身后,到处都是眼睛在窥视,就像猛禽注视猎物一样,一眨不眨。

他们手牵着手,小心翼翼地躲在暗影里,漫步着,不着急去任何地方。夜晚变得有些冷了,她穿着薄薄的衬衣瑟瑟发抖。他想把自己的外套给她穿上,但她拒绝了。当他再次询问时,她有些不悦了,她可不想自己被他这般照顾,搞得好像自己比他柔弱很多似的。她就是这样固执。

那是 17 岁的他和 18 岁的她。

无花果树

我躺在地下,静静地倾听着每一个细小的声音。所有光源都被切断了,既没有太阳,也没有月亮,我的生物钟被打乱了,无法正常入眠。我想这有点像倒时差。白天模式与黑夜模式混成一片,令我陷入永恒的迷雾之中。我最终会适应的,只是需要一段时间。

地表下的生活既不简单也不单调。与大多数人想象的相反,地下熙熙攘攘、热闹非凡。当你深入隧道时,你可能会惊奇地发现土壤呈现出意想不到的色泽,锈红色、柔软的桃红色、温暖的芥末色、青柠绿、浓厚的绿松石色……但人类却教自己的孩子只用一种颜色来描绘地球。在他们的想象里，天空是蓝色的，草地是绿色的，太阳是黄色的，而整个地球是棕色的。要是他们知道自己脚下有彩虹就好了。

取一把土，放在双手之间去按压，感受它的温暖、质地和神秘。这个小土块里的微生物比世界上的人口还要多，它里面满是细菌、真菌、古生菌、藻类和蠕动的蚯蚓，更不用说古代陶器的碎片了，所有这些都在努力将有机物质转化为我们植物赖以生存和茁壮成长的营养物质，地球是复杂的、有复苏力的、慷慨的。每一寸土壤都是辛勤劳动的结晶，即使就这么一个小土块，也要耗费大量蠕虫和微生物数百年不懈的劳动。健康、肥沃的泥土远比钻石和红宝石更珍贵，我却从未听见过人们这般赞美它。

树浑身上下都是耳朵，朝向四面八方。当毛毛虫在我的叶片上大快朵颐时，我能察觉到他们的咀嚼声，还有蜜蜂飞过时的嗡嗡声、甲虫扇动翅膀时的啁啾声。我还能辨认出水柱流经我的树枝碎裂时发出的轻柔的汩汩声。植物拥有接收振动的能力，不少花朵形状如碗，就是为了更好地捕捉声波，其中一些太高，人耳是接收不到的。树上满是歌曲，我们从不羞于将它们演唱。

隆冬之际，我栖息于此，在树的梦里寻求庇护。我从不会觉得无聊，但我还是错过了太多——柔美的月亮依偎在夜晚的苍穹里，伴着繁星细碎的光芒，宛如知更鸟蛋上的斑驳花纹一样完美而精致；还有每天早上从房子里飘散出来的咖啡香……还有最重要的，艾达和科斯塔斯。

我也想念塞浦路斯。也许是因为严寒，我不禁回想起我在阳光下的日子。我可能已经成了一棵英伦之树，但有时我还是要花点时间才能弄清楚我到底身处何处,究竟在哪个岛上。回忆涌上心头,如果仔细听,我还能听到草地鹨和麻雀的歌声、莺和野鸭的鸣叫,塞浦路斯的鸟儿在呼唤我的名字。

庇护所
塞浦路斯,1974 年

再次见面时,德夫妮显得十分不安,她黑色的眼睛里燃烧着忧惧的火苗。

"那天晚上,在回家的路上,我遇到了我舅舅,"她说,"他问我这么晚还在外面干什么。我赶紧找了个借口。"

"你说了什么?"科斯塔斯忙问。

"我说我姐姐感觉不舒服,我得去给她开点药。但是你猜怎么着,第二天早上他竟撞见了梅耶姆!还问她是否感觉好些了,谢天谢地,梅耶姆跟着演了一出戏。然后她回家来问我,没办法我只能告诉她了。科斯塔斯,我姐姐现在知道我们的事了。"

"你信得过她吗?"

"当然,"德夫妮毫不犹豫地回答,"但如果我舅舅告诉了我父母,事情就不一样了。我们不能再这样见面了。"

科斯塔斯挠了挠头发:"我一直在寻思这件事,一直在找一个安全的地方。"

"哪有啊!"

"有,倒是有一个。"

"哪儿?"

"是家酒馆。"他看着她瞪大了眼,然后又眯了起来,"我知道你要说什么,但是听着,这地方白天几乎空无一人。直到傍晚,顾客们才会陆续到来。在此之前,只有酒馆的人。即使在晚上,如果我们设法在里屋见面,然后从厨房门离开,也比在外面的街上安全得很。反正在酒馆里,每个人都沉浸在自己的世界里。"

德夫妮咬着下唇,脑袋里翻来覆去地想着:"哪个酒馆?"

"幸福无花果!"

"哦!"她眼睛一亮,"我从没去过那儿,但听说过很多关于那儿的事。"

"我妈每周都卖东西给他们。我给他们送角豆酱、蜜饯茄子。"

她笑了,知道他和母亲是多么亲近,他多么深爱着她。"你认识老板吗?"

"老板是两个人。他们都是非常好的人,尽管性格完全不同。一个是话痨型的,总爱讲些故事或笑话。另一个则很安静,要想了解他得花上一段时间。"

德夫妮点点头,尽管她听得有些走神,但就在那一瞬间,她心中所有的恐惧都烟消云散了,轻松多了,胆子也大了起来。她摸了摸他那被太阳晒得有点皲裂的嘴唇。他一定和她一样,一直在咬它们。

"你凭什么认为他们会帮我们?"她问。

"我有一种感觉,他们不会拒绝我的。我观察这些家伙太久了,他们诚实努力,只关心自己的事。能想象吗?他们每天遇到各种各样的人,但从不说任何人的闲话。我喜欢他们这一点。"

"那好,我们试试吧。"德夫妮说,"但如果行不通,我们就得另想他法了。"

他笑了,全身感到无比轻松。这件事他从来没有告诉过她,但他担心有一天她会跟他委婉地说,他们见面太危险了,这个秘密太沉重,她没法保守下去了,两人应该在事情失控之前分手。每当这种恐惧袭来,他就轻轻地把它推到灵魂深处的一个地方,那里藏着他所有难以抑制的痛苦想法。他把它塞在关于自己父亲的回忆近旁。

无花果树

你来酒馆见我之前,我必须再告诉你一些有关我自己和我的祖国的事情。

我于1878年来到这个世界,那一年苏丹阿卜杜尔·哈米德二世坐上了伊斯坦布尔的鎏金宝座,他与远在伦敦鎏金宝座上的维多利亚女王达成了一项秘密协议。奥斯曼帝国同意把我们这个岛的管理权割让给大英帝国,作为交换,英国须保护我们免受俄国的侵略。同年,英国首相本杰明·迪斯雷利称我的祖国是"通往西亚的钥匙",并补充说"拿下它,打开的不是地中海,而是印度"。在他看来,这座岛虽然没有多大的经济价值,却是通往利润丰厚的贸易路线的必经之地。

几周后,英国国旗在尼科西亚上空升起。第一次世界大战之后,奥斯曼帝国和大英帝国成为对手,英国吞并了塞浦路斯,我们就此成了英属殖民地。

我还记得他们到达的那一天,女王陛下的军队,长途跋涉后又累又渴,还带着些许困惑,不知道到底谁是他们的殖民地臣民。

虽然英国人自己本质上也是岛民,却从来都没搞清楚过该把我们这个岛放在他们心中的什么位置。前一分钟,他们眼中的我们还颇为熟悉,令其安心;后一分钟,我们又成了有着异域风情的东方异类。

在决定命运的那一天,第一高级专员加内特·沃尔斯利爵士带着一大群士兵出现在了我们的海岸上,他们穿着厚厚的制服,英式长裤和红色毛纺束腰外衣。而当时的温度计显示是110华氏度[①]。他们在盐湖附近的拉纳卡露营,随身携带的单钟形帐篷根本无法抵挡烈日的炙烤。后来,沃尔斯利在写给妻子的信中抱怨道:"大夏天里把英国军团派来这里真是太不明智了。"然而,最让他失望的是这里皲裂的大地:"我们还以为整个塞浦路斯都郁郁葱葱呢,鬼知道那些森林都去了哪儿!"

"问到点上了。"作为树,我们得承认,生活于我们就是一场场劫难。成群的蝗虫已经在岛上祸害了太长时间,他们像浓密的乌云一样成群结队地飞来,吞噬一切绿色的东西。森林被大量砍伐,土地被清空用作种植葡萄、庄稼,我们被拿去当作薪柴,有时无休止的仇杀也会令森林遭到蓄意毁坏。持续的砍伐、大量的火灾和纯粹的无知都是我们消失的原因,更不用说前任政府的公然忽视了。还有战争,几个世纪以来,我们经历了太多战争。有征服者从东方来,有征服者从西方来:赫梯人、埃及人、腓尼基人、亚述人、希腊人、波斯人、马其顿人、罗马人、拜占庭人、阿拉伯人、法兰克人、热那亚人、威尼斯人、奥斯曼人、土耳其人、英国人……

---

①110华氏度:相当于43.33摄氏度。

20世纪50年代初,以"与希腊结盟"为名的针对英国人的暴力袭击开始了,当第一批炸弹爆炸时,我们就在那里。抗议的年轻人放火焚烧了梅塔克萨斯广场上的英国学院以及里面的图书馆,那可是中东地区最好的英语图书馆,所有用我们的血肉做成的书籍和手稿都付之一炬。当时,我们也在那里。到1955年,形势严重恶化,政府宣布进入紧急状态。也许是因为在恐惧和混乱的统治下,没有人觉得自己再有资格拥有美丽,当地花店和花卉农场的生意急转直下,当时他们的大部分收入都只能依靠为戈登高地人和其他在冲突中丧生的英国人的葬礼制作花圈。

到1958年,被称为EOKA①的希腊民族主义组织禁止全岛使用英语。英语街名被划掉,涂上油漆。很快,土耳其语的名字也将被删除。随后是一个名为TMT②的土耳其民族主义组织开始剔除希腊语的名字。有一段时间,我家乡的街道变得没有了名字,旧漆未干又刷上新油漆,就像水彩颜料一样慢慢褪色,褪得一干二净。

作为树木,我们观望着,等待着,见证着。

---

① EOKA:希腊语 Ethnikí Orgánosis Kypríon Agóniston 的首字母缩写,意为"为塞浦路斯而斗争的全国组织",该组织成立于1955年,旨在实现塞浦路斯的希腊统一,但最终未能实现这一目标。

② TMT:土耳其语 Türk Mukavemet Teşkilatı 的首字母缩写,意为"土耳其抵抗组织",该组织成立于1957年,旨在为土族塞浦路斯人争取政治和民族利益。

酒 馆
塞浦路斯，1974 年

"幸福无花果"酒馆是希族人、土族人[①]、亚美尼亚人、马龙派基督徒、联合国士兵和游客们经常光顾的地方，初来乍到的联合国士兵和游客们很快就适应了当地的生活方式。它有两个合伙人，一个是希族人，一个是土族人，都是40开外的年龄。1955年，乔尔戈斯和尤素福从亲戚朋友那里借钱开了这家酒馆，尽管整座岛从东到西、从南到北，无处不危机重重、麻烦不断，他们还是把生意维持了下去，甚至还日益兴隆起来。

蜿蜒盘旋的金银花藤蔓挡住了酒馆入口处的一部分。里面，黑色的实木横梁贯穿整个天花板，上面挂着各种串，大蒜串、洋葱串、干香草串、辣椒串和熏肠串。酒馆里有22张桌子、一些和桌子并不配套的椅子，一张实木雕花吧台、几把橡木吧凳，后面还有一个木炭烤架，每天都会从烤架上飘出烤饼的味道，还有烤肉的诱人香气。露台上的桌子更多，每晚酒馆里都挤满了人。

这是个自有其历史和小奇迹的地方。在这里，人们分享成功和痛苦，清算各种陈年老账，欢笑与泪水同在，供认与承诺并立，罪恶和秘密一起得到告解。就在这间酒馆里，陌路人成了朋友，朋友成了恋人，抑或旧情复燃，破碎的心得以愈合，或再次破碎。岛上的许多婴儿都是他们的父母在小酒馆一夜快活之后怀上的。

[①] 希族人、土族人："希族塞浦路斯人"和"土族塞浦路斯人"的简称。

"幸福无花果"酒馆以许多不为人知的方式影响着人们的生活。

当德夫妮跟着科斯塔斯第一次走进来的时候,她对这些一无所知。她把一绺头发别到耳后,好奇地打量着周围的环境。这地方似乎是由一个对蓝色偏爱有加的人装饰的。入口是明亮的蔚蓝色,悬挂着由邪恶之眼穿成的珠串,以及成串的钉在一起的马蹄铁。格子桌布蓝白相间,蓝是海军蓝。窗帘是鲜艳的天蓝色,墙上的瓷砖有着海蓝色的图案,甚至连晃悠悠的大吊扇也是类似的色调。两根柱子上挂满了多年来光顾过这家酒馆的名人的相框:歌手、女演员、电视明星、足球运动员、时装设计师、记者、拳击冠军……

德夫妮惊讶地发现一只鹦鹉高栖在柜子上,专心地吃着饼干,这是一种很珍奇的鸟,尾巴短短的,头是黄色的,羽毛是亮绿色的。但真正吸引住她的是她在酒馆中央发现的东西。一棵树把根扎在用餐区的中间位置,枝干则穿过屋顶的一个洞,伸了出去。

"无花果!"一抹惊喜掠过她的脸颊,"是真的吗?"

"哦,当然是了。"一个声音从他们身后传来。德夫妮转过身去,看见两个中等身材的男人并排站着。其中一个,头发剪得很短,脖子上挂着一个银质十字架,尽管没有戴帽子,仍朝她的方向行了一个脱帽礼。"你应该晚上再来看看这棵树,所有的灯都会亮起来。看上去金光闪闪的,那才叫神奇!这可不是一棵普通的树,她已经90多岁了,结出的无花果却仍然是全镇最甜的。"

另一个年龄相仿的男人,胡子梳得整整齐齐的,下巴也刮得干干净净,显出中间一道明显的竖缝。他头发很长,披散在肩上。他指着科斯塔斯说:"这就是你跟我们说过的那个朋、朋友吧。"

科斯塔斯笑了:"是的,这位是德夫妮。"

"哦,她是土、土耳其人?"那人脸上有些惊讶,"你怎么没跟我提过?"

"怎么啦?"德夫妮立即问道。见对方没有立刻作答,她盯着他,生硬地问,"土耳其人有什么不对吗?"

第一个人插话道:"嘿,别生气!尤素福自己就是土耳其人。他没别的意思,就是说话慢。你要是催他,他会变结巴的。"

尤素福努了下嘴,好让自己不笑出来,他点头表示同意。他靠向他的朋友,对他耳语了一句,男人不禁窃笑起来。

"尤素福在问,她总是这么容易生气吗?"

"哦,可不嘛。"科斯塔斯咧嘴笑着说。

"救命啊,这可咋办!"第一个人牵起德夫妮的手,轻轻地捏了下,说道,"介绍一下吧,我叫乔尔戈斯。这棵树没有名字。这只鹦鹉叫奇科。我得警告你,要提防着点。这鸟被宠坏了!它可能会落在你的肩膀上,去抢你的食物,别被它吓到了。我们觉得,来我们这儿之前,他准是住在宫殿或类似的什么地方。不管怎样,欢迎光临寒舍。"

"谢谢。"德夫妮说,她为自己刚才的暴脾气感到些许尴尬。

"你俩跟我来吧。"

他把他们领到后面的一个房间,那里存放着成箱的土豆、成筐的苹果和洋葱以及当地果园的物产,还有成桶的啤酒。角落里有一张小桌子、两把椅子,在他俩来之前就已经准备好了,入口处还有一道绿色的天鹅绒窗帘,拉上就能保护隐私。

"简陋了点儿,"乔尔戈斯说,"但这里至少没有人会打扰到你们这些年轻人,你们可以想聊多久就聊多久。"

"太好了,谢谢您。"科斯塔斯说。

"那吃点什么呢?"

"哦，我们不饿。"科斯塔斯摸了摸口袋里不多的几枚硬币，"有水就行。"

"对，"德夫妮肯定地说，"我们喝水就行了。"

她话音刚落，服务员就端着一个托盘进来了，里面盛着藤叶卷、日式煎虾、烤鸡肉串配酸奶黄瓜酱、茄盒、皮塔饼和一壶水。

"尤素福替你们点的，算我们赠送的。"侍者说，"他说他请客，你们只管享用！"

一分钟后，房间里终于只剩下科斯塔斯和德夫妮了，几个月来第一次不用担心被人发现，也不用担心被人告密他们的家人。他们看着对方，笑了起来。一种难以置信的笑，一种只有结束了持续的痛苦和恐惧之后才会迸发的兴奋的愉悦。

他们吃得很慢，尽情品尝着每一口食物。他们不停地交谈，极尽言语之能事，仿佛这些话过期不候，明天就再也说不出来了似的。与此同时，酒馆里的气味越来越浓，声音越来越大。桌上的烛光在粉白的墙壁上投下一道道影子。每次酒馆的门一打开，一阵风就会吹过窗帘，然后这些影子就会为他们跳上一小段舞。

他们听到顾客们进来了。餐具的声音，闲聊的声音。然后是一只盘子打碎的声音，接着是女人的笑声。有人开始用英语唱道：

请吻我吧，为我而笑吧，
告诉我你会等我……

其他人也跟着唱了起来，众人的声音汇成一首自发的、洪亮的、喧闹的大合唱。他们都是英国士兵，其中很多人刚从学校毕业。他们的声音忽高忽低，交织在一起，听得出互帮互助、战友情谊的味道，这是一种家的感觉，归属的感觉。年轻人深陷冲突区，被困在一个语言不通的岛上，无法真正理解政治格局的微妙。军人们执行命令，心里清楚他们中的某个人可能明天就要赴死。

两个小时后，尤素福打开厨房门，悄悄地把他们放了出去。

"再、再来啊。我们这里不常有年轻恋人，你们会给我们带、带来好运的。"

当他们走进晚风中，微笑着和主人告别时，忽然害羞起来。年轻恋人！他们从来没有这样想过自己，但现在有人大声说出来了，当然，他们知道，他们就是这样的人。

无花果树

就这样，德夫妮走进了我的生活。

那是个静谧的下午。我正在酒馆里打瞌睡，享受着晚高峰前的须臾宁静，这时门开了，他们大步走了进来，从刺目的骄阳下溜进了阴凉处。

"无花果！是真的吗？"

我记得德夫妮第一次见我时就是这么说的，她脸上的惊讶显而易见。

我精神起来，很想知道说话的是谁。也许是出于虚荣，但我一直对人们能从我们身上看到的东西或者看不到的东西很感兴趣。

我记得乔尔戈斯说过，我在晚上看起来金光闪闪的，他用了"神奇"这个词。这番描述很入我的耳。这是真的，晚上，当工作人员打开灯，并点燃各个角落里的蜡烛时，金色的光照到我的树干上，又反射出去，透过叶子闪闪发亮。我的枝丫自信地伸展开去，仿佛这周围的一切都是我的延伸，搁板桌，木椅子，墙上的画，天花板上垂下来的大蒜串儿，还有来回穿梭的服务生、来自世界各地的顾客，甚至包括在斑斓的色彩中飞来飞去的奇科，所有这一切都在我的注视之下发生着。

那时我没什么好担心的。我的无花果汁多量大，摸起来软软的，我的叶子很壮实，绿油油的，新叶子比老叶子还大，这是健康生长的标志。我魅力无穷，甚至顾客们的心情也跟着好了很多。他们额上的皱纹舒展了，话音里的怒气消失了。也许他们所说的幸福是真的，毕竟它是会传染的。在一家名为"幸福无花果"的酒馆里，一棵开花的树长在它的正中央，这很难不让人感到希望满满。

我知道我不该这么说，我知道这是我的错，缺乏爱心，不知感恩，但自从多年前的那个下午命运被改写，我已经很多次地后悔认识德夫妮了，我多希望她从来没有跨过我们的门槛。也许这样我们美丽的酒馆就不会被大火吞噬，惨遭毁灭。也许我就还是那棵幸福的树。

孤　独
伦敦，2010年代末

午夜过后，暴风雨说来就来，袭击了伦敦。天空像寒鸦的胸膛一样黑，浓密的云层好似密不透风的钢板逼压着这座城市。闪电在头顶上方掠过，伸出大大小小霓虹般的枝杈，就好像树木被连根拔起、一扫而空的鬼魅树林。

艾达独自一人待在她的房间里,除了身边留了一盏阅读灯,其他灯都关了。她静静地躺在床上,将羽绒被拉到下巴处,听着雷声,思考着,担心着。虽然在同学面前尖叫很可怕,但她发现更可怕的是,她意识到这种事情可能还会再次发生。

白天,姨妈的存在让她分了心,她多多少少把这件事抛到了脑后,但现在一切又涌了回来。沃尔科特夫人的表情,同学们的嘲笑,扎法尔脸上的困惑。她胃里那种噬咬的感觉。她想,一定是自己出了什么问题。她脑子里出了问题。也许是她也长了母亲脑子里长的东西,这个他们从来就没有谈论过的东西。

她以为自己会失眠,不想却睡着了。她断断续续地浅睡了一觉,不知道是什么把她吵醒了,她睁开眼睛。外面雨下得很大,整个世界都被滂沱大雨吞没了。每一阵狂风刮过,她卧室前的山楂树都会刮擦一下窗户,仿佛是要透过玻璃告诉她点什么。

一辆汽车从路上驶过。这种天气里,一定出了什么紧急状况,车灯打在百叶窗上,在车驶过去的那一瞬间,整个房间里的每一件东西都活了过来,从黑暗里站了起来。它们的剪影就像皮影戏中的人物一样冒了出来,很快,就又消失了。她想起了母亲的抚摸,母亲的脸庞,母亲的声音,过去的几个月里她曾无数次地想起这一切。悲伤缠绕着她的全部身心,就像绳子一样越勒越紧。

她慢慢地从床上坐了起来。她多么渴望看到一个征兆啊!因为事实上,无论她多么害怕或者质疑那些鬼神,或者所有那些肉眼不可见,但她猜测姨妈会相信的生物,她的内心还是存着些希望,她觉得,只要她能找到通往另一维度的门,或者允许那个维度现身,她就能再见母亲一次。

艾达等待着。她的身子一动也不动，尽管她的心脏在胸口处狂跳不已。什么也没有发生，既没有超自然的预兆，也没有非凡间的奇迹。她艰难地吸了一口气，茫然不知所措。她一直在寻找的那扇门，如果有的话，仍然关闭着。

这时她想起了那棵无花果树，它被孤零零地埋在了花园里，尚存的树根悬垂在它的旁边。她把目光转向窗外的空旷地带。那一刻，她有一种甚是奇怪的感觉，她感觉那棵树也醒着，观察着她的每一个举动，倾听着房子里的每一声咯吱，等待着，就像她一样等待着，却又不知道在等什么。

艾达下了床，打开灯。坐在梳妆镜前，她审视着自己，她总觉得自己的鼻子太大了，下巴也太突出了，还有头上的卷发，她努力地想把它弄直……她记得不久前的一天，她在画室里看母亲作画。

"等我画完这幅画，我要给你画一幅新肖像，亲爱的。"

从她还是个婴儿时起，她的母亲就开始为她作画了。屋子里满是肖像画，有些色彩明艳，有些则是单色的。

但那天下午，艾达第一次拒绝了："我不想让你画我。"

母亲把笔刷放到一边，抬起头望着她："为什么不呢，亲爱的？"

"我不喜欢别人画我。"

她的母亲沉默了一会儿，脸上闪过一丝受伤的神情，然后问道："他叫什么名字？"

"你问谁？"

"那个男孩……或者那个女孩……那个让你这么想的白痴叫什么名字？"

艾达感到脸颊发烫,有那么一瞬间她差点就把扎法尔的事告诉了母亲。但她忍住了。

"听我说,艾达·卡赞扎基斯!塞浦路斯的女人,无论是南塞的还是北塞的,都是美女。我们怎么可能不是呢?我们是阿芙洛狄忒的亲戚,虽然她是个婊子,但不可否认她是个大美女。"

"妈,别闹了。"艾达长嘘了一声。

"嘿,我没开玩笑。我想让你知道关于爱的一个基本原则。你知道的,爱有两种:浅水之爱和深海之爱。你还记得阿芙洛狄忒是从泡沫中诞生的吗?泡沫之爱感觉不错,但也很肤浅。当它消失了,就是消失了,什么也留不下。永远都要追求那种从深海处迸发的爱。"

"我没有恋爱!"

"好吧,但是等你恋爱了,记住,泡沫之爱只对泡沫之美感兴趣,深海之爱追求深海之美。而你,我的心肝,配得上深海之爱,它强烈,深沉,令人陶醉。"

母亲又重新拿起笔刷,接着说:"至于那个我不知道名字的,男孩也好,女孩也罢,如果他看不出你有多特别,他就不配得到你的一点关注。"

现在,艾达坐在镜子前审视着自己的脸,就好像是在刚抹过灰的墙面上寻找瑕疵,她这才意识到自己从来都没有问过母亲,她和父亲之间的爱是第一种还是第二种。但后来,她当然就知道了。她的内心深处知道,她是那种从海底升腾起的爱的孩子,这爱来自一片幽蓝,如此幽暗,几近成了黑色。

艾达对镜子和在镜子里看到的东西失去了兴趣,她拿出了手机。尽管父亲警告过她晚上不要使用电子产品,这样会影响昼夜节律,但她还是喜欢睡不着的时候上上网。她刚一打开手机,一条短信嗖的一下就进来了,是一个不认识的号码。

　　看看这个,有惊喜哦!!!

　　她犹豫了一下,不知道要不要点开这条消息的链接。一阵抓心挠肝后,她按了"播放"键。
　　这视频犹如五雷轰顶,有人拍下了她在历史课上尖叫的样子。肯定是她的同学中有人违反校规带了手机。她的心越发沉重起来,但她还是坚持看到了最后。视频里的她,虽然侧影在窗外灯光的掩映下微微闪光,但仍然可辨,她的声音越来越高,高到要刺破耳鼓,令人焦躁不安。
　　羞耻感如一把匕首刺穿了她,直入她的自尊。她做了一件如此出格、让人惊掉下巴的事,这原本已经够可怕的了,然而,居然还有人在她不知情的情况下将这一切都录了下来,这更让她无地自容。恐慌捕获了她,她觉得天旋地转,嘴里有酸水的味道。亲眼看到有人把你发疯的过程展示给所有人看,这太可怕了。
　　她的手颤抖着,点开了一个视频分享网站。
　　不管是谁录下了这段视频,他都已经把它公开了,这正是她所害怕的。视频下方,评论正如潮水般涌来。
　　"哇,真是个怪胎!"
　　"她显然是装的。"
　　"有些人为了博取眼球真是什么都干得出来。"
　　"她怎么了?"有人问道。又有人回答说:"也许她在镜子里看到她自己了!"

满屏尽是诸如此类的轻蔑、嘲讽,其中大量的黄段子和下流言论不堪入目。还有图片和表情符号。有人还复制了蒙克[①]的画作,前景中尖叫的那个人被一个看起来发了疯的女孩取代了。

艾达紧紧攥着手机,颤抖个不停。她像被关进笼子的动物一样在房间里踱来踱去,每走一步,她的神经就绷得更紧。这段丢人的视频将会永远挂在网上,成为她一生的耻辱。她能向谁寻求帮助呢?校长吗?老师吗?写信给这家技术公司——他们怎么会在乎这种事?她什么也做不了,任何人都无能为力,甚至包括她的父亲。她陷入了孤楚的境地。

她瘫倒在床上,双腿蜷缩至胸口处。轻轻地摇晃着自己的身子,哭了起来。

无花果树

快午夜时,我听到一种奇怪的声音。我警觉起来,有些紧张。原来是我的老朋友山楂树通过树根和真菌发出的信号,问我过得怎么样。山楂树是本地物种,性格温和,雌雄同体。他/她的善良和纯粹打动了我。善良总是如此直接、质朴、毫不掩饰。

不论在地上还是地下,我们树木会一直交流。我们不仅分享水和营养,还分享重要的信息。虽然有时不得不争抢资源,但我们也善于互相保护、彼此支援。一棵树的日子,不管打外面看起来

[①] 蒙克:挪威印象派画家,其代表作《呐喊》描绘了一个在血红色背景映衬下极其痛苦的人,有人认为该作品反映了现代人被存在主义的焦虑侵扰的境况。

多么静好，实际总是危险重重：松鼠会剥我们的树皮，毛毛虫会入侵并蚕食我们的树叶，还有附近的篝火，挥着链锯的伐木工……一旦受到狂风的肆虐、烈日的暴晒、昆虫的攻击、野火的威胁，我们就必须齐心协力。我们可能看起来冷漠，长在人少的地方，或者森林边上，但我们仍然与整片土地保持着联系，通过空气和我们共享的菌根网络发送化学信号。人和动物可以为了寻找食物、住所或配偶四处游逛数英里，还能不断适应环境的变化，但我们树则必须在扎根原地的同时做所有这些事情，甚至更多事情。

该乐观还是悲观，这种两难的处境于我们而言绝不仅是理论之争，而是我们进化过程中不可或缺的一部分。仔细瞧瞧阴生植物，尽管他们生长的环境光线不足，但倘若积极乐观，植物就会生出更加肥厚的叶片，这样叶绿体的总量也会增加。但倘若他对未来不抱太大希望，不指望很快就会有转机，他的叶片就会维持最薄的厚度。

树木知道生活就是自我学习。在压力的作用下，我们会制造新的DNA组合，产生新的基因变异。不仅遭受压力的植物会这样做，他们的后代也会这样做，即使他们自己可能并不曾经历过任何类似的环境创伤或身体创伤。你可以称之为代际记忆。到头来，我们记住也好，努力忘却也罢，都是同一个目的：在一个既不理解也不看重我们的世界里活下去。

有创伤的地方就能找得到体征，因为我们身上总会有体征。树干会有裂缝，无法愈合的裂缝，明明是春天，叶子却呈现出秋天才有的颜色，树皮会剥落，就像动物脱壳一样。然而，无论他经历着什么样的困境，树从来都知道自己与无穷无尽的生命形式相连——从最大的生物蜜环菌[①]到最小的细菌和古生菌，而且他还知道自己不是孤立的偶然的存在，而是内在于一个更加广阔的社群。就连不同种类的树也会求同存异、团结一致，这比很多人类所做的更值得称赞。

正是那棵山楂树告诉我小艾达的情况不太好。我知道后悲伤不已，因为我觉得自己和她是有关联的，即便她可能不经常想着我。一个婴儿和一棵树苗，我们在这所房子里一起长大。

流言四起
塞浦路斯，1974年

周四下午，科斯塔斯吹着他从收音机里听来的曲子《本尼与蒸汽机》[②]，走进了"幸福无花果"酒馆。这些天来，听任何东西都很难不被岛上某处发生恐怖袭击的突发新闻或政治紧张局势升级的报道打断，他一直哼着它的调子，仿佛在尽量拖延着它，好让自己留在另一个轻盈、美丽的世界里。

时间尚早，周围还没有顾客。厨房里只有厨师一个人，他面前放着一篮子无花果和一碗鲜奶油，一只手抚着下巴。他全神贯

[①] 蜜环菌：寄生真菌的一种，通常生长在树木的根部并从中吸取养分，因此可能与树木产生联系。由于这种真菌可以在地下形成庞大的菌丝网络，所以有时会被认为是地球上最大的生物。

[②]《本尼与蒸汽机》：英国摇滚明星埃尔顿·约翰于1973年发行的一首摇滚歌曲，具有独特的节奏和强烈的舞台表演风格。

注地工作着,连头都没抬一下看看是谁进来了。

乔尔戈斯在柜台后面擦拭杯子,肩上搭着一块白布。

"嗨,"科斯塔斯说,"厨师在干什么呢?"

"哦,别打扰他,"乔尔戈斯说,"他在练习做德夫妮跟我们说的甜点,她父亲的食谱,记得吗?我们打算把它加入菜单里。"

"太好了。"科斯塔斯环顾了一下四周,"尤素福去哪儿了?"

乔尔戈斯用下巴努了一下后面的院子:"那不,给植物浇水呢。他给他们唱歌,你知道吗?"

"真的吗?"

"是的,他每天都和无花果树聊天。我对天发誓!我都撞见过不知道多少次了……有趣的是,他和人说话总是结结巴巴、磕磕绊绊,但和植物说起话来却非常利索,比我听过的任何人都滔滔不绝。"

"太不可思议了!"

"是啊。也许我把自己变成仙人掌,他就能对我多说两句了。"乔尔戈斯轻笑道。他从架子上又拿下一只杯子,轻轻地擦了擦,目光犀利地盯着科斯塔斯。"你母亲早些时候来过。"

科斯塔斯脸都吓白了。"她来过?"

"是的,她来打听你。"

"为什么?她知道我来见你们的。是她让我来这儿卖东西的。"

"是的,但她问你其他时间有没有来过这里,如果有,又是为什么来的。"

他们的目光短暂交汇了一下。

"我猜是有人看到你和德夫妮一起离开了这里。你知道的,在岛上,流言飞得比猎鹰还快。"

"您对她说了什么吗?"

"我告诉她你是个好孩子,我和尤素福都很为你骄傲。我说你有时晚上过来搭把手,就这些。我告诉她不用担心。"

科斯塔斯低下头:"谢谢您。"

"这么说吧……"乔尔戈斯把手里的布扔到一边,双手放到柜台上,"我理解。尤素福也理解。但在塞浦路斯,有许多人永远不会理解。你俩一定要小心。我不说你们也知道事情的严重性。从现在起,分开出门,从后门走。不要一起出去,哪怕被一个客人盯上,没准就得玩完。"

"那这些员工呢?"科斯塔斯问道。

"我的员工都很可靠,我信得过他们。这不是问题。"

科斯塔斯拘谨地摇了下头:"但您确定我们继续来你们这儿,不会给你们惹事吗?我不想给你们添任何麻烦。"

"不会的,我的棒小伙儿,你不用担心。"乔尔戈斯说着脸红了,也许是又想起了什么,抑或是一段回忆。"但有句话我不知道该不该说,年轻的时候,我们总以为爱就是要白头到老。"

科斯塔斯感到浑身发冷,一种不祥的预感在他体内慢慢散开。"如果这是您曾经的经历,我替您难过。但我们不一样,我们会永远在一起的。"

乔尔戈斯不再说话了。只有年轻人才会如此海誓山盟,也只有上了年纪的人才会明白这盟誓有多么的荒诞不经。

就在这时,门开了,德夫妮大步走了进来。她穿着一件银线镶边的蕨绿色裙子,眼睛里闪动着期待的光芒。那只叫奇科的鹦鹉看到她很兴奋,抖着翅膀,尖叫她的名字:"德夫妮!德夫妮!亲亲!"

"去你的！"德夫妮嗔怪着冲它说道，然后又转向他俩，她那快活的表情立刻驱散了房间里的坏情绪。"嗨！"

科斯塔斯朝她走去，尽管焦虑已经开始折磨他，但他仍旧换了一副笑颜。

"幸福无花果"酒馆
菜单

我们的美食，

融合了几个世纪以来在这个天堂般的岛上流行的多种文化。

新鲜的食材，陈年的佳酿，经典的菜肴。

在这里我们就是一家人，

给予、分享、倾听、歌唱、欢笑、哭泣、原谅，

最重要的是——品尝美食。

尽情享用吧！

Y & Y[①]

开胃菜

芝麻酱土豆茄泥

黄豌豆泥（配薄松饼）

甜椒盒（藤叶卷）

---

① Y&Y：这两个 Y 为乔尔戈斯（Yiorgos）和尤素福（Yusuf）名字的首字母。

喜开西葫芦花盒

葡萄藤叶肉末大米包饭

汤

酸麦碎汤（塔尔巴那酸奶碎）

匈牙利渔夫汤[①]

沙拉

塞浦路斯乡村沙拉

羊乳酪西瓜石榴沙拉

烤中东奶酪沙拉配橘子和薄荷

主厨特色菜

酸奶酱肉丸（土耳其肉丸）

野牛至小火烤肉

香炸鲽鱼片

奶酪虾

羊肚裹洋葱烤羊肉

烤箱烘香辣碎肉茄

贻贝、土豆、藏红花炖洋蓟

烤鸡肉卷（配薯片和酸奶黄瓜酱）

---

① 匈牙利渔夫汤：一道用鲤鱼或多种淡水鱼和大量的辣椒粉调制而成的汤。

甜点

烤无花果配蜂蜜大料冰淇淋

（我们最受欢迎的顾客中的一位偷偷给的秘方）

美味老式米糕（众人皆知）

脆皮蜂蜜泡芙（希腊甜甜球）

游牧果仁蜜饼

（希腊/土耳其/亚美尼亚/黎巴嫩/叙利亚/摩洛哥/阿尔及利亚/约旦/以色列/巴勒斯坦/埃及/突尼斯/利比亚/伊拉克……落下谁了吗？如果有，欢迎补充）

酒水

见我们的精美酒单！

热饮

小豆蔻热煨大都会咖啡

地中海山茶

蒲公英根角豆茶

鲜奶油伏特加淘气热巧克力

醒酒汤

牛肚汤配大蒜、醋、干酸橙、七种香料和各种草药

（黎凡特地区最古老的宿醉解法）

圣 徒
塞浦路斯，1974年

科斯塔斯的母亲是位虔诚的教徒。在他的记忆里，母亲一直都是，只是随着岁月的流逝，宗教在他们的生活中越发显眼。白墙上、木架子边、落有蜡滴的角落里，随处可见一群群默默守卫着的圣像，他们从一个未知的世界凝视着，静静地望着。

"永远都不要忘记，圣徒一直与你同在。"帕娜约塔说，"我们的眼睛只能注意到眼前的东西，圣徒就不一样了。他们什么都能看到。所以，你要是偷偷做了什么，我勇敢的小伙儿，他们会立马知道的。你可以糊弄我，但可糊弄不了圣徒。"

当科斯塔斯还是个孩子时，他花了很多空闲时间去琢磨圣徒眼睛的光学结构。他认为他们眼睛的视野范围一定是360度的，就像蜻蜓一样，尽管他并不指望母亲会认同这个想法。倘若能拥有蜻蜓的这些特质，他会兴奋不已的，能像直升机一样在空中盘旋该多么奇妙啊，那么独特的飞行方式，以至于激发出了全球诸多科学家和工程师的灵感。

关于童年，他记忆最深的是坐在厨房的泥炭火炉旁看着母亲做饭，她的额头慢慢渗出晶莹的汗珠。她总是在忙碌，她的手可以证明这一点，粗糙的双手长满了老茧，指关节因为使用强力清洁剂而红肿生疼。

科斯塔斯3岁的时候，他的父亲因为长期接触石棉肺部感染而过世。石棉粉尘会导致肺坏死，这种矿物自斯特罗多斯山东边的斜坡提取，从塞浦路斯大量出口。矿业公司在整个岛上开采铁、铜、钴、银、黄铁矿、铬和含金的棕砂。跨国公司从中谋取了丰厚的利润，而在矿井、磨坊和制造厂里的当地工人则被毒素一点点侵蚀。

科斯塔斯花了好几年才发现，石棉工人的妻子和孩子们因为二次接触有毒物质也将遭受痛苦，尤其是那些妻子。这是一种得不到任何诊断，更不用说任何赔偿的缓慢衰亡。他们当时对此一无所知。他们并不知道，每天，当帕娜约塔给丈夫洗工作服，晚上搂着他睡觉，吸入他头发里的白色石棉粉尘时，癌症就已经开始肆虐她的细胞了。帕娜约塔生病了，不过那些不了解她的人并不会猜到这一点，只是见她总在匆忙赶活儿。

科斯塔斯对父亲几乎没什么记忆。他知道他的哥哥记得父亲的很多事儿，而他那彼时刚刚出生的弟弟则全然没有记忆。他是中间那个，父亲留给他的记忆就像是蒙了一层雾，给了他幻想，却又令他沮丧，如果他能用手把那雾拨开，也许就能找到父亲的脸了，碎片也就不再缺失，最终拼合完整。

帕娜约塔没有再婚，她独自抚养着三个男孩。自丈夫去世后，由于没有其他收入来源，她开始向当地店主兜售自制的东西，多年下来，她建立起了自己的生意。主要收入来自角豆酒，这是一种烈性饮料，喝下去后，喉咙会觉得火辣辣的，融进血液里却又温温的，就像一堆暖人的篝火。另外，她住在伦敦的哥哥也时不时给她寄些钱。

帕娜约塔坚强且有韧性，慈爱又严谨。她相信恶灵无处不在，猎食着无辜的受害者。粘在鞋子上的柏油、轮胎上的泥巴，进入肺部的灰尘，让鼻子发痒的风信子的花香，甚至停留在舌头上的乳香味，都很有可能遭到邪灵气息的玷污。要想避开他们，必须保持警惕。尽管这样，他们还是会穿过门缝、窗子上的裂纹、人们内心的迟疑而潜入人的家中。

燃烧橄榄叶可以帮助驱邪，帕娜约塔经常这么做，刺鼻的味道都有点令人窒息，它无孔不入，不一会儿，烧焦的气味就沁入了肌肤。她还会焚炭，因为魔鬼讨厌它的烟。她一遍遍地画着十字，在房子里轻轻地走来走去，紧闭着嘴唇祈祷，手里还攥着一把镀银香炉。科斯塔斯每次离家、回家，都得在胸前画十字，他一直用右手画，他的那只好手。

每当科斯塔斯身体有恙或无法入眠时，帕娜约塔就会怀疑是邪恶之眼在作祟。为了减少伤害，她会举行祛除邪恶之眼诅咒的仪式，她让科斯塔斯站在她面前的一张凳子上，自己一手举着一杯水，另一只手拿着一勺橄榄油。很多次，他看着那金色的油滴落入水中，等着它们或聚成一团或扩散开去，好让她评估那诅咒的邪恶程度。之后，她会让他把这充满咒语的水喝掉，他会照做，一饮而尽，希望以此能从不知不觉缠上他的疾病中解脱出来。

科斯塔斯年轻的时候，常常会在安静的下午溜出去，坐在树下，一边专注读书，一边啃着面包，面包上抹了一层厚厚的酸奶，还撒了一点糖。他对一切事物都充满了好奇，他会去看长满苔藓的原木，会去闻混杂着大蒜、芥末和美洲商陆[①]的香气，会去听甲虫啃食树叶的声音，会因为母亲对这个充满奇迹的世界满是恐惧而吃惊不已。

规则让生活变得富有结构，因此人们必须遵守规则。日落之后，盐、鸡蛋和面包不能拿到屋外。否则，它们就永远回不来了。

[①] 美洲商陆：商陆药材的一种，亦称垂穗商陆。全株有毒，根及果实毒性最强。

打翻橄榄油是一个特别糟糕的凶兆,一旦发生,赶紧打翻一杯红酒以抵除厄运。挖土的时候,千万不要把铲子扛在肩上,不然可能会死人。还有,不要数身上的疣子有多少(它们只会越数越多),也不要数口袋里的硬币有多少(它们只会越数越少)。一周七天,周二诸事不宜,不要周二结婚,也不要周二出门旅行,要是能避免,也不要周二生孩子。

帕娜约塔解释说,几个世纪前五月的一个周二,奥斯曼人占领了有众城女皇之称的君士坦丁堡。事发前,人们把圣母玛利亚雕像抬到了一处避难所,以躲避持续不断的围攻,但雕像却摔倒了,摔得粉碎,再也无法拼合起来。这是一个征兆,但人们没有及时意识到。帕娜约塔说,人们应该时刻观察到这些。猫头鹰在黑暗中鸣叫,扫帚自己掉下来,飞蛾飞到你的脸上,这些都不是吉兆。她认为有些树是基督教的,有些是伊斯兰教的,还有一些是异教徒的,你必须确保你在花园里没有种错树。

她对三件事尤为警惕:不可以坐在核桃树下,因为这会让人做噩梦;不可以栽种犹大树,因为出卖了上帝的儿子之后,犹大在这种树上上吊而亡;不可以砍伐乳香树,据说在其漫长的历史中这棵树曾哭过两次,第一次是罗马人折磨一名基督教殉道者时,第二次是奥斯曼土耳其人征服并定居塞浦路斯时。

每当他母亲说这些话时,科斯塔斯就心头一紧。他喜欢所有的树,无一例外,至于一星期里的日子,在他看来,只分为两种:与德夫妮在一起的日子,思念她的日子。

有那么一两次他曾想对母亲讲出真相,但很快就变了主意。他知道他永远都不能告诉母亲,他爱上了德夫妮,一个土族穆斯林女孩。

城　堡
伦敦，2010 年代末

整个上午，艾达都待在自己房里，看着暴风雨逐渐肆虐。她既没吃早餐，也没吃午餐，只吃了一包在书包里找到的爆米花。父亲来看过她两次，但每次她都以要完成 GCSE 的课程作业为由把父亲打发走了。

下午晚些时候，有人来敲门。急促、持续不断地敲。打开门，艾达发现是她的姨妈。

"你打算什么时候出来？"梅耶姆问道，她的邪恶之眼串珠项链捕捉着从天花板上投下来的光。

"对不起，我还有事情要做……家庭作业。"艾达回答道，特意强调了最后一个词，她知道这可以平复成年人的情绪。一旦你这么说，他们就不会再来烦你了。

不过，这招似乎对她姨妈并不奏效。要说有什么效果的话，那就是她看起来不太高兴。"英国学校怎么这样？看看你，这么小就像个囚犯似的被关在房间里。来吧，先别管什么作业。咱们做饭去！"

"我的作业我得管，您应该鼓励我好好学习才是啊。"艾达说，"而且，我也不会做饭。"

"没关系，我教你。"

"我才没兴趣呢。"

梅耶姆那双淡褐色的眼睛令人捉摸不透。"怎么可能？来，只管试试。俗话说,要想全村好,大厨少不了。"

"不好意思,"艾达直截了当地说,"我失陪了。"

艾达慢慢地关上门,留下姨妈一个人站在厅廊里,她的首饰还有那些俏皮话,就像墙上的另一张全家福一样渐渐隐去了。

上小学的第一年,艾达每天下午都乘坐校车回家。校车在她家门前那条路的尽头停下。她总是在同一时间到家,发现母亲就在花园的前门处等着她,母亲并没有在注视什么特别的东西,她用拖鞋尖儿轻拍着栅栏,好像在和着一首只有她自己才能听到的旋律。不管下雨还是下雪,德夫妮都在那儿,在外面等着。但六月中旬的一天,她没有出现。

艾达下了校车,小心翼翼地平端着她在课上完成的艺术作品。她用酸奶罐、棒棒糖棍儿和装鸡蛋的纸板盒搭了一座城堡。上面的塔是用卷纸芯做的,涂成了鲜艳的橙色。周围的护城河是用巧克力包装纸做的,在夕阳下像水银一样闪闪发亮。她花了整整一个下午的时间才完成这件作品,迫不及待地想给父母看看。

艾达刚进家门就停下了脚步,屋子里正在播放的一首歌令她脑子一怔,那音乐声实在是太吵了。

"妈妈?"

她在父母卧室里发现了母亲,她坐在窗边的长凳上,用手托着下巴。她的脸惨白,几乎是半透明的,好像被抽干了血。

"妈妈,你没事吧?"

"唔?"她转过身来,眼睛迅疾地眨了一下。她看上去有些困惑。"宝贝,你回来了,现在几点了?"她的声音听起来含糊不清,"现在已经……"

"校车把我放下了。"

"哦,亲爱的,很抱歉。我只是在这里坐了一会儿。我一定是忘记时间了。"

艾达目不转睛地盯着母亲红肿的双眼,她轻轻地把城堡放到地板上:"你怎么哭了?"

"没……没怎么。今天是个特殊的日子,是个悲伤的纪念日。"

艾达走近她。

"我有两个好朋友,尤素福和乔尔戈斯。他们以前经营一家很棒的餐厅。哦,食物太美味了!光是那些美妙的味道就足以填饱你的肚子了。"德夫妮转向窗户,阳光正落在她的肩膀上,就像给她披上了一条金线披肩。

"他们怎么了?"

"噗!"就像魔术师刚刚完成了一个精心设计的魔术,她的母亲打了个响指,"他们凭空消失了。"

一时间,她们俩谁也没说话。德夫妮沉默着点了点头,一副听天由命的样子。"当时在塞浦路斯有很多人都失踪了。他们的爱人会等待,希望他们还活着,只是被囚禁在了某个地方。那些年太可怕了。"她仰起下巴,嘴唇紧紧地抿着,直至失去了血色,"居住在那个岛上的两方人都遭了难,可如果你把它讲出来,又会招来两方人的憎恶。"

"为什么?"

"因为过去是一面黑暗的、扭曲的镜子。你看着它,只会看到自己的痛苦。那里容不下别人的痛苦。"注意到艾达脸上的困惑,德夫妮试着笑了一下,一个像伤疤一样的浅笑。

"那他们那里也卖冰淇淋吗?"艾达想到什么就问什么。

"哦,当然卖。他们的甜点堪称一绝,但我最喜欢的是烤无花果配蜂蜜大料冰淇淋。那种混合风味非常独特,有点甜、有点辛辣,还有点酸涩。"德夫妮顿了一下,"我跟你提起过你外祖父吗?他是个厨师,你知道吗?"

艾达摇了摇头。

"他是著名的莱德拉宫酒店①的主厨,每天晚上他们都有奢华的晚宴。我父亲曾为宾客们制作这道甜点,他是从一位意大利厨师那里学来的。但我知道怎么做,我告诉了尤素福和乔尔戈斯。他们喜欢得很,就把它也加到了菜单上。我很自豪,但也担心父亲会听到风声。我竟为一个愚蠢的布丁担心呢!太天真了,年轻时困扰我们的都是些什么事啊。"德夫妮眨了一下眼睛,就像是在透露一个秘密,"你知道的,我从不做饭。我曾经做过一次,后来就再也没做过了。"

背景音乐里响起一首新歌。艾达努力地想听懂其中的土耳其语歌词,但还是听不懂。

"我还是去洗把脸吧。"德夫妮说着起了身。就在这时,她几乎失去了平衡,踉踉跄跄地向前一栽,差点栽倒在地。

艾达听到酸奶罐被脚踩碎的声音。

"天啊,我刚才做了什么?"德夫妮弯下腰,捡起皱巴巴的纸筒,"这是你的吗?"

艾达什么也没说,生怕一开口就会大哭起来。

"是你学校的作品吗?对不起,亲爱的。你做的什么呀?"

艾达勉强说道:"一座城堡。"

---

① 莱德拉宫酒店:位于塞浦路斯的尼科西亚市中心,建于19世纪50年代,最初作为一座豪华宫殿而建,供游客和高级外交官使用。

"哦，宝贝。"

当德夫妮把她拉入自己的怀抱时，艾达感到自己整个身体都绷紧了。她弓着腰，好像被什么看不见的、她也叫不出名字的东西压扁了似的。就在那一刻，她闻到了母亲呼吸中的酒精味。它既不像一家人去高档餐厅时父母点过的酒，也不像他们与朋友庆祝时开过的香槟。那是一种不一样的味道，辛辣且有金属味儿。

闻起来很悲伤。

晚些时候，艾达出了房间，她感到饿了，蹒跚着走向厨房。她的姨妈正双手浸在水槽里洗盘子，一边洗一边用手机看貌似土耳其肥皂剧的东西。

"嗨。"

"呃？"梅耶姆吓了一跳，"你吓到我了！"她抬起手，用拇指顶住上腭①。

艾达疑惑地打量着她："您受了惊吓都做这个吗？"

"当然，"梅耶姆说，"英国人怎么做？"

艾达耸耸肩。

"你爸爸又去检查那棵无花果树了，"梅耶姆边说边关掉手机，"顶着外面的暴风雨！我跟他讲外面太冷了，别出去，风刮得跟野兽似的，但他不听。"

艾达打开冰箱，拿出一瓶牛奶。抓起她最喜欢的麦片，往碗里倒了一些。

梅耶姆皱着眉头看着："不是吧，单身狗才吃这个呢。"

---

① 用拇指顶住上腭：在土耳其文化中，当人们感到震惊、惊讶或吃惊时，通常会迅速将拇指放在嘴巴或上腭附近。

103

"我喜欢吃麦片。"

"你确信?我觉得它们闻起来有股嚼口香糖的味儿。谷物不应该是这个味儿。这东西肯定不对劲。"

艾达拉过一把椅子坐下,开始吃了起来,尽管她现在异常敏感地察觉到麦片带着一股奇怪的甜气。"您是跟您父亲学过做饭吗?他是个厨师,对吧?"

梅耶姆一动不动地站着:"你听说过你外公了?"

"妈妈曾经——告诉过我。这么说吧,她当时并不清醒。除此之外,她从未提及过塞浦路斯。这屋子里没人知道。"

梅耶姆回到她洗碗的地方,沉默了一会儿。她冲洗了一个杯子,把它倒放在漏水板上,小心地问:"你想知道什么?"

"所有的一切,"艾达回答道,"我受够了被当成孩子对待。"

"所有的一切。"梅耶姆应声道,"但是没有人知道那所有的一切,我不知道,你父亲也不知道……我们每个人都只抓住了一星半点,有时候你的那一点和我的这一点还合不上,既然这样,为什么还要谈论过去呢,除了让每个人都不痛快。俗话说,要像管囚犯一样管住你的舌头。智慧可以分成十份:九份沉默,一份言语。"

艾达抱起双臂:"我不同意。一个人无论如何都要大声说出来。我不明白你们在怕什么。而且,我自己也读过这方面的报道。我知道希族人和土族人互相仇视,暴力相向。英国人也参与其中,很显然,我们不能忽视殖民主义。我不明白我父亲为什么要这么守口如瓶,就好像在守一个秘密似的。他好像都没有意识到网上什么都有。我这个年纪的人不怕问问题,世界已经变了。"

梅耶姆把水槽的塞子拔了出来,看着水不停地转着圈,从洞口泪泪地流下去。她在围裙上擦了擦手，淡淡一笑。"世界变化真的很大吗？真希望你是对的。"

那天下午，艾达的母亲像捧着一只受伤的小鸟一样捧着那件被她踩坏的艺术品，谈起了塞浦路斯，告诉了艾达以前从未和她提起过的事情。

"我出生在凯里尼亚附近，亲爱的。我知道一座城堡，跟你做的城堡一模一样，只不过那城堡建在高高的岩石上。据说迪士尼的灵感就来源于此。还记得《白雪公主》吗？歹毒的王后就住在野灌木丛生、悬崖绝壁包围的地方？"

艾达点了点头。

"这座城堡是以巴勒斯坦的一位圣人——圣·伊拉里翁的名字命名的。他是个隐士。"

"什么是隐士？"

"隐士离群索居。要澄清的是，他并不厌世。隐士并不仇恨人类，相反，他喜欢人类，只是不想和他们混在一起。"

艾达又点了点头，尽管她仍听得云里雾里的。

"圣·伊拉里翁是个旅行家。他先去了埃及、叙利亚、西西里岛、达尔马提亚……后来又到了塞浦路斯。他乐善好施，为饥饿的人提供食物，帮病人治病。他有一个重大的使命——远离诱惑。"

"什么是诱惑？"

"比如说，我给你一块巧克力，让你第二天再吃，你把它放在抽屉里，但后来你打开抽屉，只是想看看它是否还在，你想：'我为什么不能咬一口呢？'最后你狼吞虎咽，吃掉了一整块。这就是诱惑。"

"隐士不喜欢巧克力吗？"

"是的，他对巧克力没兴趣。圣·伊拉里翁决心清除塞浦路斯所有的恶魔。他迈着沉重的步伐，在山谷里走来走去，杀妖降魔，直到这天，他来到了凯里尼亚，爬上岩石，好好地端详这座岛。他觉得他的工作完成得差不多了，可以乘船去另一个港口了。他得意地看着四周，远处的村庄因为他的辛勤劳作得以安然入睡。但这时他听到一个声音：'哦，伊拉里翁，加沙之子，迷途的流浪者……你确定你已经消灭了所有的地狱恶魔吗？'

"'那当然，'隐士有点沾沾自喜地回答说，'如果还有剩下的，上帝，让我看看，我会立刻降伏他们。'

"那个声音说：'那些心里的呢？你也杀死了吗？'就在这时，隐士意识到，他虽然已经消灭了眼睛所能看到的所有恶魔，却没有驱除内心的恶魔。你知道他接下来做了什么吗？"

"做了什么？"

"为了不再听到他脑子里那些肮脏的、邪恶的声音，圣·伊拉里翁把融化的蜡倒进了自己的耳朵里。太可怕了，对吧？永远不要做这样的事情！他毁了自己的听力，并拒绝下山。一年又一年过去了，隐士开始想，虽然活在寂静无声中不错，但他也错过了一些声音——树叶的沙沙声、溪水的潺潺声、噼里啪啦的雨声，尤其是鸟儿的啁啾声。动物们见他悲伤，不断给他带来各种闪闪发光的东西，让他高兴起来。戒指、项链、耳环、钻石……但隐士并不在乎财富。他挖了一个坑，把它们都埋了。这就是为什么今天人们会偷偷地跑去城堡寻找宝藏。"

"你和爸爸去了吗？"

"是的，我的小心肝儿。我们甚至还在那里过了夜。我们彼此承诺,不管我们的亲朋好友说什么,我们一定要结婚,等有了孩子,就用我们的岛来给孩子命名。如果是个男孩,就取希腊名字——尼索斯。如果是女孩,就取土耳其名字——艾达。我们当时并不知道,这也意味着我们再也回不去了。"

"你们找到宝藏了吗?"艾达这样问,只是因为她希望能把谈话转移到一个更愉快的话题上去。

"没有,不过我们找到了更好的东西,无价之宝。那就是你!"

艾达后来才明白她这话的意思。她的父母在城堡附近过了夜,而她就是在那里怀上的——几个世纪前,一位孤独的隐士也在那里与他自己的恶魔交战,最后失败了。

无花果树

1974年那一年,科斯塔斯频频光顾"幸福无花果"酒馆,既是为了同德夫妮幽会,也是为了给我们带来他母亲在家制作的美味珍馐。

我记得一个和煦的下午,酒馆的两位老板站在我的两边,和科斯塔斯聊天。

"告诉你妈妈她的角豆酒太棒了!再多送点来。"乔尔戈斯说。

"他不是替、替顾客要,"尤素福插嘴道,黑色的眼睛亮闪闪的,"他全是替、替自己要。"

"那有什么不对吗?"乔尔戈斯抗议道,"酒是诸神的甘露。"

"那是蜂蜜,不、不是酒。"尤素福摇了摇头。他是个滴酒不沾的人,酒馆里就他一个人是这样的。

"蜂蜜、牛奶、葡萄酒……如果连伟大的宙斯都觉得这些东西好得不得了,我自然也是多多益善了。"乔尔戈斯冲科斯塔斯眨了眨眼,"我们急需更多芝麻棒,再多来些嘛。"

最近,科斯塔斯开始卖他母亲做的芝麻棒。帕娜约塔沿用了古老的配方,并用现代手法稍加改良。秘诀就是上乘的蜂蜜,她还为其独特的香味和土腥味儿添加了一点薰衣草。

正朝门口走去的科斯塔斯笑了:"我会告诉我妈妈的,她一定很高兴。我们有五棵角豆树,即便这样还是供不应求。"

不得不承认,听他这么讲的时候,我有点嫉妒了。为什么要夸赞这些硬荚里裹着难嚼的黄色果肉的角豆树呢?他们并没有多么特别啊。

的确,角豆树精于世故,毕竟他们已经存活了四千多年。希腊语里,人们称他们为 keration,就是英语的"角";土耳其语里,人们称他们为 keciboynuzu,就是英语的"山羊角"。希族人和土族人至少在这一点上达成了共识。角豆树有着粗壮的树枝,厚实、粗糙的树皮和极其坚硬的种子,种子外面还包裹着不可渗透的豆荚,因此,他们可以在极其干燥的气候下存活。你要是想知道他们到底有多顽强,就在收获的季节去看看吧。人类采收角豆的方式十分奇怪,他们会用棍子猛击豆荚,被击打下来的纤维会在树下铺开成好多网。这是怎样的一番暴力景象啊。

所以说,角豆很是强悍。我认为这是他们的优势。但是,不像我们无花果,他们没有感情,他们冷漠、务实、缺乏灵魂。他们骨子里追求完美,这让我很是心烦。他们的种子几乎每粒都一样大、一样重,以至于在古代,商人们用他们来称量黄金,这就是"克拉"这个词的由来。它曾经是这个岛上最重要的作物,也是主要的出口农产品。所以你知道我的嫉妒从何而来了：角豆和无花果之间多少存在一点竞争的。

无花果是感性的、柔软的、神秘的、情绪化的、抒情的、精神的、独立的和内向的。角豆则喜欢客观的、物质的、实际的、可测量的东西。别问他们有关感情的事儿，因为你得不到任何回应。他们的内心连一点涟漪都不会泛起。接下来的这个故事，如果由一棵角豆树来讲，我可以向你保证，一定会和我讲的大相径庭。

尼科西亚有一棵角豆树，树干里有两颗子弹。金属和植物已经学会了生活在一起，融合成一个单一的存在。科斯塔斯并不知道，他的母亲会时不时地去看望这棵树，在他的树枝上系上还愿的祭品，给他的伤口涂上香脂，亲吻他受伤的树皮。

那是 1956 年。科斯塔斯还没出生，而我还活得好好的。那些年真是可怕，每天黄昏时分，尼科西亚都要宵禁。电台播送的全都是士兵、平民遭到血腥袭击之类的消息。许多英国侨民都离开了这座岛，他们当中有作家、诗人和艺术家，这里曾是他们的家，却不再让人感到安全。有些人，比如劳伦斯·德雷尔[①]，已经开始随身携带手枪自卫。仅在十一月，就发生了 416 起各式各样的恐怖袭击，有轰炸、枪击，也有伏击、直接处决——他们称之为黑色十一月。受害者都是反对 EOKA 目标和纲领的英国人、土族人和希族人。

我们这些树也受了苦，虽然并没有人注意到这一点。那一年，为了追捕躲藏在山区的叛乱组织，整座森林都被烧了。松树、雪

[①] 劳伦斯·德雷尔：英国作家，生于 1912 年，卒于 1990 年，以其对地中海地区的描写和旅行文学而闻名。

松、针叶树……全都被烧得只剩树桩。大约在同一时间，尼科西亚的希族社区和土族社区之间竖起了第一道屏障，这是一种带有铁柱和大门的铁棘网，一旦发生暴力事件，可以迅速关闭。一棵巨大的梨果仙人掌，发现自己被这个意想不到的障碍物给困住了，尽管如此，他还是继续生长，向外延展的绿色手臂穿过铁棘网，有时还会弯扭变形，任凭钢铁切入他的果肉。

那天，太阳刚刚开始下山，宵禁即将开始。街上只有几个当地人正赶着回家，生怕被巡逻的士兵抓住。有一个男人除外，他脸颊凹陷，眼睛绿得仿若山间的溪流。他似乎并不着急，一边静静地抽着烟，一边盯着地面往前走着。薄薄的烟雾后面是一张很是苍白的脸。这个人就是科斯塔斯的外祖父，他也叫科斯塔斯。

几分钟之后，一群英国士兵转过了街角。他们通常是四人一组巡逻，但那次是五人。

其中一名士兵发现了前面的人影，他看了看表，然后用希腊语喊道："停下！"

但那个人既没有停下，也没有减速。如果说有什么不同的话，那就是他似乎走得更快了。

"站住！"另一个士兵用英语命令道，"嘿，你！站住！我警告你。"

嫌疑人依旧无所畏惧，继续朝前走着。

"停下！"这次士兵们用土耳其语大喊，"我说，停下！"

这时，他已经走到了街的尽头，那里一棵老角豆树隐现在一堵破篱笆后面。他猛抽一口香烟，把烟含在嘴里。因此，他的嘴被撑得又薄又宽，那一瞬间，他似乎在微笑着嘲弄追赶他的士兵。

"停下！"这是最后一次警告。

士兵们开了火。

帕娜约塔的父亲倒在了角豆树旁，头撞到了树干的底部。先是一声低语，然后是一股细细的血流。一切都发生得太快了。前一秒他还屏住呼吸，下一秒就倒在了地上，从好几把枪里射出的子弹把他的身子打成了筛子，其中两颗子弹从他身边呼啸而过，射进了角豆树里。

当士兵们走近这名倒下的男子，掏空他的口袋时，他们没有找到枪支或任何武器。他们查看他的脉搏，已经停止了跳动。第二天早上，他们通知了他的家人，并告知他的孩子们，他们的父亲不顾多次警告，公然违抗命令。

真相直到那时才被揭开——科斯塔斯·埃利奥普洛斯，51岁，天生失聪。他听不见士兵们朝他喊的任何话，无论是希腊语、土耳其语还是英语。当时，帕娜约塔刚新婚不久，她永远不会忘记，也永远不会原谅。生下第一个儿子时，她决定用她死去父亲的名字给他命名，但她丈夫坚持他们的第一个孩子应该用他父亲的名字。所以当他们的第二个儿子出生时，帕娜约塔决定不再妥协。科斯塔斯·卡赞扎基斯是以他外祖父的名字命名的，他的外祖父是一个无辜的聋子，在一棵角豆树下被杀害了。

尽管我不喜欢角豆树，也不爱和他们争，但我还是得把他们放在我们的故事里。就像所有的树，无论在地上，还是在地下，总会交流、竞争和合作一样，故事也会在彼此看不见的根上发芽、生长和开花。

音乐盒
伦敦，2010 年代末

这场暴风雨后的次日清晨，整个城市都暗了下来，仿佛黑夜终于赢得了它与白日对决的永久性胜利。一场迅疾的雨夹雪从天而降，就在人们以为它会没完没了地下个不停时，它却势头减弱，让位给了来自北方的暴风雪。

他们三个都被困在了房子里，坐在客厅里看新闻。暴雨导致河流决堤，全国各地数以千计的住宅和商铺惨遭淹没。湖区发生了山体滑坡。伦敦一条繁华街道上的一幢公寓楼整个屋顶都被大风掀了起来，砸碎了好几辆汽车，多人受伤。被风刮倒的树木堵住了道路和火车轨道。天气预报警告说，最糟糕的还在后头，除非绝对必要，否则不要外出。

他们关掉了电视，梅耶姆大声叹了口气，又摇了摇头："世界末日的迹象，我感觉。我担心人类末日就要来了。"

"气候变化而已，"艾达说着，眼睛并没有离开手机，"不是上帝在复仇。这得怨我们自己。如果现在不行动起来，我们只会看到更多的洪水和飓风，没人能救我们。很快珊瑚礁和帝王蝶也要完蛋了。"

科斯塔斯仔细听着，点了点头。他想说些什么，但忍住了，他想给艾达一个和她姨妈交好的机会。

梅耶姆拍了下自己的脑门："哦，对啊，蝴蝶！我想起来了。我是真没脑子，居然忘了把重要的东西给你。跟我来。它在我房间里的某个地方！"

不过艾达对这个话题已经没了兴趣，因为她看到在她的那条视频下方又多了一条恶毒的评论。过了好几秒钟她才明白姨妈让她干什么。

"去吧，宝贝。"科斯塔斯努着下巴示意她。

艾达不情不愿地站了起来。到目前为止，她的视频已经被分享了太多次，就像病毒一样迅速传播开去。就连彻头彻尾的陌生人也能对她的行为指手画脚，就好像他们早就认识她似的。图片、视频甚至还有人画了漫画来讽刺她。不过，也并非所有评论都是恶意的。事实上，声援她的也不少。冰岛的一名女子录下了自己扯着嗓子尖叫的视频，她直接把背景中的一眼喷泉喊爆了，场面何其壮观。视频下方有一个主题标签，艾达注意到许多人也都正在使用：#你现在有听见我吗。

艾达弄不清这是怎么回事，她心乱如麻，急需跳脱出来，让自己喘口气，于是她把手机塞进口袋，跟着姨妈走了。

艾达走进客房，她几乎认不出这里了。姨妈敞开着的行李箱就像是被刺伤了的流血不止的动物，衣服、鞋子和配饰扔得到处都是，这与淡紫色的墙面和她母亲精心挑选的淡绿色家具是那么格格不入。

"对不起，我的心肝，弄得这么乱。"梅耶姆说。

"还好。"

"都怪更年期，我这一辈子都在收拾我妹妹、我丈夫、我父母的烂摊子。就算去餐馆吃饭，我也会把桌子收拾干净，这样服务员就不会在心里骂我们了。因为这很没面儿。你知道这个词吗？

113

就是说'丢人'。我这一辈子都在和这个词较劲。不要穿短裙,坐在哪儿时双腿要并拢,不能放声大笑。女孩不要干这个,女孩不能干那个。丢人。我总是收拾得干净整齐,但最近发生了一件事。我不想再收拾了,我就是懒得干了。"

她的独白吓了艾达一跳,艾达微微耸了耸肩:"我不介意。"

"那就好。来,坐吧。"

梅耶姆推开一堆项链,在床上清理出一小块地方。艾达坐下,惊奇地盯着四周乱七八糟的东西。

"瞧,我找见了。"梅耶姆一边说,一边从一堆衣服下面拽出一盒土耳其软糖,并打开了它,"我一直在想我把它们放哪儿了,我带了五盒呢。给,拿着。"

"不,谢谢,我不太喜欢吃甜食。"艾达说道,她有点失望,原来姨妈想送她的重要东西竟然是糖果。

"真的吗?我还以为每个人都爱吃甜食呢。"梅耶姆把一颗土耳其软糖塞进嘴里,若有所思地吮着,"你太瘦了,不用节食。"

"我没有节食!"

"好吧,只是说说而已。"

艾达叹了口气,探着身子挑了一块土耳其软糖。她已经有段时间没有尝过了。好闻的味道和黏黏的口感让她想起了很久以前的事,她以为自己早已忘记了的事。

艾达7岁时,在妈妈的床边看到过一个和这个软糖盒子一模一样的天鹅绒盒子。她以为会找到好吃的,想都没想就打开了。可里面只有颜色各异、大小不一的药丸。这么漂亮的盒子里竟藏着那么多药片和胶囊,这似乎有点不对劲。她的身体紧张起来,胃里一阵恶心。从那天起,她会时不时地检查那个盒子,她发现里面的东西很快就会变少，但又会重新添加。她一直没有勇气问母亲为什么要把药盒放在床头柜上，为什么每天要吃那么多药。

艾达吞下土耳其软糖，看着地毯上堆着的衣服。一件珊瑚色串珠夹克，一件有蓬松欧根纱袖子的铁青色连衣裙，一件豹纹褶边衬衫，一条面料亮到能照出人影的淡草绿半截裙……

"哇，您可真是个颜色控！"

"我倒想呢。"梅耶姆说着，低头瞟了一眼自己今天穿的衣服，深灰色、毫无装饰、宽松肥大。"我一辈子都只穿黑色、棕色和灰色的衣服。你妈总是取笑我没品位。她说谁会像我一样，明明是个少女，却穿得像个寡妇。虽然我不觉得只有我这样，但她说得也对。"

"那这些衣服是怎么回事？不是你的吗？"

"是我的！这些都是离了婚以后断断续续买来的。但我从没穿过。我只是把它们放进衣柜里，连标签都没拆。决定来伦敦时，我对自己说，你的机会来了，梅耶姆。在英国没人认识你，没人会说这样穿丢人。此时不穿，更待何时？所以我把它们都带来了。"

"那您为什么不穿呢？"

梅耶姆的脸微微泛红："我穿不来。你不觉得对于我这个年龄的人来说，它们太夸张了吗？人们会笑话我的。俗话说，吃啥由自己，穿啥由别人嘛。"

"外面下着暴风雨，我们又困在房子里！谁会笑话您啊？再说，谁又在乎呢？"

话还没说完，艾达就有些犹豫了，她感到口袋里的手机沉甸甸的，它的表面冷冰冰的，里面那些恶毒的言语仍不绝于耳。她几乎就要对姨妈说，不应该太在意别人怎么想，有人可能很刻薄，但他们嘲不嘲笑你根本不重要。但这些话她一个字也说不出来,因为连她自己都不信。

艾达咬着自己脸颊柔滑的里侧,抬眼望去。对面的衣柜开着,里面只有一件毛茸茸的长款皮草大衣规规矩矩地挂着。

"我希望那东西是人造的。"

"什么东西?"梅耶姆转过身来,"哦,那个?百分之百兔毛!"

"太让人难过了,为了皮毛杀害动物,这太可怕了。"

"我们在塞浦路斯还把兔子炖着吃呢,"梅耶姆平静地说,"和蒜末、珍珠洋葱一起炖很好吃,再加一根肉桂棒。"

"我不吃兔肉。您也不该吃。"

"这不是我买的,希望这能让你好受点。"梅耶姆说,"这是我丈夫送我的礼物。这件大衣是他1983年在伦敦时给我买的,当时快过年了。奥斯曼给我打电话说有一个惊喜给我,然后就带着这件皮草来了。那可是塞浦路斯啊!酷热难当。我一直怀疑他原本是买给别人的,也许是哪个住在寒冷地带的情妇,但后来改了主意。他过去经常旅行,总拿'出差'当借口。他总找得到理由,如果一只母猫想吃自己的猫崽儿,就会说它们看起来像老鼠。他也这样。不管怎样,奥斯曼是从哈罗德百货公司[1]买的,我打赌他一定花了不少钱。那时候人们是穿皮草的。我知道这样不好,但就连玛格丽特·撒切尔也穿。就在那一天,爱尔兰共和军轰炸了哈罗德百货公司。我丈夫差点死于非命,可笑不?一名白痴游客想给他的情妇买件礼物,这礼物却辗转到了他妻子手里。"

---

[1] 哈罗德百货公司:英国最负盛名的百货公司,成立于1834年,起初是一家小型杂货店,随着时间的推移和业务的发展,它逐渐发展成为一家豪华百货公司,以提供高品质商品和独特的购物体验而闻名。

艾达沉默了。

梅耶姆走到衣柜前，心不在焉地抚摸着她的大衣，用手背摩挲着领子边儿。"我不知道该拿它怎么办。它有太多的历史，你知道吗？我从没穿过。我在尼科西亚怎么会需要它呢？这不，机会来了，当我决定来看你时，刚好听说这边刮着冬季风暴，我就想，好吧，也该露露脸了！我终于能穿得上它了！"

"您丈夫怎么了？"艾达小心翼翼地问。

"前夫。我得习惯这么叫他。总之，他离开了我。娶了一个比他年轻的女人，岁数只有他一半。那个女人怀孕了，快生了，就这几天。他们要生一个男孩了，他都乐疯了。"

"你们没有孩子吗？"

"我们试过……我们试了好几年，但都没成功。"梅耶姆像从睡梦中惊醒一般脸色阴沉，"我还忘了点东西，看我给你带了什么。"她在一个行李箱里翻了又翻，把几条围巾和长袜扔到一边，捞出一个礼物盒，"啊，在这儿！接着，接着，这是给你的。"

艾达伸手接住硬塞过来的礼物盒，慢慢地撕开包装纸。里面是一个用漆过的樱桃木做的音乐盒，盖子上镶着蝴蝶。

"你妈妈喜欢蝴蝶。"梅耶姆说。

艾达转动带着红色绸缎流苏的钥匙，盒子打开了。音乐声颤悠悠地响起，那是一首歌的最后几个音符，她没听出是哪首歌。在音乐盒的一个隐蔽隔间里，艾达找到一块化石，一块有复杂形状缝合线的菊石[①]。

"德夫妮把这个盒子放在她床底下，"梅耶姆说，"我不知

[①] 菊石：头足纲菊石亚纲动物，已灭绝的海生无脊椎动物，广泛分布于世界各地的三叠纪海洋中，白垩纪末期绝迹。

道她从哪儿得来的，她从没告诉过我。德夫妮跟你爸私奔了以后，我母亲很生她的气，把她所有的东西都扔了。还好，我把这个藏了起来。我觉得应该给你。"

艾达一只手握紧化石，感受着它既刚硬又出奇精密的质地，另一只手拿着八音盒："谢谢您。"

她起身准备离开，却又停了下来："我觉得您应该把这些衣服穿起来。我是说，除了那件皮毛的，其他的，您穿起来都会很好看。"

梅耶姆笑了，脸上露出如浮云般变幻的表情。而艾达也自姨妈来后第一次感到她们之间的距离缩短了一点点。

无花果树

如果真像他们说的那样，家族如树，树根缠在一起，树枝以各种角度局促地伸展出去，那么家族创伤就像从树皮的伤口中渗出的厚厚的半透明树脂。他们会从一代人慢慢流淌至下一代人。

他们缓缓往下渗流，慢到难以察觉，他们在时间和空间中流动，直至找到一个裂隙，在那里停驻，凝固。代际创伤的路径是随机的，你永远不知道谁会染上它，但总有人会染上。同一屋檐下长大的孩子，有些孩子受到的影响就比其他人大。你有没有遇到过这样一对兄弟或姐妹，他们拥有的机会大致不差，但其中一个更忧郁，也更孤僻？一定有的。有时，家族创伤会放过一代人，但又会对下一代变本加厉。你可能遇到过这样的孙辈，他们默默承受着祖父母的伤心和痛楚。

四分五裂的岛上处处可见树脂，虽然外表看来已经干硬了，但内里仍是液体，仍然像血一样在滴落。我一直在想，这是否就是岛民会像古代的水手一样异常容易迷信的原因。我们还没有从上一场的暴风雨中缓过劲儿来，那一次，天崩地裂，整个世界颜色尽失，我们对四周漂浮着的乱糟糟的烧焦的残骸仍然记忆犹新，我们的内心深处有一种原始恐惧，害怕下一场暴风雨很快又会到来。

这就是为什么我们要用护身符、草药、占卜物和盐来安抚神明或游荡的灵魂，尽管他们变幻莫测、反复无常。塞浦路斯人，不论男女老少，不论南塞还是北塞，都一样害怕邪恶之眼，不管他们把它称作玛蒂①还是纳萨尔②。他们把蓝色的玻璃珠穿在项链和手镯上，挂在家门口，贴在汽车的仪表盘上，绑在新生儿的摇篮上，甚至还偷偷地别在内衣上。这还不够，他们还向空中吐口水，以期求取尽可能多的保护。塞浦路斯人看到健康的婴儿或幸福的夫妇会吐口水；找到一份更好的工作或挣了点外快会吐口水；欣喜若狂了，心烦意乱了，不知所措了，都会吐口水。在我们岛上，一个人，不论来自哪个社区，都认为命运无常，快乐转瞬即逝，因此他们会不停地对着微风吐口水，却从未想过，就在那一刻，另一边的人，敌对部族的人，可能也在出于完全相同的原因做着完全相同的事情。

没有什么比怀孕更能拉近女人间的距离了。在这件事情上，没有国界。我一直认为她们在一起构成了另一个国度，一个孕妇的世界。她们遵循着同样的不成文的规则，晚上睡觉时，有着同

---

① 玛蒂：此处为希腊语"mati"的音译，意为"邪恶之眼"。
② 纳萨尔：此处为土耳其语"nazar"的音译，意为"邪恶之眼"。

样的担忧和恐惧。在这9个月里，塞浦路斯的孕妇们，不论是希族还是土族，都不会给人递刀，也不会把剪刀打开放在桌子上；她们不看毛茸茸的动物或那些被认为丑陋的动物，也不会张大嘴巴打哈欠，以免恶灵潜入。婴儿出生后，她们会好几个月都不给婴儿剪指甲，也不剪头发。40天后，当她们把自己的孩子抱给朋友和亲戚看时，她们会偷偷地掐一把自己的孩子，让他们哭出来——这也是为了防范邪恶之眼的侵入。

如你所见，我们害怕幸福。从孩童时代起，我们受到的教育就是，空气中、地中海的风里，总在发生一种可怕的交换，每享有一点满足，就会有一点痛苦产生，每发出一阵笑声，就会有一滴眼泪落下，因为这就是这个奇怪世界运作的方式。因此，即使我们觉得自己很快乐，也尽量让自己看起来不太快乐。

不论土族孩子，还是希族孩子，均被教导要敬畏自己在路上看到的每一块面包。每一粒面包屑都是神圣的。穆斯林的孩子会把它捡起来，放到额头上，毕恭毕敬到仿佛他们在开斋节这个神圣的日子里亲吻长辈的手一样。基督教的孩子们则会捡起它，画个十字，双手放在胸前，待它若用精小麦粉做的圣餐面包，圣餐面包有两层，一层代表天堂，一层代表尘世。手势也相互映照，就像投在漆黑潭水中的一抹倒影。

虽然最终仍是宗教冲突说了算，民族主义也给人一种优越排他之感，但边境两侧的迷信却和谐共存着，着实罕见。

三兄弟
塞浦路斯，1968年/1974年

11岁的一天晚上，科斯塔斯像往常一样坐在餐桌旁，靠着敞开的窗户，埋头读书。他的另两个兄弟都喜欢待在他们共用的卧室里，而他却喜欢待在这里，一边阅读或学习，一边看着母亲劳作。整间屋子，他最喜欢的就是这里，炉子上的锅冒着蒸汽，绳子上的抹布在微风中摇曳，头顶的椽子上挂着干草香茎和编好的篮子。

今晚，帕娜约塔在腌黄莺。她用拇指扒开黄莺的胸，一边往里塞盐和香料，一边轻声哼着歌。科斯塔斯不时地瞥一眼母亲，油灯的光勾勒出她的脸庞。空气中弥漫着很重的醋味，浓得呛鼻子。

浓盐水的味道灼得他嗓子眼疼，一阵恶心袭来。他把正在看的书推到一边。不管他怎么努力，他都无法把目光从木头台面上摆放整齐的鸟的栗色小心脏上挪开，也无法把目光从玻璃罐里被掏空内脏、尖喙半张着的黄莺身上挪开。他默默地哭了起来。

"怎么了，我的孩子？"帕娜约塔在围裙上擦了擦手，向他跑去，"生病了吗？肚子疼吗？"

科斯塔斯摇了摇头，张了张嘴什么也说不出来。

"告诉我，是有人说了什么吗，亲爱的？"

他指了指台面，喉咙发紧："别再弄那个了，妈妈。我再也不想吃那些了。"

她一脸吃惊地盯着他："但我们就吃动物啊——牛、猪、鸡、

鱼这些。不然,我们就饿死了。"

他想不出该怎么回应,也没打算编造出一个答案来。他只是嘟囔了一句:"可这些是会唱歌的鸟啊。"

母亲眉头紧蹙,一道阴影爬上她的脸颊,然后又消失了。她似乎想说点别的,但又改了主意。她叹了口气,伸手抚弄了一下他的头发:"好吧,既然这件事让你这么难过……"

那一刻,世界在缓缓地旋转,科斯塔斯从母亲的眼里看到了一道光,那光里满是同情和忧虑。他觉察到母亲正在思考什么。他知道母亲认为他太敏感、太多愁善感了,总之,他比她的其他儿子更让她捉摸不透。

兄弟三人有着很大的不同,随着岁月的流逝,这些不同变得更为明显了。尽管科斯塔斯很爱读书,但他并不希望自己成为哥哥那样的诗人和思想家。米卡利斯生活在语言之中,常会为了一个精确的词而苦苦思索,仿佛意义是一种只有经过不断追逐才可以得到的东西。他自称是马克思主义者、工团主义者、反资本主义者——这些标签就像爬墙的三角梅一样在他母亲的脑海里纠结成一团。他说,世界各国的工人阶级总有一天会联合起来推翻他们共同的压迫者——富人。因此,一个希族农民和一个土族农民不是敌人,而是战友。

米卡利斯反对 EOKA 或任何形式的民族主义。他从不遮掩自己的观点,并公开批评那些用蓝色油漆刷出来的标语,这些标语现在已经开始出现在附近的几乎每一面墙上——埃诺西斯[①]万岁,

---

[①] 埃诺西斯:意为"合并"或"统一",具体指希腊与塞浦路斯政治合并运动。

打倒叛徒……

如果说科斯塔斯不像他的哥哥，那么他和他的弟弟也很不一样。安德烈亚斯身材高大，四肢敏捷，有一双棕色的大眼睛，笑起来有些害羞，不过几个月的时间，他却发生了巨变。EOKA-B[①]的领袖格里瓦斯最近在东躲西藏中去世了，每当安德烈亚斯说起他，都会以拜占庭传奇英雄迪格尼斯·阿克里塔斯的名字来称呼他，就好像他是个圣人似的。安德烈亚斯曾说，他已经做好准备要手按《圣经》起誓了，他要把塞浦路斯从敌人手中解放出来，不管这敌人是英国人还是土耳其人，为此，无论杀人还是献身，他都在所不辞。但因为他总是口无遮拦，再加上他又是家里最小的孩子，被宠溺惯了，所以他们一直都没太把他的话当真。

过去，这三兄弟也曾亲密无间，现如今虽然还住在一个屋檐下，各自的世界却几乎再无交集。他们很少争吵，都赞同帕娜约塔定下的规矩，尽力避免去碰触他人信仰的领地。

他们的生活一直如此，直到三月的一个早晨，光天化日之下，米卡利斯被人谋杀了。他在街上遭遇了枪击，当时腋下夹着一本书，他正读着的那首诗还做了标记。行凶者的身份不得而知。有人说是土族民族主义者干的，因为米卡利斯是基督徒，还是希族人；也有人说是希族民族主义者干的，因为他们对他直言不讳的批评深恶痛绝。虽然官方从来都没有公布过凶手，安德烈亚斯却通过他自己的消息来源，确信他已经找到了真相。科斯塔斯看到弟弟心中燃烧着复仇的火焰，一天比一天烧得更旺。之后的一个晚上，

---

① EOKA-B：是 EOKA 的一个分支组织，由乔治奥斯·格里瓦斯·迪格尼斯于 1971 年成立，EOKA-B 采取武装斗争手段，试图通过恐怖袭击和游击战争推翻塞浦路斯共和国政府，并将塞浦路斯并入希腊。

安德烈亚斯彻夜未归，床铺没有动过。

他们从未提起过这件事，但帕娜约塔和科斯塔斯都知道安德烈亚斯已经离开，加入了EOKA-B。从那以后，他们再没有过他的任何消息，也不知道他是死是活。现在，这所房子里只剩下科斯塔斯和他的母亲了。他们的房子边缘坍缩了，黑乎乎的，仿佛一封从火中抢救出来的向内卷曲的信纸。

夜晚，月亮高高地挂在柠檬树上，空气中有什么东西在瑟瑟发抖，可能是眼睛看不见的昆虫，也可能是被流放到地球上的仙女。科斯塔斯有时会发现母亲正一脸痛苦地盯着自己。他禁不住想知道，尽管她有一颗慷慨慈爱之心，但她是否曾问过她自己或那些她信奉不疑的圣徒，为什么她口才又好、人又热情的大儿子被人杀害，她最爱冒险、最理想主义的小儿子又抛弃了家庭，只留下了这个让她难以捉摸的羞怯、忧郁的二儿子。

无花果树

我曾听一位在"幸福无花果"酒馆用餐的英国记者说，欧洲和美国的政客们正试图厘清我们岛上的局势。苏伊士运河危机之后，伦敦一个叫特拉法尔加广场的地方发生了抗议活动。人们举着横幅，上面写着"要法律，不要战争"。现在回想起来，我意识到当时的年轻人还没有开始高呼"要爱，不要战争"。那是后来发生的事了。

那位记者向他的同座解释说，在英国，对各种重要决定起着举足轻重作用的下议院议员们正在讨论"塞浦路斯问题"。他说，根据他的经验,一旦一个国家或地区被贴上"问题"的标签,这对它来说绝不是好兆头,的确,现如今我们这个岛已经变成了全世界眼中的"国际危机"。

即便如此,当时的专家们认为,那些在我们这片土地上随处可见的紧张局势与暴力冲突不过是"纸老虎"。他们说这是小题大做,很快就会过去的,没有必要担心混乱和流血事件的发生,因为在这样一个鲜花盛开、山峦起伏、风景如画的岛上,怎么可能发生内战呢?"开化的"是他们反复使用的一个词。这些政治家和权威人士似乎认为,在一个树木葱茏、海滩金黄,一切都如田园诗般美好的地方,文明的人类不可能自相残杀。"对此没有必要采取任何行动。塞浦路斯人……文明的人。他们永远不会做任何暴力或极端的事情。"

英国议会发表这些声明仅几周后,塞浦路斯各地就发生了400多起不同程度的袭击事件。英国人、土族人、希族人鲜血四溅,而大地像往常一样将其尽数吸收。

1960年,塞浦路斯脱离英国获得独立。它不再是英属殖民地。那是充满希望的一年,感觉就像有了一个新的开始,希族人和土族人之间出现了某种平静。永久和平似乎突然变得可能了,甚至触手可及,就像一个闪闪发亮的毛茸茸的桃子挂在下垂的枝头,就在你的指尖。一个由双方成员组成的新政府成立了。最后,基督徒和穆斯林一起工作。那些日子里,人们相信不同的族群可以作为平等的公民和睦相处,他们经常会提到一种当地的鸟作为他们的象征:石鸡,鹧鸪的一种,他在岛的两边筑巢,全然不顾分裂与否。在一段时间里,他成为团结一致的恰当象征。

可惜好景不长。向对方伸出橄榄枝的那些政治、精神领袖均遭嚷声、孤立和恐吓，有些人还成了己方极端分子的目标并惨遭杀害。

石鸡是一种娇小、迷人的生物，周身包裹着黑色条纹。他喜欢栖息在岩石之上，当他唱歌的时候，声音害羞而沙哑，就像鸟儿第一次学习啁啾。如果你仔细听，便可以听到他说"嘎拉尔[①]、嘎拉尔、嘎拉尔"。他是唯一会温柔地用颤音说出自己名字的鸟。

如今，他们的数量已经显著减少，因为在整个岛上，无论是北部还是南部，石鸡都遭到了无情的猎杀。

果仁蜜饼
伦敦，2010 年代末

晚上，梅耶姆开始制作她最喜欢的甜点——果仁蜜饼。她磨碎了一整罐开心果，食物料理机的声音太大了，都盖过了外面暴风雪的嚎叫。她从和面开始准备，面团和好之后，用手掌轻轻拍打，然后盖上盖子，放在一边让它醒一小会儿。

此时，艾达坐在桌子尽头，看着她的姨妈。她面前摊着自己的历史笔记本。确切地说，并不是为了学习，而是为了完成她在上学期最后一天开始尖叫之前没有完成的那只蝴蝶。

"看看你！真是个好学生。"梅耶姆一边打开料理机，把里面的东西舀到一个盘子上，一边看着艾达说道，"你能过来挨着我写作业，这真让我开心。"

[①] 嘎拉尔：石鸡英文名"chukar"的音译，与其叫声颇为相近。

"唉,我不也是被逼的吗?"艾达疲倦地说,"您一直敲门,叫我出来。"

梅耶姆咯咯地笑了:"我当然要敲。否则你整个假期都要待在卧室里了,人都废了。"

"要做果仁蜜饼吗?"艾达忍不住问道。

"当然了!一种文化,最重要的就是食物。"梅耶姆说,"你要是不懂老祖宗怎么做怎么吃,你就不知道自己是谁。"

"是个人都会做果仁蜜饼,超市里也有卖。"

"没错,是个人都会做果仁蜜饼,但不是每个人都能做成功。我们土耳其人做的十分酥脆,因为用的是烤开心果,这样做才对。希腊人用生核桃,天知道谁教他们的,味道全毁了。"

艾达被逗笑了,下巴搁在食指指尖上。

梅耶姆仍然微笑着,脸上却掠过一道阴影。她不忍心告诉艾达,有那么恍惚的一瞬,艾达的那个姿势让她想起了德夫妮,如此熟悉,又令人心痛。

艾达说:"照您的意思,我们就不应该通过文学、哲学或民主来评判一种文化,只用看果仁蜜饼做得好坏就行了。"

"嗯,是的。"

艾达翻了翻白眼。

"你又这样。"

"哪样?"

"拿眼睛翻来翻去的,十几岁的小孩子就爱干这个。"

"嗯,理论上讲,我已经是一个青少年了。"

"我知道,"梅耶姆说,"在这个国家,这是一种特权。仅次于出身皇室,甚至还好过它。又有特权,又没有狗仔队跟踪。"

艾达挺直了肩膀。

"我可不是批评你们啊。只是就事论事。要怪就怪英语这门语言吧。在英语里，13岁也属于十几岁，对吧？还有14、15、16、17……而在我的家乡，通常17岁就要准备嫁妆了。18岁的时候，你未来的夫君和他的父母就会上门提亲，你得去厨房给他们煮咖啡。19岁的时候，你得给你婆婆做晚饭，如果你烧糊了，就会被大骂一顿。不要误解我的意思，我并不是说这是件好事。不，怎么可能？我想说的是，世界上有些孩子，有男孩，也有女孩，并不能享受他们的青少年时光。"

艾达端详着姨妈："跟我说说您前夫吧。"

"你想知道什么？"

"您爱他吗？至少一开始是爱的吧？"

梅耶姆摆了下手，腕上的手镯叮当作响。"每个人都对爱情赞不绝口，就像所有的歌曲里、电影里唱的、演的那样。我知道，这很动人，但动人填不饱肚子。对我来说，爱情不是我的头等大事。父母才是，族群才是。他们才是我的责任。"

"所以你们不是因爱结合的？"

"不，不是。不像你父母的婚姻。"

梅耶姆的声音里添了某种新的东西，艾达察觉到了。"您生他们的气了吗？觉得他们的行为不负责任？"

"你父母，唉，他们是很鲁莽。怪只怪他们太年轻了，只比你大一点。"

艾达感到耳根发热。"等一下。您是说，妈妈和爸爸很早就……他们中学时就在一起了？"

"他们的学校是分开的。当时，希族孩子和土族孩子并不常混在一起，尽管有像我们那样的混合村庄和混合社区。我们的家人也互相认识。我喜欢帕娜约塔，你父亲的母亲，她真是个好女人。但后来情况变得非常糟糕，我们互不理睬了。"

艾达把目光移开。"我以为我父母是快30岁时才认识的。我是说，我妈40出头才生了我。她总是说她怀孕晚了。"

"哦，那是后来的事了。因为他们分手了，不过几年后，他们又在一起了。第一次，他们还只是孩子，真的。我一直在替德夫妮打掩护。如果我们的父亲抓住了她，那将是一场灾难！我吓得魂飞魄散，但是你妈妈……她是铁了心的。她经常把枕头塞在床罩下，然后半夜溜出家门。她很勇敢，也很愚蠢。"梅耶姆吸了一口气，"你妈妈是个向往自由的人。甚至当她还是个小女孩的时候，就很狂野，令人难以捉摸。如果你让她不要碰火，她就会去生一堆火！她没把房子烧了，真是个奇迹。我比她大5岁，但即便像她那么大的时候，我也是小心翼翼的，为了不让我的父母失望，我总是努力做正确的事情，不过你知道吗，我爸爸最喜欢德夫妮。我不是嫉恨，只是实话实说。"

艾达问道："您也反对我父母的婚姻吗？"

梅耶姆在围裙上擦干了手，看着自己的手掌，好像在寻找线索。"我不希望你母亲嫁给一个希族人，上帝知道我曾竭力阻止过，但她不听。她的选择是正确的，科斯塔斯是她一生的挚爱。你母亲崇拜你父亲。不过，他们都付出了沉重的代价。你从小到大都没见过亲戚，这件事我也很替你难过。"

在随后的寂静中，艾达能听到父亲在他自己房间的电脑上打字，那声音就像一千个小锤子在敲击。她听了一会儿，然后微微扬起头，下巴一动不动地举着。"您知道我妈妈是个酒鬼吗？"

129

梅耶姆皱起眉头:"别这么讲,这可不是什么好词儿。"

"但这是真的。"

"偶尔喝一杯没什么。我是说,我自己不喝酒,但我不介意别人……偶尔喝一点。"

"不是偶尔,我妈妈酗酒。"

梅耶姆脸色阴沉,嘴巴就像一个空碗,微张着却说不出话来。她摩挲着桌布的边缘,似在搓弄上面看不见的灰尘,眼睛对着自己手指的动作盯了许久。

艾达看着姨妈,突然感到不安,却又不知该说些什么。这个女人聊起食谱、俏皮话、祷词和迷信来滔滔不绝,可艾达第一次发现,她用所有这些搭建起来的世界是那么的脆弱。她慢慢意识到,也许对面的姨妈和自己一样,对尘封的往事知之甚少。

无花果树

他们称这道分界线为"绿线",它贯穿塞浦路斯,将希族人与土族人、基督徒与穆斯林分开。它之所以叫这个名字,并不是因为有绵延不绝的原始森林覆盖着它,而只是因为,一张地图在一位英国少将面前展开时,他碰巧拿起了一支绿色的陶瓷铅笔来绘制这条边界线。

这颜色并非随机而选。蓝色太偏希族,红色又太偏土族。黄色代表理想主义和希望,但也可以被解读为懦弱或欺骗。粉色,常让人联想到青春、活泼和女人气,根本就不适合。紫色也不行,紫色象征着野心、奢侈和权力,不会产生理想的结果。白色和黑色都不行,它们太泾渭分明了。而绘制的时候选用绿色来标记路径似乎就没有那么多争议,绿色是一种更具统一性、更中立的选择。

绿色,树的颜色。

有时我想,如果那一天,彼得·杨[①]少将因为摄入了太多的咖啡因,或者之前服用的某种药物有副作用,或者仅仅是神经紧张,他的手微微颤抖一下……边界是否会向上或向下移动一小英寸,这里多一点,那里又少一点,如果是这样,这种不知不觉的变化会影响我或我亲戚的命运吗?比如,希族那边的无花果树会多留下一棵吗?又或者土族这边领土上的无花果树会增加一棵吗?

我试着想象那个时间拐点。它就像微风里的花香一样转瞬即逝,最短暂的停顿,最轻微的犹豫,陶瓷铅笔在地图的光滑表面发出吱吱的声响,绿色的痕迹便留下无法更改的印记,持续不断地影响着过去、现在和未来数代人的生活。

历史在侵入未来。

我们的未来……

---

① 彼得·杨:即彼得·乔治·弗朗西斯·杨,生于1912年,卒于1976年,英国陆军高级军官,曾在第一次世界大战中服役,后来于1962年到1964年期间担任塞浦路斯区总指挥官。

第三部分

树干

热 浪
塞浦路斯，1974 年 5 月

那一天，尼科西亚遭到了热浪的袭击。屋顶上空的太阳喷射着愤怒的火焰，它烧毁了老城里的威尼斯胡同、热那亚庭院，希腊体育馆和奥斯曼清真寺。商店全都关门了，街上空无一人，除了偶尔会有一只流浪猫蜷缩在树荫下，或者一只蜥蜴昏昏欲睡。一切都如此安静，静得仿若墙上的一件装饰品。

热浪起于凌晨，随后急剧升温。上午十点左右，绿线两边的土族人和希族人刚刚喝完早上的咖啡，这场灾难就全面爆发了。正午过后，空气仿佛凝滞了一般，让人呼吸困难。道路上有些地方开裂了，沥青也晒化了，四处流淌，如同一条条溪流，而颜色就像烧焦的木头。不远处，一辆汽车的引擎咆哮了几声，橡胶轮胎在黏稠的柏油路上挣扎了几下。然后，没了动静。

下午三点的时候，热浪已经进化成了一种凶猛的生物，一条不逮住猎物誓不罢休的蛇。它咝咝咝地叫着滑过人行道，火辣辣的舌头从钥匙孔里伸进去。人们贴着电风扇，更使劲儿地吸着冰块，打开窗户，立刻又关上了。要不是因为室内弥漫着一股刺鼻的、不请自来的怪味，他们可能会一直待在家里。

起初，土族人怀疑气味一定来自希族人区，希族人也认为它一定来自土族人区。但没有人能确切地指出它的来源。它几乎就像是从泥土里钻出来的。

科斯塔斯站在窗边,手里捧着本原属于哥哥的诗集——一本旧版的《罗米奥西尼》[①]。他凝视着花园,很确信自己在下午令人昏昏欲睡的寂静中听到了什么声响。他的目光在离他最近的角豆树的高枝上游荡,并没有发现什么异常。就在他正要转身离开的时候,眼角瞥见了一道闪光。什么东西掉在了地上,速度太快,来不及看清。他冲出房子,树叶间透下的斑驳阳光刺得他睁不开眼。他急忙朝远处那些影子奔去,起初他还弄不清楚那些影子到底是什么,因为光太耀眼了。待他离得足够近的时候,他才知道自己一直在看的是什么。

蝙蝠!好几十只蝙蝠。有些像腐烂的水果一样散落在地上,有些挂在树枝上,头朝下脚朝上,包裹在自己的翅膀里,似在给自己保暖。大多数蝙蝠约莫十英寸长,其他小的只有两英寸长。最先被高温打败的是幼崽。有些太小了,还在紧抓着母蝠的乳头吮吸乳汁,就直接掉下来摔死了,它们没法调节自身的体温。它们的皮肤因为脱水而剥落,脑浆在头骨里沸腾,这些聪明的动物已经虚弱得不行了。

科斯塔斯感到胸口堵得厉害,他赶紧跑过去。一个木箱绊了他一跤,他摔倒了,箱子的金属边划破了他的前额。他爬起来继续跑,顾不上左眉上方火辣辣的疼痛。跑到第一只蝙蝠边上时,

---

[①]《罗米奥西尼》:20世纪希腊著名诗人、现代希腊诗歌的创始人之一扬尼斯·里索斯(Yannis Ritsos)的诗集。"罗米奥西尼"一词在希腊词汇中被广泛使用,它承载着历代希腊身份的含义,包括希腊传统、民间传说和希腊人民的斗争。里索斯在这本诗集中表达的战斗艺术结合了自然和人类的元素以及与抵抗有关的情感和思想。

他跪下来，捡起那只轻若呼吸的小蝙蝠。他一动不动地站在那里，捧着这只死去的动物，用手指摸了摸它，感受着它如丝绸般光滑的身体，而它生命的最后一丝气息已然蒸发殆尽了。

当人们把米卡利斯的尸体运回家时，科斯塔斯没有哭。米卡利斯看上去很平静，平静得让人不敢相信他已经走了。射进他体内的子弹藏得很好，似乎它也羞于自己的所作所为。当科斯塔斯和其他人一起抬着棺材去教堂时，光滑的木头压在他的肩上，他感受到了些许的压力。吻过十字架后，嘴唇上残留着银器的味道，鼻孔里逗留着油和灰尘的气味，他还是没有哭。到了墓园，棺材入土的时候，科斯塔斯仍然没有哭，他能给哥哥的就是一抔土。

当年才16岁的安德烈亚斯离家投身于自己的理想和梦想、只身走入那恐怖中，留下他们终日担惊受怕时，他也不曾哭过。经历了这许多事情，科斯塔斯一滴眼泪都没掉过，他十分清楚母亲还需要他在身边。但现在，当他双手捧着一只死了的蝙蝠时，悲戚变得真切起来，就像缝在一起的东西正在撕裂。他开始抽泣。

"科斯塔斯！你在哪儿？"帕娜约塔从屋里喊道，声音因担心而颤抖。

"我在这儿，妈妈。"科斯塔斯平复着自己，答道。

"你为什么就那么冲出去了？我很担心。你在做什么？"

走近他时，她脸上的表情从关切变成了困惑："你怎么哭了？受伤了吗？"

科斯塔斯给她看了看蝙蝠："它们都死了。"

帕娜约塔一边画十字，一边快速地祈祷："不要碰它们，去洗手吧。"

科斯塔斯没有动。

"你听见没？它们有病毒，脏得很。"她望了望四周，镇定下来，"快去吧，我去拿把铲子把它们铲进垃圾桶。"

"不，别把它们丢进垃圾桶。"科斯塔斯说，"交给我吧，求您了。让我埋了它们，我会去洗手的。"

帕娜约塔看到了他眼中的痛苦，便没再坚持下去。转身离开时，她忍不住咕哝道："我们那些年轻人惨死街头，母亲都不知道自己的儿子在哪儿，是躲在山里还是躺在坟墓里，我的宝贝，而你却在为一堆蝙蝠哭？我怎么养了个这样的儿子？"

科斯塔斯感到一种强烈到几乎触手可摸的孤独。自那天起，他不再谈论蝙蝠，也不再谈论蝙蝠对塞浦路斯的树木和居民有多重要。在这片冲突不断、满是不确定性和杀戮的土地上，如果你过于关注人类苦难之外的事情，人们都会认为这是一种冷漠，是对他们痛苦的侮辱。这既不是合适的时间，也不是合适的地点来谈论植物、动物和自然的任何形式及荣光。科斯塔斯就这样慢慢地把自己封闭了起来，他为自己打造了一个岛中之岛，然后隐入了沉默之中。

无花果树

热浪肆虐尼科西亚的那一天将永远烙印在我的记忆里，镌刻进我的树干里。当岛上的居民意识到腐臭气味的来源时，他们开始处理尸体。他们打扫街道，清理果园，给洞穴消毒，检查石灰岩区和老矿井。无论他们看向哪里，都会发现成百上千的死蝙蝠。这突如其来的集体死亡给他们留下了创伤。在那次大灭绝中，他们或许也认识到了自己终有一死。即便如此,基于个人经验,我可以告诉你一件有关人类的事情:他们对待物种消失的态度与他们对待其他所有事物的态度如出一辙,他们把自己置于宇宙的中心。

人类更关心自己觉得可爱的动物的命运,熊猫、考拉、海獭,还有海豚。我们塞浦路斯有很多海豚,他们在我们的海岸边游泳、嬉戏。海豚死后会被冲到海滩上,他们的鼻子仿若鸟喙,脸上挂着天真的微笑,于是有些人浪漫地以为这些海豚是来和人类作最后的告别的。事实上,只有一小部分海豚会这样做。海豚死后,会沉到海底,像儿时的恐惧一样沉重。这才是他们辞世的方式,远离窥探的眼睛,沉入那片幽蓝。

蝙蝠在人们的眼中并不可爱。1974年,当成千上万只蝙蝠死去时,我没有见到多少人为他们流泪。人类在这方面甚是奇怪,充满了矛盾。就好像他们需要爱和拥抱,同时也需要恨和排斥。他们的心门紧紧地关着,然后全力打开,随后又会紧闭,就像一只犹豫不决的拳头。

人们觉得小老鼠和大耗子都很讨厌,可又认为仓鼠和沙鼠可爱得很。白鸽象征着世界和平,灰鸽除了搬运城市垃圾外一无是处。他们说小猪可爱,但野猪又几乎无法忍受。他们喜欢星鸦,却对他们聒噪的表亲乌鸦退避三舍。狗唤起人们心头毛茸茸的温暖感,狼则让人联想到恐怖故事。他们欣赏蝴蝶,却对飞蛾生厌。他们对瓢虫情有独钟,但如果他们看到一只花萤,却会立马把它碾碎。蜜蜂招人喜欢,黄蜂的命运就完全不同了。虽然马蹄蟹非常讨喜,但要说到他们的远亲——蜘蛛,就另当别论了……我试图在这一切中寻找逻辑,但我得出的结论就是毫无逻辑。

我们无花果树十分敬爱蝙蝠。我们知道他们对整个生态系统有多重要,我们欣赏他们那呈现出烧焦的肉桂色的大眼睛。他们帮助我们授粉,把我们的种子带到四面八方,一直如此。我把他们当作朋友,看到他们像落叶一样掉下去死掉,我的心都碎了。

当天下午,岛民们忙着处理死蝙蝠,科斯塔斯从家里走到"幸福无花果"酒馆。当他出现时,我很惊讶。热浪仍旧不断袭来,酒馆已经歇业,我们没指望会有什么人上门。

科斯塔斯在蜿蜒的小径上艰难地走着,穿过平缓的斜坡。我的树枝顶端从房顶上的洞伸了出去,所以可以观察到他的一举一动。

他一到门口就发现前门上了闩。他猛拍金属门环,拍了好几遍。这时,我开始感到不安,一种不祥的预感攫住了我。

"乔尔戈斯!尤素福!你们在吗?"

他又试了一次。可门从里面锁上了。

科斯塔斯在周围转了转,眼神焦急地扫过地上躺着的蝙蝠。他用棍子小心翼翼地戳了几只,想看看有没有活着的。正当他把棍子扔到一边,想要离开时,他察觉到了空气里的窃窃私语。是男人的声音,语气低沉,如同梦呓。

科斯塔斯转过身来听着。他大步走向后面的天井,因为他意识到声音就是从那里传来的。他跳过一箱箱的空瓶和橄榄油罐,走到一扇锻铁窗户前,踮起脚尖往里面偷看。

此时我一阵恐慌,因为我很清楚他将会看到什么。

尤素福和乔尔戈斯在天井里,肩并肩地坐在一条石凳上。科斯塔斯正打算叫他们,但又停了下来,他的眼睛注意到了某种东西,尽管他的大脑还来不及想清楚那是什么。

这两个人面带微笑地看着对方,他们的手紧握在一起,十指交叉。乔尔戈斯靠过来,在尤素福的耳边低语了几句,尤素福咯咯地笑了起来。虽然科斯塔斯听不清他说了什么,但他知道那是土耳其语。因为他俩独处时,向来是既说希腊语,又讲土耳其语,来回切换着交谈。

尤素福用胳膊搂住了乔尔戈斯的脖子,抚摸着他喉结下方的凹窝,把他拉得更近了一些。他们的前额抵在一起,一动不动地坐着,巨大而炽热的太阳赫然挂在他们头顶。他们的动作里有一种自然而然的温柔,身影与身形融在了一起,就像固体化作了纯净的液体,科斯塔斯知道这种柔情蜜意只会流淌于相处了很久的恋人之间。

科斯塔斯后退了一步。突然一阵眩晕,他使劲咽了口唾沫。嘴巴里一股灰尘和太阳炙烤过的石头的味道。他走开了,尽可能不发出任何声响,尽管他耳朵里血流的声音振聋发聩。他的脑海中不断涌出各种念头,还未厘清,又有新的胡思乱想冒出来,这让他心乱如麻,说不出究竟何种况味。他和这两个人待在一起这么久了,日复一日,他却从来都不曾想过他们可能不只是生意上的搭档。

热浪侵袭尼科西亚、成千上万的蝙蝠死去的这天,科斯塔斯在酒馆里发现了我们的秘密,我看到他的脸严肃了起来,额头因为担心堆起了皱纹。他现在意识到,比起他和德夫妮,尤素福和乔尔戈斯可能面临着更大的危险。上帝知道,在这个岛上,已经有太多的人看不惯一个土族人和一个希族人相爱了,如果这对情侣还是同性恋,那这些看不惯的人的数量可能会翻上两番。

听见我
伦敦，2010年代末

第三天，风暴的中心向西移动，直击伦敦。晚上，风更大了，雨水拍打在玻璃窗上，嘎嘎作响。这一区域多年以来第一次停电。好几个小时之后，电力才得以恢复。没有电，他们就着烛光挤坐在客厅里，科斯塔斯在写一篇文章，艾达每隔几秒钟就看一次手机，梅耶姆在织一条围巾。

最后，艾达端着蜡烛站起身来："我要睡觉了，有点累了。"

"你还好吧？"科斯塔斯问道。

"没事。"艾达用力点了点头。"我再看会儿书就睡，晚安。"

一回到房间，她赶紧盯着手机。各种社交媒体上都发布了新的视频。其中一个视频里，一个留着蓬松刘海的矮胖女孩站在柏林的勃兰登堡门前，手里拿着一个红色的气球，一边开始放声尖叫，一边放开气球。直到气球飘出画面时，她仍然气息通畅。另一个在巴塞罗那拍摄的视频里，一名穿着溜冰鞋的少年滑过绿树成荫的步行街时肆意尖叫，行人用好奇和难以置信的眼神望着他。还有一段发布于波兰的视频，一群从头到脚都裹着黑色衣服的年轻人盯着镜头，嘴巴张得大大的，但沉默不语。视频下方的标题写着："内心在尖叫。"有些人独自尖叫，有些人则成群结队尖叫。所有帖子都共用了同一个标签：#你现在有听见我吗？每浏览一个视频，艾达的恐慌和无助就加深了一层。她不敢相信自己引发了这场全球热潮，也不知道是否有人能设法阻止这一切。

她把腿收起来，用双臂环抱着，就像小时候让父母给她讲故事时那样。那时，父亲无论多忙，总能抽出时间来给她读书。他们会并排坐在床上，面对着窗户。他会选择最不同寻常的童书；关于蝙蝠、非洲灰鹦鹉、彩蝶……有昆虫书、动物书，更多是关于树的书。

与父亲不同，她母亲喜欢自己编故事。她会由着自己的想象来讲故事，随着情节的发展，串出一条故事线，但又会心血来潮地退回去重讲。她的主题更暗黑，以咒语、鬼魂和占卜为特色。但有一次，艾达记得，母亲和她分享了一个截然不同的故事——一个既让人揪心、又让人莫名地觉得仍有希望的故事。

母亲告诉她，第二次世界大战期间，有一个步兵营驻扎在俯瞰英吉利海峡的悬崖边上。一天下午，衣衫褴褛、疲惫不堪的士兵们沿着海岸线巡逻，他们知道自己随时都可能遭到德国炮兵来自海上或空中的猛攻。他们就要弹尽粮绝了，而且越向前跋涉，他们那湿透了的开裂了的靴子就陷得越深，地面如流沙一般要把他们吸进去了。

过了一会儿，其中一个人注意到地平线上出现了一种不同寻常的景象：英吉利海峡上空腾起滚滚浓烟，颜色明亮，恍若幻境。他尽量不出声，只向同伴们打了个手势，以免惊动敌人。很快，每个人都开始注视同一个方向，他们的脸上起初满是惊讶，随后转为纯粹的恐惧。那团神秘的云只可能是某种毒气，一种化学武器，在风的推动下，径直朝他们飘来。一些士兵跪倒在地，向他们早已不再信仰的神祈祷。其他人点燃了香烟，这可能是人生最后一点苟且的欢愉。既无能为力，亦无处可逃，因为他们的驻地是致命的黄色毒气的必经之地。

其中一名列兵既没有祈祷,也没有抽烟,而是站在一块岩石上,解开夹克的扣子,数起数来。等待死亡降临的这一刻,数字的稳定性能让他尽量放松。22,23,24……他继续数着,看着那团代表着危险的金色云团越来越近,时大时小。当数到100的时候,他烦了,抓起了一副望远镜。直到那时,他才看清那云的真实面目。

"是蝴蝶!"他扯着嗓子高喊道。

他们想当然以为的有毒气体云团,实际上是正从欧洲大陆迁徙到英国的蝴蝶。成群的彩蝶正在飞渡英吉利海峡,朝着内陆慢慢飞来。它们在开阔的天空中翩然振翅,在夏日的阳光中轻舞飞扬,对寒冷、阴沉的前线全然不知。

几分钟后,成千上万只蝴蝶像河流一样,在军营上空流淌。士兵们鼓掌欢呼,他们中有些还很小,只是孩子。他们笑得热泪盈眶,没有人,甚至连他们的指挥官都不敢命令他们安静下来。他们的手伸向苍穹,脸上露出纯粹的狂喜,他们蹦啊跳啊,有些人非常幸运,蝴蝶轻若薄纱的双翼碰触到了他们的皮肤,令他们想起后方恋人的那记临别之吻。

艾达想到这个故事,便闭上了眼睛,呆呆地坐在那儿,直到敲门声让她猛地回过神来。她以为又是姨妈来叫自己品尝她做好的菜,便大叫道:"我不饿!"

她父亲的声音从门的另一边传来:"亲爱的,我能进来吗?"

艾达赶紧把手机藏到枕头底下,并从床头柜上抓起一本书,书名为《我是马拉拉》[①]。

"进来吧。"

[①]《我是马拉拉》:诺贝尔和平奖得主马拉拉·优素福扎伊的自传,本书讲述了15岁的马拉拉生命一度垂危,但奇迹似的生还、康复的不平凡历程。

科斯塔斯走了进来,手里端着蜡烛:"这本书很不错。"

"是的,我也这么认为。"

"有时间谈谈吗?"

艾达点了点头。

他把蜡烛放到床头柜上,在她身旁坐下。"我的小心肝,我知道过去的一年我和你有点疏远了。我一直在想这件事,我很抱歉没能经常陪在你身边。"

"没事的,爸爸。我理解。"

他用温柔的眼神看着她:"我们能谈谈学校里发生的事吗?"

她的心跳到了嗓子眼儿:"没什么好说的,相信我。我只是大叫了一下,好吗?没什么大不了的,我不会再那么做了。"

"但是校长说……"

"爸爸,别说了,那人脑子有病。"

"那我们谈点别的吧。"科斯塔斯并不打算放弃,"我忘了问了,科学课那个项目进行得怎么样了?你的搭档还是那个男孩……他叫什么来着,扎法尔?"

"对。"艾达声音有点尖锐地答道,"项目做完了,我们都得了A。"

"太棒了。我为你感到骄傲,亲爱的。"

"听着,关于大叫那件事,你不用担心。我只是为了舒缓压力,仅此而已。"艾达说着,那一刻,她相信从自己嘴里说出来的每一个字。"如果你继续提它,不会对我有任何帮助。我自己解决吧,我正处理着呢。"

科斯塔斯摘下眼镜,对着它哈气,然后用自己的衬衫缓慢而小心地擦拭着。当他不知道该说些什么、需要时间思考时总会这么做。

艾达看着父亲，心里忽然痛了一下。欺骗父母是多么容易啊，即使你骗不了他们，也可以把他们推到你所修建的推诿之墙的后面。只要你足够花心思，小心谨慎，不留下任何漏洞，就可以瞒他们一阵子。父母，尤其是像她父亲这样心烦意乱的父母，迫切需要一切安好，他们过于依赖自己创建的体系能运转良好，以至于当诸多线索都指向反常时，他们仍会以为风平浪静。

她刚冒出这个念头，就不可避免地产生了罪恶感。她不打算把视频的事告诉父亲，这太尴尬了，况且他也无能为力，但也许他应该了解她的感受。

"爸爸，我一直想和你谈谈这件事……我想转学。"

"什么？不，艾达。马上就要 GCSE 考试了，这个时候你不能转学。这学校多好啊，你被录取时，你妈妈和我可高兴了。"

艾达反复咬着自己嘴唇的里侧，父亲无视她的焦虑，这让她很恼火。

"听着，如果你在担心成绩，我可以在假期里给你补补课，我很乐意帮忙。"

"我不需要你的帮助。"她转过脸去，为自己的语气感到不安，因为她随时都要发怒，这已经写在了脸上。

"你看，阿迪莎，"他的肤色在烛光下萎黄，犹如蜡铸，"我知道过去的一年对你来说非常难。我知道你想你的妈妈……"

"请别再说了！"

父亲悲伤的神情引得她胸口一阵抽痛。她看到了他眼中的无助，却并没有做点什么来解救他。她安静下来，试着去弄明白为什么他们之间总是这样，亲情与爱怎么就迷了路，走向了纯粹的伤害与冲突。

"爸爸？"

"怎么了，亲爱的？"

"蝴蝶为什么要飞过英吉利海峡来这里啊？难道它们不喜欢温暖的气候吗？"

这个问题出乎科斯塔斯的意料，但他表现得若无其事。"是的，在很长一段时间里，科学家们都非常困惑。有些人说这是个错误，但蝴蝶只能将错就错，它们就进化成了这样。科学家甚至称之为基因性自杀。"

那个词在他们之间回荡，两人都假装没注意到。

"你妈妈喜欢蝴蝶。"科斯塔斯说着，他的声音忽高忽低，就像混浊的水一点点变得澄澈，"听着，我不是这方面的专家，但我认为，它们的迁徙计划虽然超出自身的生命周期，但也是合理的。因为这计划不仅涉及一代，而且关系到很多代。"

"这倒像那么回事，这也多多少少解释了发生在我们身上的事。你和妈妈虽然已经搬来了这个国家，但我们还在迁徙。"

他沉下脸来："你为什么这么说？你哪儿也不许去。你在这里出生长大，你就属于这儿。你是英国人，有着混合血统，这是一笔很大的财富。"

她咂了咂舌头："是啊，当然，我现在很富有！"

"为什么要冷嘲热讽的？"科斯塔斯听上去有点生气，"我们一直把你当成一个独立的个体，你不是我们的延伸，你会创造自己的未来，我会支持你前进的每一步。为什么总要迷恋过去呢？"

"迷恋？我已经快被它压死了——"

他打断了她："不，你不会。没什么能把你压死，你是自由的。"

"骗人！"

科斯塔斯一时语噎，女儿的斥责令他感到震惊。

"你宁愿相信下一代的蝴蝶会遗传祖先的迁徙能力，但一说起自己的家人，你又认为这不可能。"

"我只想让你幸福。"科斯塔斯哽咽地说着。

之后，他们再次陷入了沉默，回到了这片他们共有的痛苦之地，但又只能各自黯然神伤。

无花果树

我曾听乔尔戈斯给尤素福讲过一个故事。当时已是深夜，所有的顾客都走了，员工们收拾完桌子，洗好碗，打扫过厨房，也都回家了。片刻之前，这里还欢歌笑语、音乐喧嚣、人潮涌动，现在却一片寂静。尤素福坐在地板上，背对着窗户，他的影子映在黑漆漆的玻璃上。乔尔戈斯把头枕在尤素福的膝盖上，躺在那里盯着天花板，嘴里叼着一枝迷迭香。那天是他的生日。

晚上的时候，他们已经切过蛋糕了，一个由厨师准备的樱桃巧克力蛋糕，除此之外，这个晚上和其他任何一个晚上并无二异。两人都没有休过一天假。他们总是在工作，除去开销和房租，他们把挣来的一切都一分为二。

"我有件东西送你。"尤素福一边说，一边从口袋里掏出一个小盒子。

我喜欢观察尤素福同乔尔戈斯独处时的变化。和我们这些植物说话时，尤素福很少结结巴巴。当只有他们两个人在的时候，他的口吃也会明显减少。同心爱的人独处时，一直折磨着他的口吃几乎就全然消失了。

乔尔戈斯用胳膊肘撑着身子坐着，原本棱角分明的五官因为微笑而变得柔和。"嘿，我以为我们今年不会给对方买任何东西了。"尽管如此，他还是接过了盒子，脸上洋溢着孩子期待礼物时的欣喜，他拆开了那层薄纸。

"哦，上帝！"

一条链子从他的手指间垂下，上面挂着一只金灿灿的怀表。

"太美了，我的宝贝。你疯了吗？这一定花了你不少钱吧。"

尤素福笑了："打开它，里面有一首短、短诗。"

表盖的里面刻着一首诗，这些字母就像夜色中的萤火虫一样闪闪发光。乔尔戈斯大声读了出来：

命定之地终会抵达

莫要匆忙赶路……

"哦，卡瓦菲[①]的诗！"乔尔戈斯说。这是他最喜欢的诗人。

他把怀表翻过来，发现背面有两个字母：$Y \& Y$。

"喜欢吗？"尤素福问道。

"何止喜欢？我爱它！"乔尔戈斯深情款款地说道，"我爱你。"

尤素福用手指梳理着乔尔戈斯的头发，脸上的笑意一点点消隐，取而代之的是另一种东西。他把他拉近，温柔地看着他，眼中的悲戚更加凝重了。我知道是什么困扰着他。他前一天在门上

[①] 卡瓦菲：生于1863年，卒于1933年，20世纪初期希腊大诗人、现代希腊诗歌的创始人之一。

发现了一张纸条,是用一团口香糖粘上去的。有人偷偷摸摸地写的,内容十分简短,用的是蹩脚的英语,字母都是从报纸上剪下来的,没有署名,纸条上还沾满了泥土和某种红色的东西,看起来像是血迹,也许的确就是。那张纸条他读了好几遍,那些丑陋的字眼——兽奸者、同性恋、罪人,像刀子一样戳着他,割断了他靠近心脏的血管,撕开了一个伤口。这并非新伤,而是一个从未得到彻底愈合的旧伤。自孩提时起,别人对他的挑剔和嘲笑就没断过,说他不够男人,太娘了,最初只是他的家人这么说说,后来变成了学校的学生和老师,甚至还有素不相识的人。粗暴而轻蔑的举动时不时就会朝他袭来,夹杂着冷嘲热讽,他甚至从来都来不及想明白自己为何遭到如此恶待。这些都是家常便饭了,可这次不一样,他们遭遇了威胁。为了不让乔尔戈斯担心,他对纸条的事守口如瓶。

那天晚上他们聊了好几个小时,让我也无心睡眠。我摇晃着树枝,试图提醒他们无花果树该休息啦,但他们太专注于彼此,根本没有注意到我。乔尔戈斯喝了很多酒,仍不尽兴,又拿帕娜约塔的角豆酒来饮。尤素福虽然神志清醒,但不知怎的,像是真的喝醉了,每一个蠢笑话都逗得他大笑不止。他们还一起唱歌,天哪,这两个人,他们的声音难听死了。奇科都比他们唱得好!

天快亮的时候,我实在熬不动了,正要入睡,听到乔尔戈斯嘴里嘟嘟囔囔的,好像在自言自语:"卡瓦菲的那首诗……你觉得有一天我们会离开尼科西亚吗?别误会,我喜欢这个岛,但有时候,我还是希望咱们住的地方能有雪就好了!"

他们制订了旅行计划,列出了所有想去的城市。

"别开、开玩笑,咱俩都知道咱们走不了的。"尤素福忽然动情地说道，语气近乎绝望，"鸟可以飞走，但咱俩不行。"他指了指盖着一块黑布的笼子，那笼子里睡着奇科。

乔尔戈斯沉默了一会儿，然后说道："你知道吗？很久以前，人们不明白为什么那么多鸟到了冬天就销声匿迹了。"

他告诉尤素福，当气候变得恶劣，冷风从山顶上吹下来，鸟不见了踪影时，古希腊人很是困惑。他们在空旷的头顶搜寻，试图找到一些有关它们藏身之所的蛛丝马迹，毕竟那些黑鸢、灰雁、椋鸟、燕子和雨燕全都不见了。由于不了解鸟的迁徙模式，古代哲学家们便提出了他们自己的见解。他们认为，每到冬天，鸟都会变成鱼。

他说，这些鱼在新环境里很开心。水中食物丰富，生活也不那么疲累。但他们永远也不会忘记自己从哪里来，不会忘记自己曾在天上自由而轻盈地翱翔。这种感觉是无法取代的。因此，当这种渴望变得无以复加时，每年春天前后，鱼就又变回了鸟。这样，天空又满是黑鸢、灰雁、椋鸟、燕子和雨燕了。

一段时间里，一切都进展顺利，再次回到熟悉的天空之家，他们兴奋不已，但等到树上挂霜，他们又不得不再次回到水下，虽然他们在那里感到安全，却总会觉得不完整，鱼变回鸟，鸟又变成鱼，就这样不断循环下去。回归与流亡，交替上演。

这是一个古老的问题：离开还是留下。在那个决定命运的夜晚，尤素福和乔尔戈斯选择了留下。

明　月
塞浦路斯，1974年5月

　　第二次在"幸福无花果"酒馆见面时，科斯塔斯迟到了。他先是帮母亲劈柴，又把木柴在炉边堆好，做完后赶紧跑了出来。终于自由了，他从家中一路跑到酒馆。

　　值得庆幸的是，德夫妮还未离开。她还在吧台后面的小房间里等着他。

　　"对不起，亲爱的。"科斯塔斯冲进来时说。

　　他被她表情里的某种东西怔住了，她凝神的双眸中透着一种冷毅。于是他溜到她旁边的座位上坐下，喘了口气。他们的膝盖在桌底下碰了一下，她很快地抽回自己的腿，动作幅度小到让人难以察觉。

　　"嗨。"她打着招呼，却连看都不看他一眼。

　　他知道自己应该问她怎么了，到底出了什么烦心事儿，但脑袋却被一种奇怪的逻辑支配着，就好像只要不逼她把痛苦说出来，他就可以避开它，至少能避开一小会儿。

　　她先打破了沉默："我父亲进了医院。"

　　"怎么了？发生了什么事？"他牵起她的手，缩在他掌心里的那只手软塌塌的，毫无生机。

　　她摇了摇头，泪水夺眶而出："我舅舅……我母亲的弟弟，你还记得我跟你说过他吗？就是那天晚上看见我，问我要去哪里的那个人。"

"当然记得。怎么了？"

"他死了。"

科斯塔斯呆住了。

"昨天，EOKA-B 的武装人员拦下了我父亲和舅舅乘坐的公共汽车，要求所有乘客报出自己的姓名……他们把取土耳其名字或穆斯林名字的男性分了出来。我舅舅身上带着枪，他们命他交出枪，他拒绝了。事发突然，人们乱成了一片。我父亲试图干预，于是他扑上前去，枪击中了他。他现在住院了，医生说他腰部以下可能瘫痪。还有我舅舅……"她开始抽泣起来，"他才 26 岁，刚刚订婚。前几天，我还跟他开玩笑来着。"

他倒吸了一口气，结结巴巴地说不出话来。"我很抱歉。"他想伸手抱抱她，但不确定她是否愿意，于是停下来，等待着，感受着他们之间出现的这道新裂痕。"我真心替你难过，德夫妮。"

她把目光挪开："要是我的家人知道……要是他们知道我和一个希族男孩约会，他们永远也不会原谅我的。在他们眼里，这是最不能容忍的事情。"

他的脸变得惨白。一直以来，这正是他所担心的，分手的前奏。他感到胸口膨胀得就要爆裂了似的，他不得不耗尽全身气力才让自己镇定下来。但奇怪的是，那一刻，他唯一想到的是母亲缝纫时用到的针垫。那就是他的心的样子，几十根针扎穿了它。他用耳语般沙哑的声音问她："你是说我们应该结束这一切吗？看见你痛苦的样子，我心如刀割。只要能让你不再痛苦，我愿意做任何事。哪怕是再也见不到你。请告诉我，我离开你的话，你会好受点吗？"

她抬起下巴，看着他的眼睛，从他刚才到这儿，这还是第一次。"我不想失去你。"

"我也不想失去你。"科斯塔斯说。

她心不在焉地把杯子举到嘴边,杯子却是空的。

科斯塔斯站了起来:"我去接点水。"

他拉开窗帘。这晚的酒馆,人头攒动,有人在抽烟,空气中烟雾缭绕的。一群美国人坐在靠门的桌边,伸着脑袋眼巴巴地盯着盘子,端详着侍者摆在他们面前的几盘精品开胃菜。

科斯塔斯看见尤素福站在角落里,穿着一件蓝色的亚麻衬衫,奇科蹲在他身后的架子上,正清理着它的羽毛。

当他们目光相遇时,尤素福对他笑了笑,那是一种真诚、无忧无虑的微笑。科斯塔斯试图给他回个手势,不过平日里很是友好的他今天反而有些放不开了,毕竟他现在知道了他俩的秘密。他强挤出一个微笑,刚才德夫妮告诉他的那一切让他的心隐隐作痛。

"你没事吧?"尤素福的声音大到盖过噪音。

科斯塔斯指了指手里的空杯子:"去接点水。"

尤素福示意离他最近的一个服务员去接,这是一个长得又高又瘦的希族男人,最近刚初为人父。

当科斯塔斯等着水来时,他茫然地环顾四周,发蒙的脑袋里装的全都是德夫妮方才向他倾诉的一切。酒馆的各种声音包裹着他,就像一只手正握着刀柄。他注意到前排的一个金发胖女人正从手提包里取出镜子,补涂口红。在未来的好几年里,他会一直记得这颜色。鲜艳的红色,像一团血迹。

即便多年以后,到了伦敦,他也仍会想起那一刻,一切都发生得太快了,而在他的记忆里,那天晚上的事情总会缓缓重演。他以前从未见过那么耀眼的光,想也不曾想到过。可怕的口哨声不绝于耳,紧接着是一声轰隆的撞击,仿佛一千块大石头碰撞在了一起。然后……稀巴烂的椅子,破碎的盘子,残缺的尸体,还有像雨点一样落在每个人、每件东西上的极小极小的玻璃碴儿,在他的记忆里,那些玻璃碴儿总是滚圆滚圆的,就像水滴一样圆。

地板在他脚下摇晃。一股强力推着科斯塔斯,他向后倒了下去,之后,冲击力又莫名其妙地减弱了。然后是一片寂静,完完全全的寂静,一种听起来比刚刚撼动了整个酒馆的爆炸声还要骇人的寂静。要不是因为科斯塔斯压在了身下的那具尸体上——那个给他接水的侍者的身体,他的头早就撞到石阶上了。

那是枚炸弹。一辆路过的摩托把一枚自制的炸弹扔进了花园里,炸毁了它一整面前墙。那天夜里,五人在"幸福无花果"酒馆丧命。三个初次登岛的美国人,一个即将结束维和任务回国的加拿大士兵,还有一个年轻的刚做父亲不久的希族服务员。

科斯塔斯挣扎着站了起来,踉踉跄跄地挥着左臂。他转过身去,因为惊恐而瞪大了眼睛,屋子后面的门帘已被炸成了碎片,德夫妮冲了出来,面如死灰。她朝他跑去。

"科斯塔斯!"

他想说点什么,但安慰的话连一个字也想不出。他还想亲吻她,在这样一个人类自相残杀的时刻,这似乎是不合时宜的,但也许这是他唯一能做的事情了。他默默地拥抱着她,别人的鲜血浸透了他的衣衫。

袭击者的目标是美国游客还是英国士兵?抑或酒馆本身和那两个老板?不排除另一种可能——这也许就是一起没有计划的暴力事件,最近这种事越来越多了。他们永远也不得而知。

周围到处都是呛人的烟味、烧焦的砖和瓦砾的味道。入口处被炸得最惨，木门从铰链上脱落了，墙上的瓷砖和相框里的照片都掉了下来，椅子已然成了碎片，瓷器渣子散落一地。角落里，一张翻倒的桌子下面冒出一小团火焰。科斯塔斯和德夫妮迅速分开行动，试图帮助那些受伤的人，碎玻璃在他们的脚下嘎吱作响。

后来，警察到了，救护车还要好一会儿才能赶到，乔尔戈斯和尤素福建议他俩赶紧走，他们照做了，穿过天井从后院离开了"幸福无花果"酒馆。圆月当头，那是他们那一整天看到的唯一让他们心安的东西。它散发着美丽的清辉，就像一颗映衬着黑天鹅绒的冰冷宝石，对人世间的疾苦漠不关心。

那天晚上，他俩都无心回家，所以待得比平时更晚。他们在小酒馆后面的山上散了会儿步，然后在一口古井旁坐了下来，井就藏在茂密的荆棘和石楠丛里。指尖的苔藓如丝般光滑，他们的目光越过古井的石壁，向深处望去，下面的水太黑了，什么也看不见。他俩没有硬币可以掷，也没有愿望可以许。

"我送你回家吧，"科斯塔斯说，"至少送你一段路。"

"我不想回。"她说着，揉了揉脖子后面，刚才一块碎片划伤了那里，她自己都没有注意到。"我母亲和梅耶姆今晚在医院陪我父亲。"

他掏出一方手帕，替她拭去脸上的泪水和煤烟。她握着他的手不放，把头靠在他的手掌上。他的皮肤感受到她嘴唇的温暖和她睫毛的扑闪。周遭陷入寂静，他们忽然仿若与世界隔绝开了。

她要他同她做爱，他并没有立即给予回应，她往后靠着，认真地看着他，目光坚定，不带一丝羞涩。

"你真的要？"他说，月光下他的脸微微发红。这对他俩来说都是人生第一次。

她温柔地点了点头。

他吻了她，说："我得警告你，这附近都是荨麻。"

"我知道。"

他脱下衬衫，用它裹住自己的右手，仔细地筛查草丛里的荨麻，尽量把它们都拔掉，然后一簇簇地扔到一旁，他曾无数次地看见母亲这般来拔荨麻做汤。抬起头时，他发现她正盯着他，微笑中透着悲伤。

"为什么这般看着我？"

"因为我爱你，"她说，"你是个温柔的人，科斯塔斯。"

内战的硝烟弥漫，陷入其中的你会遭遇来自各方的杀戮和仇恨，你不会坠入爱河。你会跑开，以双腿所能承受的最快速度跑开，你只求活下去，再无别的奢望。你会乘着借来的翅膀飞上天空，飞向远方。即使无法离开，你也会寻求庇护，找到一处安全之所，你会退回自己的世界。既然前功尽弃，所有的外交谈判和政治协商都失败了，你明白，到了只能以眼还眼、以牙还牙的时候，自己部族之外的任何地方都不再安全。

爱是对希望的大胆肯定。当死亡和毁灭主宰你时，你不会心怀希望。当废墟和碎片包围你时，你不会穿上华服，戴上鲜花。当人们全都认为应该紧闭心扉的时候，你不应该交付你的真心，尤其是对那些与你有着不同宗教信仰、语言和血统的人。

你不会于1974年的夏天在塞浦路斯坠入爱河。地点不对，时间也不对。然而彼时他们就在那里，只有他们俩。

无花果树

　　炸弹爆炸时，我的一根树枝被火星点着了。几秒钟之内，我就着了火。没有人注意到，好一会儿也没人注意到。人们都陷入了震惊之中，手忙脚乱地救助伤员，四处飞溅的碎片清除后，尸体令人不忍直视。到处都是灰尘和烟雾，灰烬滚滚而来，就像是一群飞蛾围着烛火在打转。我听到一个女人在哭。声音不大，勉强听得见，她呜咽着，像是吓坏了，不敢出声。我听着，身体也在继续燃烧着。

　　在火灾易发区，树木会进化出各种各样的方法来保护自己免受伤害。他们用厚而脆的树皮包裹住自己，或者把休眠的芽藏在地下。你会发现松果坚硬、厚实，一遇高温就会释放种子。其他一些树会把较低的枝干全部丢掉，这样火焰就无法轻易爬升。我们所做的这一切以及更多，无非都是为了生存。但我是一棵无花果树，住在一家快活的小酒馆里，我没有理由采取这样的预防措施。我的树皮很薄，树枝又多又细，没有任何东西可以保护我。

　　尤素福最先发现了我。他朝我跑来，这个好心的、舌头不怎么利索的男人，一边围着我挥舞双臂，一边抽泣着。

　　"我的宝贝，你怎么了？"他眼里透着悲伤，一遍又一遍地用土耳其语重复着，"天哪，我的宝贝，你怎么了？"我想告诉他，他说得很利索，他跟我说话的时候从来都不结巴。

　　我看着尤素福抓起一块桌布，随后又抓了好几块。他用桌布拍打着我的树枝，发了疯似的上蹿下跳。他又从厨房提来了几桶水。

后来乔尔戈斯也加入进来，他们一起设法扑灭了火。

我的一部分树干被毁了，几条主枝也完全烧焦了，但我还活着。我会没事的。我可以从这起恐怖事件中恢复过来，就像它从未发生过，但当晚酒馆里的那些人就没有这么幸运了。

一封信
塞浦路斯，1974年6月

"幸福无花果"酒馆爆炸案发生几周之后，帕娜约塔给她在伦敦的哥哥写了一封信。

亲爱的赫里斯托斯：

你上个月寄给我们的那些礼物，十分可爱，也都安全抵达了，谢谢你。得知你在英国一切安好，日子红红火火，最是让我安心。愿上帝的恩典如铜墙铁壁般围护着你们，并永远指引你和你的家人。

写这封信之前，我苦想了很久。我觉得不能不写了，因为我再也无法独自一人承担这份恐惧了。我很为科斯塔斯担心，不，是害怕。还记得吗，哥哥，当上帝把三个孩子留给我这个寡妇独自抚养时，我还很年轻。三个男孩都亟须父亲指引他们的生活。我努力又当爹，又当妈。你知道这有多难的，但我从未抱怨过。看看现在的我，哥哥。我都不知道你下次见我还能不能认出我来。我老得很快。头发不再有光泽，也不再乌黑，晚上梳头时，都成把成把地掉。我的手，比砂纸还干，还糙。我常常自言自语，就像疯了的老伊莱弗特里亚，他过去常常和鬼聊个没完，你还记得吗？

赫里斯托斯啊，一年里，我痛失了两个儿子。我到现在也不知道安德烈亚斯去了哪里，他是当了俘虏还是自由身？是死了，还是活着？那天，他们把我亲爱的米卡利斯的尸体抬进这所房子时，我已经痛不欲生了。现在，这种痛苦更是无以复加。他俩都走了，床铺空了，冰冷如铁。我不能再失去第三个孩子了，我会疯掉的。

每天晚上，我都问自己，把科斯塔斯留在身边，留在塞浦路斯，这样做对吗？就算到目前为止，我做得没错，我又能照看他多久？他差不多都成人了啊。有时他离开家，一连几个小时都不回来。我怎么就能确定他会安然无恙呢？

年轻人不再适合待在这个岛上了。街上到处都在流血，每天如此。甚至都来不及清洗昨天的血迹。我这个孩子太多愁善感了，他发现一只从鸟巢里被猫抓走折腾死的小雏鸟，都会难过得好几天不说话。如果可以的话，他会一点儿肉都不吃的，你知道吗？11岁那年，他为那些被我腌的鸟儿落泪不止。你要是觉得时间会让他变得坚强，那你就错了。热浪来袭的那天，他因为在花园里发现了一堆死蝙蝠而伤心欲绝。我不是开玩笑，赫里斯托斯。他因为这事都精神崩溃了。

生活满是艰辛，当然哪儿活着都不容易，我是担心他压根儿一点儿都没有准备好。我从未见过谁会像他这样对动物的痛苦感同身受。比起同胞,他对树和灌木更感兴趣。这不是什么好事,我相信你也这么认为。这只会是个诅咒。

但这还没完,还有更多。我知道他在和某个姑娘约会。一有时间他就偷偷溜出去,回来时眼神恍惚,脸颊红润。老实说,一开始我并不介意。我假装什么都没注意到,想着这样对他也好。我认为,如果他恋爱了,就会远离街头,远离政治。我受够了帕里卡里亚[①],那些胆大妄为的年轻人。所以我就没管他。我假装什么也不知道,也不阻止他去见这姑娘。但直到这周,我才从一个邻居那里得知她是谁。现在我害怕极了。

我们的科斯塔斯居然爱上了一个土族人!他们一直在幽会。至于发展到了什么程度,我不知道,也没法问。基督徒绝不能和穆斯林通婚,这是对上帝的冒犯。这姑娘的亲戚们随时都会知道真相,他们会怎样对待我的儿子?或者,我们这边的人可能会发现,然后又会发生什么?我们遭的罪还不够吗?我不能天真行事。你我都知道,无论哪个族群,都有人会因为他们的所作所为而惩罚他们。这种事情,最轻的惩罚会是流言蜚语和诽谤诋毁。我们将永远背负这耻辱。但我最害怕的还不是这个,如果是更严厉的惩罚怎么办?我想都不敢想。科斯塔斯怎么能这样对我?怎么能这样对待他已故的哥哥,愿上帝保佑他。

[①] 帕里卡里亚:希腊语"Pallikaria"的音译,相当于英语的"strong young men"。

我再也无法安眠，科斯塔斯似乎也睡不好。每天晚上，我都听见他在房间里踱来踱去。不能再这样下去了，我害怕恐怖的事情会找上他，这种害怕折磨得我生不如死，我连气都喘不上来了。

深思熟虑之后，我做了决定，要把科斯塔斯送走，送到你那儿，送到伦敦去。哥哥，你一定知道，这对我意味着什么。我不想再解释了。

我求你，恳求你，将他置于你的羽翼之下。为了我，求求你了。他是个没有父亲的孩子，赫里斯托斯。他需要父辈之手搭在他的肩头，他需要你这个舅舅给他帮助和建议。我要他远离塞浦路斯，远离这个姑娘，直到他恢复理智，意识到他的行为是多么愚蠢，多么鲁莽。

如果你同意，我会找个好的借口告诉他这趟旅行只有一周左右。但我希望你能让他在你那儿待得久一点，至少待到夏天结束。他很年轻，很快就会忘记她的。也许他还能在店里帮帮你，学点手艺？对他来说，这肯定好过整天在角豆树下看鸟或者做白日梦。请把小科斯塔斯带回你家，和你的家人团聚。求你了，哥哥。你能帮我这个忙吗？你能帮我照看一下我这仅剩的独苗吗？无论你怎样回复我，愿主耶稣基督的恩、上帝的爱、圣灵的宠，常与你们同在，直到永远。

爱你的妹妹，帕娜约塔

甜 椒

伦敦，2010年代末

第二天早上，梅耶姆坐在餐桌的一端，面前摆着一碗放了香料的番茄炒饭，还有一盘洗净去芯的甜椒，茎都被整齐地切掉了。看见艾达时，她换了一副笑脸，但一注意到艾达的表情，她的笑容就立刻消失了。

"你没事吧？"

"我很好。"艾达头也不抬地说。

"知道吗，在塞浦路斯的时候，我们养过一只山羊。山羊可是美丽的动物。我和你妈妈特别宠它。我们叫他卡尔普兹[①]，因为他爱吃西瓜。一天早上，爸爸带卡尔普兹去看兽医，并把他装进了卡车的后车厢里，那儿空气不畅，还满是尘土。爸爸还有别的事情要忙，所以他一整天都把卡尔普兹绑在那里。等回到家的时候，山羊都要累趴下了，眼神呆呆傻傻的。"梅耶姆弯下腰，眯起眼睛看艾达，"你现在看起来就像经历了卡车之旅后的卡尔普兹。"

艾达哼了一声："我很好。"

"卡尔普兹也这么说。"

艾达慢慢吸一口气，翻了翻白眼。姨妈的多管闲事本该让她心烦才对，但奇怪的是，她并不这么觉得。相反，她有一种向她

[①] 卡尔普兹：土耳其语"karpuz"的音译，相当于英语中的"watermelon"。

敞开心扉的冲动。也许她可以向这个女人倾诉,毕竟她也在这里待了一段时间了。和她分享一些事情,也许算不上冒失。此外,她需要跟人谈谈,听听自己脑袋里那些让她心烦意乱的声音外的其他声音。

"我讨厌我的学校,我再也不想去那儿了。"

"哦,天哪,"梅耶姆说,"你父亲知道吗?"

"我试着和他沟通过,但不太顺利。"

梅耶姆惊得眉毛都立了起来。

"别那么大惊小怪的,又不是世界末日。"艾达说,"我不会辍学去加入什么地下组织的,我只是不太喜欢这所学校,仅此而已。"

"听着,我亲爱的,我知道我这么说你可能会生我的气,但是记住,良药苦口,坏点子才会包着糖衣。要是我说的话让你觉得不爽了,那就想想它可能是你的良药吧。"

艾达眯起眼睛。

"好吧,看来你已经生气了。"梅耶姆说,"我想说的是,你还年轻,年轻人耐心不足。他们迫不及待想放学,想开始生活。但我告诉你一个秘密吧,生活早就开始了!这就是生活。无聊,沮丧,努力摆脱一些东西,渴望更好的东西。去另一所学校也不会有什么不同。所以你最好留下来,有什么大不了的呢?他们为难你了吗,其他孩子吗?"

艾达的手指在桌上忙个不停,轮流地敲击着:"嗯……是我在全班同学面前做了很出格的事,现在我都不好意思回去了。"

梅耶姆额头上的皱纹加深了:"你做了什么?"

"我尖叫个不停……直到最后失了声。"

163

"哦,亲爱的,你的确不应该对老师大嗓门。"

"不,不,不是对着老师。感觉像是我在对着所有人尖叫——对着全世界。"

"你当时很生气吗?"

艾达的肩膀略微垂下来一些:"问题就出在这儿,我想不是因为生气,也许是我出了问题。我妈妈有心理问题,所以,没准儿她有的我全都有。我猜,这会遗传。"

有那么一小会儿,梅耶姆屏住了呼吸,但艾达并没有注意到。

"我父亲说树有记忆,他说有时候树苗会有某种'储存记忆'的能力,就像它们知道它们的祖先曾经遭遇过的创伤一样。他说,这是一件好事,这样树苗就可以更好地自我调整。"

"我对树不太了解。"梅耶姆说着,脑子里反复地思量着,"但你这个年龄的女孩不应该担心这些,担忧太多,人就毁了。这就像虫子多了木头就没了一样。"

"你是说白蚁?"

"比方说,历史是丑陋的,但这跟你又有什么关系?"梅耶姆没接她的话茬儿,继续说道,"这不是你的问题,我们这代人把事情搞得一团糟。你们这一代人是幸运的。你不必担心哪天醒来发现自家门前多了一道边境线,也不必担心你的父亲仅仅因为种族或信仰而在街上被人枪杀。我多么希望我现在是你这般年纪啊。"

艾达一直盯着自己的手。

"你看,每个人年轻的时候都做过一些傻事,他们以为再也无法弥补。也许你现在感到孤独,觉得同学嘲笑你,也许他们真这么干了,但这是人的本性。你的胡子着火了,别人还会借着你的火点烟斗呢。但我想说的是，你会因此变得更强大。有一天回忆往事时，你会说，这等小事也曾让我睡不着觉？"

艾达琢磨着她的话，尽管她一个字也不信。这话放在以前也许在理，但现在是新技术时代，那些愚蠢的错误一旦被人发到网上，就会一直存在下去，如果那错误真的够蠢。

"你不明白的，我像疯子一样尖叫，就像被什么东西附了身。"艾达说，"老师都被吓着了，她的眼神告诉我的。"

"你是说……附身？"梅耶姆迟疑地重复道。

"是啊，影响太坏了，我都被校长约谈过了。他一直问我有关我家庭情况的问题。是因为无法接受母亲去世吗？还是因为父亲？有什么要告诉他的吗？在家里遇到什么问题了吗？该死的，他问了我那么多私人问题，我真想冲上去叫他闭嘴。"

梅耶姆摆弄着手镯，皱着眉头思考着。当她再次抬起头时，眼睛里闪烁着光芒，脸颊上泛着玫瑰色的红晕。"我现在明白了，"她提高了声音强调说，"我想我知道怎么回事了。"

无花果树

梅耶姆是个奇怪的人，矛盾得很。她一直在向树寻求帮助，尽管她似乎从没有意识到这一点。如果她害怕了或者孤独了，或者想驱除邪祟，她就会敲木头，这是一种古老的仪式，可以追溯到我们被视作圣树的时代。每次她心有所愿，却又不敢大声说出来时，就会把破布和丝带系在我们的树枝上。如果她要找什么东西，比如藏在地下的宝贝或者弄丢的零碎，她也会拿一根分叉的树枝四处游逛,她称之为占卜棒。就我个人而言,我并不介意这种迷信。有些迷信甚至对我们植物还颇有好处。比如,她把生锈的钉子插在花盆里驱赶邪祟,这样土壤会呈碱性。同样地,她燃火驱魔留下的木灰富含钾元素,很有营养。至于她撒在四周希望能带来好运的蛋壳也是一种营养丰富的堆肥。我只是觉得奇怪,她不断地诉诸这些古老的仪式,却不曾意识到它们均是源于对我们树的深深崇敬。

特罗多斯的马拉萨山谷里长着一棵700岁高龄的老橡树。听希腊人说,16世纪时,一群农民为了逃脱奥斯曼土耳其人,曾心惊胆战地躲在这棵树下,多亏了这棵树,他们才逃过一劫。

阿伊奥斯·乔治斯·阿拉马诺斯有一种无花果树,听土耳其人讲,他是从一个死人的胃里长出来的,这是那人那天晚上吃的最后一样食物,后来长成了一棵树。当时,有人把他和另外两个人关进了山洞,并用炸药炸死了他们。

我仔细地聆听着,发现令人震惊的是,树虽然只是作为树而存在,却成了被压迫者的救世主,成了施暴者加施在受害者身上的痛苦的象征。

古往今来,我们一直是许多人的避难所,不仅是凡人的避难所,也是诸神的避难所。这就是为什么大地之母盖亚会把她的儿子变成一棵无花果树,以拯救他免遭朱庇特雷电的伤害。在这世上的许多地方,那些被认为会遭受诅咒的女人都要先嫁给一棵无花果树,然后才能与自己的真心爱人喜结连理。虽然我发现所有这些习俗都匪夷所思,但我知道为什么会这样。迷信是未知恐惧投下的阴影。

因此,当梅耶姆走进花园时,她的出现让我大吃一惊,她开始四下走动，全然不顾严寒和暴风雪，我隐约感觉到她正在酝酿一个能够帮到艾达的计划。我还知道，她会再次从她那取之不尽的神话和信仰的百宝箱中拿出点什么宝贝来。

何谓爱情

塞浦路斯，1974年7月

一轮残月在院子里投下斑驳的月影，暖风在树梢顶上吹了一整天，终于精疲力竭，偃旗息鼓了，夜晚变得温柔而凉爽。茉莉花攀缘着锻铁栏杆向前生长，就像是一条金线在手织布上穿梭前行，那馥郁芬芳的香味弥散在空气里，与烧焦的金属味儿、火药味儿混作一团。

德夫妮独自一人坐在她家院子的一处角落里，已经很晚了，她却还没睡。她蜷缩在墙边，父母要是从窗里往外看，就看不到她了。她把膝盖顶在胸前，头枕着自己的一只手掌。她的另一只手里拿着一封信，信她已经读过好几遍了，可里面的文字仍然在她眼前游来游去，令她捉摸不透。

她的目光落在姐姐种在一个大陶罐里的番茄藤上。过去的一年里，它已经成了她的盟友。每当晚上偷偷溜出去幽会科斯塔斯时，她都会蹑手蹑脚地爬下她阳台前的桑树，等到回来时，再沿着这条路爬上去，她小心翼翼地爬上爬下，罐子就成了垫脚的台阶。

自从"幸福无花果"酒馆发生爆炸后，她就再也没见过科斯塔斯。当下这种局势，人们想要出去走走几乎不可能。每天的新闻报道愈来愈黑暗可怖了。关于希腊军政府正在密谋驱逐塞浦路斯大主教马卡里奥斯①的谣言，现在看起来越来越像是真的了。前一天，塞浦路斯国民警卫队和EOKA-B发动了政变，推翻了通过民主选举产生的大主教。位于尼科西亚的总统府遭到了忠于军政府的武装部队的轰炸和焚烧。大主教的支持者和雅典军事政权的支持者在街头爆发了冲突。国家广播电台宣布马卡里奥斯已经死亡。但就在人们哀悼他的时候，临时电台又响起了大主教的声音："希族塞人！你们知道我是谁，我是马卡里奥斯。我是你们推选的领袖，我没死。我还活着。"他奇迹般地逃脱了，谁也不知道他的下落。

伴随着骚乱，族群间爆发了暴力冲突。德夫妮的父母禁止她出门，哪怕是为了基本的物资。街道不再安全。土族人只能和土族人在一起，希族人只能和希族人在一起。因为没法出门，她好几个小时都坐立不安，冥思苦想，试图找到一个能和科斯塔斯说上话的办法。

今天机会终于来了，母亲因为去参加一个社区会议而离开了家，父亲则像往常一样吃完每天该吃的药在房里睡着了，她全然不顾姐姐的反对溜了出去。她一路跑到"幸福无花果"酒馆去找尤素福和乔尔戈斯。谢天谢地，他俩都在。

从爆炸发生的那天晚上起，这两个人就一直在努力修复这个地方，他们已经成功修复了大部分损坏的店面。前墙和门已经重建，但现在，虽然准备就绪，但鉴于岛上持续的动荡不安，他们仍然只能被迫歇业。当德夫妮找到他们时，他们正在堆放酒馆门前的

---

① 马卡里奥斯：生于1913年，卒于1977年，塞浦路斯东正教会的最高领导者和精神领袖，并在塞浦路斯独立后的1950年代末期至1960年代初期担任塞浦路斯共和国的第一任总统，他在此期间致力于促进塞浦路斯的国家建设和民族团结。

桌椅，打包厨房设备以便把它们装进板条箱和盒子。他们看到她来了，眼中笑意盈盈的，但很快又转为了关切。

"德夫妮！你来这儿干、干什么？"尤素福问道。

"真高兴找到了你们！我还担心你们走了呢。"

"我们就要关门了，"乔尔戈斯说，"员工们都辞职了，他们不想再干了。你真不应该这样就出来的，太危险了。你没听说吗？英国人的家属都要回去了。今天早上，一架载有军人妻儿的包机起飞了，明天还有一架。"

德夫妮听人说，英国女士们登机时都戴着浅色的帽子，身着相称的裙子，行李箱塞得满满的。她们一脸释然。但也有不少人泪流满面，因为她们已经爱上了这座岛，现在却要离开。

乔尔戈斯说："西方人就这样跑路了，这意味着我们这些人已经被放弃了，形势会非常严峻。"

"我们族群的每个人都忧心忡忡的，"德夫妮说，"他们说很快就会血流成河。"

"我们不、不要失去希望，会过去的。"尤素福说。

"但是我们很高兴见到你，"乔尔戈斯说，"我们有东西给你，科斯塔斯给你的信。"

"哦，太好了，你们见到他了。他怎样了？他没事吧？感谢真主！"她从他手里夺过信封，紧紧地贴在胸前。她迅速打开手提包。"我也有东西要给他。来，拿着！"

尤素福和乔尔戈斯都没有伸手去接她的信。

德夫妮急得肝肠都拧在了一起，但她试着忽略这种感受。"我不能待太久，你们能把这个给科斯塔斯吗？"

"我们不能。"乔尔戈斯回答。

"你们能的,你们走着去他家不会有危险。拜托了,很重要的事情。我有紧急事要告诉他。"

尤素福把身体重心从一只脚换到另一只脚上。"你不、不知道吗?"

"不知道什么?"

"他走了,"乔尔戈斯说,"科斯塔斯去英国了。我们觉得是他母亲逼他去的,他也别无选择。他试着联系过你,来找过你好几次,最后一次时留下了这封信。但我们以为他最终还是找到了你,我们以为他已经告诉你了。"

她注意到自己鞋边的地上有一群蚂蚁正在拖一只死甲虫。她注视了它们好几秒钟,心里有一种说不清道不明的感觉。确切地说,那一刻她并不觉得疼,疼是过一会儿的事了。她也不觉得震惊,尽管震惊很快也会降临。她觉得似有一种不可抗拒的地心引力牢牢地抓住了自己,她被永远锁在了此时此地。

她抬起下巴,眼神涣散,唐突地点了点头,一句话也没说就走了。尤素福在她身后喊着她的名字,她没有应答。

远处,滚滚浓烟笼罩在房顶上空,这座城市的很多地方都在熊熊燃烧着。放眼望去,到处都是扛着枪、堆着沙袋的男人,他们一脸凝重,靴子上沾满了灰尘。平民、战士、民兵,岛上的女人都去了哪儿?

她朝偏僻的小巷走去,渐渐远离骚乱。她穿过花园和果园,漫无目的地走着,影子在她身旁踱步。天色渐暗,世界失去了光彩。几个小时后,她回到了家中,荆棘刺伤了她的脚踝和手臂,就像是用一种她从未学过的语言铭刻了一段碑文。

自那以后,她变得十分安静,很少说话,总是抿着嘴,一副全神贯注的样子。她尽力在梅耶姆面前表现得正常一些，以免姐姐问她话。她发现，要延缓痛苦的到来并不算难。这就像那晚她一直到深夜才开始读他的那封信。

亲爱的德夫妮：

真不敢相信在我启程去英国之前居然没能见到你。这封信，我写了又停，停了又写，反反复复很多次，只因为我想亲口告诉你这个消息。但我就是联系不上你。

是我母亲逼我走的。她被吓怕了，没法用理性控制自己。她担心我会出什么意外，她哭个不停，求我去伦敦躲躲。我不能对她说"不"，但我不会允许有下一次了。她病了，你知道的。她的身体每况愈下。自从我父亲去世后，为了照顾我们，她就在不停地劳作。米卡利斯的死让她崩溃了，现在安德烈亚斯又不在，我成了她唯一可以依靠的人。我不忍看她那样，我不能让她失望。

我保证我很快就会回来的。到伦敦后，我会住在我舅舅家。我会每天都想你的，无时无刻不想你。最多两周，我就回来了。我会从英国给你带礼物的！

我还没来得及告诉你那晚对我来说意味着什么。当我们离开酒馆时……那轮圆月，你的发香，我手心握着的你的手，经历了那些恐怖，我们意识到我们才是彼此的依靠。

你知道自那之后，我一直在想什么吗？我一直在想，你就是我的祖国。这么说是不是很奇怪？没有了你，我在这个世上就没有了家。我是一棵被伐的树，根须尽断，你动动手指就能把我推倒。

　　我很快就会回来的，我绝不会再让这种事情发生。也许下次，也许有一天，我们会一起去英国，谁又说得准呢？请每天都想着我，我很快就会回来的，甚至比你想象的更快。

爱你的科斯塔斯

　　德夫妮把信紧紧攥在手里，信纸的边缘都起了皱。她的目光又落回那株番茄上，她的眼中充盈着泪水。科斯塔斯曾告诉她，很久以前，在秘鲁，也就是人们所认为的番茄原产地，它被称作"长着肚脐的李子"。德夫妮很喜欢这个描述。她曾想，生活中的每件事物都应该通过与之相关的各种细节来唤及，而不是被赋予各种抽象的名字，那不过是字母的随机组合罢了。比如，鸟应该是"长着羽毛的会唱歌的活物"；汽车应该是"带轮的、有喇叭的金属物"；岛应该是"四面环水的孤独之物"。那么爱情呢？在今天之前，她对这个问题的回答还不确定，然而现在，她很确定爱情应该被称作"终究会让人心碎的骗人玩意儿"。

　　科斯塔斯走了，她甚至还没有找到机会告诉他。她从来没有像现在这样害怕明天。而现在她只能靠自己了。

异乡人
伦敦，1974年7月—8月

　　当科斯塔斯抵达伦敦时，他的舅舅和英国的舅妈去机场接了他。这对夫妇住在一栋木制框架结构的砖房里,房子前面有一个方形的小花园。他们还养了狗,是一条棕、黑、白三色相间的牧羊犬,名字叫宙斯,它喜欢吃煮熟的胡萝卜,还喜欢吃直接从盒子里取出来的生意大利面。科斯塔斯需要一段时间才能适应这个国家的食物。然而,他最没料到的是这里与塞浦路斯截然不同的天气。他对头顶上方的这片异国天空毫无准备,它大部分时间都阴沉沉的,只会偶尔明亮那么一下,就像一个接通了低压电的灯泡嗡嗡响一下似的。

舅舅已经在英国定居下来了,他是个乐天派,笑容很有感染力。他对科斯塔斯很好,不过他深信,年轻小伙儿不该无所事事,也不该总是待着不动弹,所以他立刻安排他的外甥去店里工作。在那儿,科斯塔斯学会了如何堆放货架、清点库存、收银以及记录库存总账。工作很辛苦,但他并不介意。他已经习惯了随时待命,这让他保持着忙碌的状态,没有德夫妮的日子也因此变得稍微好过了一点。

科斯塔斯到达英国一周后,听到了一则令人瞠目结舌的消息:希腊军政府所支持的一支军队推翻了马卡里奥斯大主教,马卡里奥斯的支持者们和政变头头们所任命的实质性总统尼科斯·桑普森[①]之间爆发了枪战。科斯塔斯和他的舅舅仔细阅读了与此相关的所有报纸,当读到"街上尸横遍野,只能集体掩埋"时,他俩都惊呆了。科斯塔斯晚上几乎再也无法安睡,刚刚合上眼睛,噩梦就随之而来。

随后发生了更加不可思议的事情:马卡里奥斯大主教被推翻五天之后,全副武装的土耳其军队在凯里尼亚登陆,300辆坦克和

[①] 尼科斯·桑普森:生于1935年,卒于2001年,塞浦路斯历史上的一位重要人物,参与了1974年塞浦路斯政变,并成为新成立的塞浦路斯政权的头号领导人。

4万名士兵稳步挺进内陆。沿途的希族村民不得不抛家舍业,南逃去往安全的地方。在战乱频仍的局势中,雅典的军事政权垮掉了。有报道称,土耳其军舰和希腊军舰在帕福斯附近打起来了。但那些最惨烈的战争都发生在首都尼科西亚及其周边地区。

科斯塔斯担心得要命,他竭尽所能地去搜刮每一点信息,他紧紧地盯着收音机,捕捉最新报道。报道虽然闪烁其词,但也透露和揭示了诸多信息:"入侵",希腊方面的措辞;"和平行动",土耳其方面的措辞;"干预",联合国的措辞。一些奇怪的概念从新闻简报里跳出来,奔向他,跃入他的脑海。新闻还谈到了"战俘""种族分裂""人口转移"……他不敢相信,这些语汇竟然都指向那块他熟悉得不能再熟悉、简直就像镜中自己一样的土地。而现在,他已然认不出它来了。

他母亲给他发了封急电,叫他别回国了。她设法穿过数英里的交通堵塞,终于在最后一刻离开了尼科西亚,虽然怕得要死,但她仍在为活下去而努力。希族平民惊恐万状,听说大军压城,无论是传言还是已经确凿的事实,都令人彻底窒息,以至于附近一个小女孩心脏病发作而死。由于无法随身携带任何个人物品,帕娜约塔只好南下投靠亲戚。他们的家没了。他们长着五棵角豆树的花园也没了。丈夫去世后,就剩下她和三个儿子,她苦心经营和精心照料的一切,现在都被夺走了。

尽管科斯塔斯不同意,舅舅还是取消了他的返程机票。他不能回到一个战火正在熊熊燃烧的岛上。局面已经完全超出了科斯塔斯的掌控,他尝试了所有能想到的方法来联系德夫妮——电报、电话、信……一开始,他还能和尤素福和乔尔戈斯通上话,但奇怪的是,后来他们也联系不上了。

六个星期过去了，德夫妮一封信也没回，科斯塔斯设法联系上了梅耶姆，他让自己在邮局工作的朋友在事先安排好的时间里把梅耶姆带到了电话机旁。她的声音低沉而不安，她确认她们的住址没变，房子也完好无损。德夫妮一直都有收到他的来信。

"那她为什么不回我的信？"科斯塔斯问道。

"我很抱歉，但我觉得她再也不想听到你的消息了。"

"我不信，"科斯塔斯说，"除非她亲口告诉我，不然我是不会相信的。"

电话那头顿了顿："我会转告她的，科斯塔斯。"

一周后，德夫妮寄来了一张自己亲笔写的明信片，求他不要再煞费苦心联系她了。

来光顾这家小杂货店的顾客形形色色：工厂的工人、出租车司机、保安，还有一位在附近学校教书的中年教师。这个教师之前就注意到科斯塔斯对环境及其保护很有兴趣，现在看到他一副愁眉苦脸又形单影只的样子，就把自己的书借给他读。德夫妮依旧音信全无。黑夜里，尽管劳作了一天，四肢酸痛，科斯塔斯仍会熬夜躺在床上看书，直到眼睛再也睁不开。白日里，没有顾客的时候，他就坐在收银台后面仔细阅读店里待售的自然杂志。只有当他思考或阅读有关树的一些东西时，他才能找到一些慰藉。

他从其中一本杂志上读到了一篇关于果蝠的文章，文章解释了为什么越来越多的果蝠会集体性死亡。作者预测，不出几十年，全球变暖将十分严重，随之而来的是诸多物种的集体性死亡，看似都是孤立事件，实则有着深刻的联系。这篇文章呼吁人们关注森林在减缓灾难性生态变化方面的积极作用。科斯塔斯读到这篇文章时，内心有了变化。在此之前，他并不知道一个人可以毕生致力于植物研究。他意识到，他可以做这个，即便这种生活将会十分孤独，他也能做得来。

他一如既往地给德夫妮写信。起初，他只是写一些关于塞浦路斯的事，为她担心，问她过得怎样，试图传递一些充满鼓励和支持的话，向她示爱。不过，慢慢地，他也开始和她讲伦敦的事情：居民区里多个种族混居，被烟熏黑的公共建筑，墙上的涂鸦，干净的小排屋和修剪整齐的树篱，烟雾缭绕的酒吧和肥腻的油炸早餐，街上手无寸铁的警察，希族塞浦路斯人开的理发店……

他不再指望她会回信，只是继续写着。他不断地向南方寄出他的话语，就像放走了成千上万只迁徙的蝴蝶，他知道它们再也不会回来了。

无花果树

关于我们的故事，既然你已经了解了这么多，那就让我再告诉你一点别的吧：我是一棵忧郁的树。

我会忍不住拿自己和我们花园里的其他树作比较——山楂树、英国橡树、白梁树、黑刺李树，严格地说，他们都是土生土长的英国树。我很想知道，我比他们更容易罹患忧郁症，是不是因为我是外来植物，就像所有的移民一样，我身上也带着另一片土地的影子？还是说仅仅因为我是在嘈杂酒馆的人堆里长大的？

"幸福无花果"酒馆的顾客们太爱争论啦！有两个话题是人类永远也争不够的，尤其是喝了几杯之后，那就是爱情和政治。

因此我听说过很多和它们有关的故事和丑闻。铁打的酒馆流水的人,一波又一波来自不同国家的食客们在我身旁热火朝天地辩论着,每喝一杯,他们的声音就又高一个八度,他们之间的空气似乎都凝固了。虽然我已经形成了自己的观点,但仍旧充满好奇地听着他们争来争去。

因此,我和你讲的一切都是出于我自己的理解,这一点毋庸置疑。讲故事的人不可能做到绝对客观。不过,我总是尽力通过多重的视角,变换的立场,冲突的叙事来力争把握好每一个故事。真相宛如根茎,这根茎深埋于地下,侧边还发着嫩芽,你需要深挖才能得到它,一旦挖出来了,你就得尊重它。

20 世纪 70 年代初,一种病毒入侵了塞浦路斯的无花果树,而且会慢慢夺走他们的性命。起初,症状并不明显。茎没有开裂,没有腐烂流水,叶子上也没有斑点。即便如此,还是有些地方不太对劲。果子还没熟就落了,吃上去一股酸味儿,还渗出黏糊糊的东西,就像伤口流出来的脓液一般。

当时我还注意到一件事,到现在都还记得,那些偏于一隅、看似孤独的树所受的影响并没有那些长在一起的树受到的影响大。今天,我认识到了盲从,任何形式的盲从都是一种病毒性疾病。它会像嘀嗒作响、永不停息的钟摆一样偷偷地侵入,而你如果是封闭、同质集体的一员,它就会更快地捕获你。因此,我总是提醒自己,最好和大众信仰的、认为确定无疑的东西保持一定距离。

那个漫长夏季快要结束的时候,4400 人丧命,数千人失踪。约有 16 万希族人南下,另有约 5 万土族人北上。人们在自己的国家成了难民。家破人亡,背井离乡;故交挚友,分道扬镳,甚至还彼此背叛。所有这一切都必须写入史册,即便双方都只会讲述自己的版本。相反的叙事,从来都互不接触,就像平行线永远不会相交。

在一座多年饱受种族暴力和残酷恶行困扰的岛上,人类并不是唯一的受害者。我们树也深受其害,动物也是,他们也饱受苦难,因为他们的栖息地正在消失。没人会把发生在我们身上的这些当回事。

但这对我来说却分外重要,只要我还能讲述这个故事,我就会把我生态系统中的物种都放进故事里——鸟、蝙蝠、蝴蝶、蜜蜂、蚂蚁、蚊子和老鼠,因为我明白一件事:只要还有战争,只要还有生离死别,就不会有赢家,人类如此,其他物种亦然。

第四部分

树枝

谚　语

伦敦，2010年代末

"那你现在到底在做什么？"梅耶姆看着科斯塔斯拿着笔记在房子里走来走去，问道。

"哦，他在准备一篇学术报告。"艾达插嘴说，"爸爸受邀去巴西参加地球峰会，他想让我和他一起去。"

"这是我第一次分享我们的研究成果，"科斯塔斯说，"我不知道是科学界的评判还是我女儿的想法让我更紧张！"

艾达笑了："去年他在澳大利亚研究桉树。他们研究不同树木对热浪和野火的反应，想搞明白为什么有些物种比其他物种更容易活下来。"

她只字未提当父亲得知母亲昏迷的消息后，如何缩短行程，搭乘第一班航班返回了伦敦。

"哦，你们要一起旅行了，太棒了。"梅耶姆说，"去吧，赶紧写，早点搞完，科斯塔斯。别替我们操心。"

他微笑着向她俩道晚安。

她们听着他在走廊里发出哒哒哒的脚步声，一听见他关上了门，艾达就转向姨妈："我也要回房间去了。"

"等等，我有重要的事要告诉你。我想我知道那天你为什么尖叫了。"

"真的？"

"嗯，我一直在思考这个问题。你说你不对劲儿，你妈妈也这样。用你的话说，心理问题。但你没有不对劲，你是个年轻又活泼的孩子。"

"那您怎么解释发生过的事情呢？"

梅耶姆朝走廊里瞥了一眼，压低声音悄悄地说："是精灵捣的鬼。"

"什么？"

"听着，在塞浦路斯，我妈妈常说，如果看到沙尘暴来了，得赶紧躲起来，因为那是精灵在办婚礼！"

"我不知道您在说什么。"

"别急，听我讲。现如今，精灵变得不知廉耻，滥情得很，男女精灵都这样。一个女精灵最多可以有四十个丈夫。你知道这意味着什么吗？"

"嗯，性生活很丰富？"

"这意味着婚礼太多了！不过什么时候办婚礼，就成了问题，不是吗？他们不得不等待暴风雨的降临。沙尘暴，或者冬季风暴。现在伦敦的大街上一定有一大群精灵。"

"好吧，您终于吓到我了。"

"别傻了，没什么好怕的。我想说的是精灵一直在等这一刻。他们在跳舞，喝酒，开舞会。他们最不想看到的就是被人踩在脚下。虽然严格来说，他们就在我们的脚下。不管怎样，如果你不小心踩到了精灵，他们会让你做一些出格的事情。人们会狂躁不安，胡言乱语或无缘无故地尖叫。"

"您是想说我当时可能被附身了吗?我那么说,就是打个比方,别抠字眼,也不要当真。"

"知道吗,我对精灵可是认真研究过的。"梅耶姆慢吞吞地讲道,就好像在斟酌着每一个字,"《古兰经》中提到过他们,在我们的文化里,我们相信有的生命是看不见的。"

"好吧,我得提醒您,我父亲是位科学家,我母亲是名学者和艺术家。我们家不信这些。也许您还没注意到,我们不信教的。"

"哦,这我知道。"梅耶姆的语气听起来有些不快,"但我说的是古人的智慧。这是我们文化的一部分,也是你的文化。这是你基因里的东西。"

"得了吧。"艾达嘟哝道。

"别担心。上帝为那些飞不高的鸟儿造了更低的树枝。"

"什么意思?"

"意思是有得治。我打听过了,我电话联系到了一个很好的治疗师,就去他那儿看看也无妨。"

"一个驱灵师?"艾达说,"哇!伦敦有驱灵师吗?您一定是在开玩笑吧?"

"不是玩笑。我们去看看,现在天气正在好转,时机正好,我只是在等预约确认。如果不喜欢,我们就走人。公鸡不下蛋,咱也不做无用之功。"

艾达深吸了一口气,然后又慢慢吐出来。

"听着,谁都可能碰上这种事,别往心里去。"梅耶姆继续说道,"我年轻时想找人帮我治治还得自己一个人去。"

"比如什么时候?"

"比如婚后。"

"那是因为您丈夫不怎么样,我开始怀疑他是个混球。"

"混球,"梅耶姆重复着,用舌尖品了一下这个词,"我可不会骂人。"

"那您应该学学,挺爽的。"

"他不怎么样,你说得对。但这并没有妨碍我去看驱灵师。事实上,我可能还从中受益了。听我说,我的心肝宝贝……"梅耶姆的眼睛把整个房间扫了一遍,就好像丢了什么东西,这会儿才想起来找似的。"怎么说来着……当你开始相信治疗有效,你就会感觉自己好起来了。"

"安慰效应?"

"就是这样!如果你觉得治疗师能帮上忙,他就能帮上忙。我们只需要动起来。金山银山,不能靠嘴来搬。"

"真有这些谚语,还是您胡编的?"

"当然是真的。"梅耶姆双臂交叉着说,"轮到你了,拿个主意吧,我们能去看这位精灵大师了吗?"

"精灵大师!"艾达拽着自己的耳垂沉思着,"您答应我一件事,我就相信这种鬼扯。您说我爸妈是青梅竹马,还说他们分了手,结束了,但多年以后他们又见面了。"

"是这样的。"

"告诉我到底怎么回事,他们是怎么开始约会的?"

"哦,他回去了。"梅耶姆叹了口气,"一天早上醒来,听说科斯塔斯·卡赞扎基斯回到了尼科西亚。我以为德夫妮已经迈过了她人生的那个坎儿。难道她受的苦还不够吗?她甚至都不再提他了。她都成年了啊。不过,你知道他们怎么说的吧,狗熊能唱七首歌,首首不忘找蜂蜜。"

183

"怎么说？"

"就是说，她还对他念念不忘。所以我有预感，我试图让她远离他，火和火药不能放一起，但我失败了。事实证明，我的担忧不是多余的，当他们再次相遇时，就好像所有那些年都不复存在过一样。他们似乎又回到了少男少女时代。我对德夫妮说，你为什么要给他第二次机会呢？难道你不知道，爱上玫瑰的花匠，手都被千根刺扎过？但是，她又一次把我的话当了耳旁风。"

千根刺
塞浦路斯，2000年代初

因为不想坐飞机，科斯塔斯乘坐渡轮抵达了北塞浦路斯。虽然八个小时的旅程算不上特别难熬，但他还是晕晕乎乎地想吐。他猜可能是晕船的缘故。不过或许跟那也没关系，也许只是他的身体正在以一种他不曾意识到的方式做出反应。这是他25年以来第一次回到自己出生的地方。

他穿着棕色的灯芯绒裤子，亚麻衬衫外面套着件海军蓝运动夹克，乌黑的卷发被风吹得乱糟糟的，眼睛专注地扫视着港口。他跟随着人流逐级而下穿过码头，走下渡口。因为抓栏杆过于用力，他手指的关节都发白了。时间一分一秒地过去，他越来越不安。午后的阳光异常刺目，他眯着眼睛打量周围的指示牌，都是看不懂的土耳其字母，它们和希腊字母差别太大了。他想在人群中找个地方喘口气，但没有找到。无论他走到哪里，都能看到带着孩子的家庭，要么推着婴儿车，要么抱着婴儿，尽管天气炎热，婴儿却裹得严严实实的。他跟在他们后面，被人流推着往前走，仿佛脚下不再是坚实的地面，而只是空气。

入境时的护照检查一气呵成，比他预想的要快。年轻的土族警察向他随意地点了点头，便又专注并不失礼貌地打量他。他没问任何私人问题，这让科斯塔斯很是惊讶。他脑子里闪现过各种被"礼遇"的可能，直到最后一刻，他还是有些担心，即便持有英国护照，他们也有可能不允许他进入该岛的土耳其一侧。

没有人来接他，他也不敢奢望会有人来接他。他拖着装的设备比衣服还多的箱子，悄悄地走进了城里熙熙攘攘的街道。他不喜欢排在出租车队列的第一位司机的模样，于是就故意在那里磨蹭，假装对小贩托盘上的货物很感兴趣。那货物希腊语称之为解忧珠，土耳其语称之为念珠。有红珊瑚的，绿宝石的，还有黑玛瑙的。为了不至于无事可做，他随手买了几颗玛瑙制的解忧珠。

下一辆出租车的司机看起来友好些，科斯塔斯和他议了议价，以免被骗。他没告诉司机自己会说一点土耳其语。儿时学的那些词已然如被虫蛀过的、破烂不堪的玩具一般了，要想用起来，他得先掸去灰尘检查一下，看看它们是不是还能正常使用。

车子在沉默中行驶了半个小时，尼科西亚越来越近了，继续向前，道路两旁都是新建的房屋。建筑随处可见。科斯塔斯审视着阳光照耀下的明晃晃的风景，松树、柏树、橄榄树和角豆树点缀在一片片干涸的土地上，烈日暴晒，仿佛一切都褪了色。柑橘园被人砍了，上面盖起了整整齐齐的别墅和公寓楼。岛的这一片已经不是他记忆中的葱茏天堂了，这让他很是难过。塞浦路斯在古代被称作"绿岛"，以其茂密而神秘的森林闻名。树没了，这是对过去所犯下的可怕错误的有力谴责。

司机没有征求他的同意就打开了收音机。扬声器里流淌出土耳其流行音乐,科斯塔斯松了一口气。这欢快的旋律对他来说就像身上的伤疤一样熟悉,但歌词却仿若天书。即便如此,歌曲的主题也并不难想象,因为在世界的这一隅,所有的歌都和爱情或者心碎有关。

"第一次来这儿?"司机抬头看了一眼后视镜,用英语问道。

科斯塔斯犹豫了,但也就一秒钟。"算,也不算。"

"哦?怎么讲?"

"我过去……"一股暖流涌上他心头。他的希族邻居都不住这附近了,他曾经熟悉的房子也已易主陌生人。"我在岛的这边出生、长大。"

"你是希族人?"

"没错,希族人。"

司机歪了一下头。有那么一刻,科斯塔斯觉得他的眼睛里闪过一道冷毅的目光。为了打破这种若有若无的紧张气氛,他往前探了探身子,试着换个话题:"那么,现在进入旅游季了吗?"

一抹微笑爬上了司机的脸庞,缓慢而又谨慎,就像一个握紧的拳头一点点打开。"对啊,但你可算不上游客,兄弟。你是土生土长的。"

那个简单的字眼——兄弟,如此出乎意料,却又慰藉人心,它在他们之间盘旋着。科斯塔斯没再说什么,司机也没有。一切尽在不言中。

阿芙洛狄忒酒店是一栋外墙刷成白色的两层建筑,紫红色的三角梅紧紧地包围着它,一派明丽。一位肩膀宽阔、面色红润的妇女站在前台接待桌的后面,她的头巾按照传统穆斯林的方式松松地系着。在她左边,一位想必是她丈夫的男人正懒洋洋地躺在柳条椅上喝茶。男人身后的墙上挂满了物件,琳琅满目:各种大小的土耳其国旗、阿拉伯文字的祷文、饰有邪恶之眼图案的珠子、配有流苏花边的植物支架,以及来自世界各地的明信片——对酒店服务深感满意的顾客寄回明信片以示感谢。只看这对夫妇一眼,科斯塔斯就知道,虽然名义上丈夫是这家店的主人,操持一切的却是妻子。

"下午好。"他知道他们在等他。

"是卡赞扎基斯先生吗?欢迎光临!"女人微笑着,麻利地说道,圆圆的脸上露出两个酒窝,"旅途还顺利吗?"

"还行。"

"现在是参观塞浦路斯的最好时节。您这次来是……"

他早就料到了这个问题,也准备好了答案,可还是迟疑了一下:"工作。"他淡然地答道。

"啊,您是位科学家。"她说起英语来口音很重,最后一个词的音拖得很长,"您在电话里说您和树打交道,您知道我们所有的房间都是以树命名的吗?"

她把装在信封里的房间钥匙递给他。有那么一秒钟,科斯塔斯都不敢看上面潦草写就的名字,他怕上面写着"幸福无花果"。他的眼睛扫过这些字时,紧张到脖子后面的汗毛都快竖起来了。他的房间叫"金橡树"。

"真不赖。"他微笑着说道,但也发现很难将记忆束之高阁。

楼上的房间宽敞明亮。科斯塔斯瘫在床上,这才意识到自己已经疲惫不堪了。柔软的被子就像一个温暖芳香的浴缸,吸引着他钻进去，但他仍然强打起精神。他匆匆洗了个澡，换上T恤和牛仔裤，穿过房间，打开通往阳台的双开门。头顶上，宙斯的动物伴侣，一只老鹰，飞过万里无云的天空，向西滑翔，追逐它的下一个猎物去了。他刚走出去，微风便送来一股久违的气息。茉莉花、松树、晒焦的石头，一种他以为早已深埋在记忆迷宫里的味道。人类的心灵最是奇妙，既是家园，也是流放地。它是怎么做到把水泥般坚硬的过往一块一块地抹除掉，却又把这如气味一般难以捉摸、难以触碰的东西留住的呢？

他必须找到她，今天下午就去找。等到了明天，他可能就没了信心，会把这事一拖再拖，一两天后，他确定那时他会忙得不可开交，然后就又到了收拾行李的时间。然而，此时此刻，他刚刚下了渡船，那股把他从英国一路带到这里的激情仍在，他确信自己有勇气去见德夫妮。

这段时间里，他一直在一点一点地收集她的信息。他知道她是一位考古学家，在这一领域还颇有名气。他还知道她至今未婚，也没有孩子。他在伦敦土族塞人商店出售的报纸上见过她的照片，照片上的她在学术会议和研讨会上发言。但仅凭这些就能知道她现在过得怎么样吗？从上次见面到现在，恍若隔世。他收集到的那几条琐碎消息根本不足以填补那个巨大的空缺，可他手头也只有这些了。

他没有她的电话号码，也不想给她工作的大学打电话。他们昔日的共同好友七零八落地散在世界的各个角落，都帮不上什么忙。不过离开伦敦之前，他还是联系到了一个人，总算是开了个好头。

他有个同事叫大卫，两人曾因为联合国环境规划署发起的不少项目合作过。虽然后来各忙各的了，但一直保持着联系。大卫性格开朗，精通六种语言，嗜酒如命，蓄着很扎眼的沙色胡子。过去十个月里，大卫一直驻扎在塞浦路斯。一决定回来，科斯塔斯立刻给他打了个电话，希望他能成为一座桥梁，把自己带到德夫妮面前，因为他知道，只有当一个人做好了过桥的准备，桥才会出现在他的生命中。

爱的遗骸
塞浦路斯，2000年代初

科斯塔斯到达他们约定的书店后，看了看手表。还有几分钟，为了打发时间，他随意逛了逛书店，有些书是英文的。在书店的一个分区，他发现了成排的邮票，这些邮票可以追溯到他的少年时代以及更早。成千上万枚邮票中，有一枚是1975年发行的，票面上，一条金属链把整座岛一分为二，两边颜色对比鲜明。四厘米见方的纸竟然承载了如此丰富的象征意义。

他从隔壁的纪念品商店买了一个菊石，这是一种古老的海洋贝壳，它把秘密一圈一圈地盘了起来。拿在掌心，感受着它的重量，他又四处逛了逛。他在一棵白杨树上发现了一只鸟——一只胸前有黄色斑点的黑头彩旗鸟。雀形目鸟。每年，这种小家伙都会从伊朗的牧场和欧洲的山谷迁徙至印度海岸，然后继续朝东飞，其飞行距离之远，超出了常人能够理解的范围。

这只彩旗鸟沿着枝丫来回跳跃，然后停了下来。周遭越来越静，有那么一瞬间，他与鸟四目相接。科斯塔斯很想知道，这只鸟从他眼里看到了什么,是敌人、朋友还是别的什么?而他看到的是脆弱与坚韧的奇妙结合。

渐近的脚步声把他从沉思中惊醒,鸟惊慌失措地飞走了。科斯塔斯转过头,看见一个高大魁梧的身影匆匆向他走来。

"科斯塔斯·卡赞扎基斯,你在这儿!我从一英里外就认出你这头乱发了。"大卫带着十分明显的英式口音说道。

科斯塔斯向前迈了一步,眼睛刚好避开阳光。"你好,大卫,谢谢你来见我。"

大卫抓住科斯塔斯伸出的手,笑了起来。"我必须承认,当你打电话说你要来的时候,我很吃惊。据我所知,你不想回塞浦路斯,你却回来了!为什么,是因为工作还是想家?"

"都是。"科斯塔斯回答道,"做点田野调查……也想看看老家,见见老朋友……"

"是啊,你和我说过了。就像我在电话里说的,我跟德夫妮很熟。走吧,我带你去见她,五分钟就到了。她和她的团队一大早就起床了。我路上给你解释。"

一提到她的名字,科斯塔斯就感到有一阵冰冷的恐慌直抵胸口。他们沿着坑坑洼洼的小路小心翼翼地朝着东北方向走去,热风炙烤着他们的脸。

"跟我说说,她和她的团队到底在做什么?"

"哦,他们是CMP的。"大卫说,"就是失踪人口委员会。这工作紧张得要命,忙一小会儿就上头。土族和希族正携手合作,企求改变。1980年代初就有了这个想法,但双方在失踪人员总数上无法达成一致,因此很长一段时间都没有任何进展。"

"总数?"

"那些在战乱期间失踪的人。"大卫呼吸略微有些不畅回答道,"他们最终确定了一份名单,共有2002名受害者。当然,实际数字要多得多,但没人想听这个。不管怎样,这是个开始。联合国是合作伙伴,这就是我在这里的原因,但真正做工作的是塞浦路斯人。我会一直待到月底,然后飞往日内瓦。你的德夫妮和她的朋友们会继续挖下去的。"

"这些成员大多是考古学家吗?"

"只有几个是。他们来自各行各业,有人类学家、历史学家、遗传学家、法医专家……这些团队由联合国组建并批准。我们的工作地点各不相同,这取决于匿名情报提供者,他们出于各种各样的原因会告诉我们一些事情。然后我们就开始挖掘。你觉得这个岛不大,但如果一个人失踪了,想要找到他,地方再小,挖到的难度也超乎你的想象。"

"当地人呢?他们支持这个项目吗?"

"到目前为止,人们褒贬不一。我们有不少来自这两边的年轻志愿者,他们都积极踊跃地帮忙,让人看到了人性闪光的一面。年轻人是明智的,他们呼唤和平。老人嘛,觉得也算是一种宽慰。找麻烦的都是中年人。"

"你是说我们这一代人。"科斯塔斯说。

"没错。有一小部分人直言对我们工作的不满,他们可能是担心这样做会激起敌意,也可能是他们仍然心怀敌意。一些CMP的成员已经受到了威胁。"

他们走近一块林中空地。科斯塔斯能听到远处低沉的说话声,铲子和镐头刨地时的吱吱嘎嘎声。

"他们在那儿呢。"大卫说着挥了挥手。

科斯塔斯看到一群人，有男有女，正在太阳下劳作，他们戴着草帽，裹着头巾。他们中的大多数都戴着布口罩，只露出半张脸来。巨大的黑色防水油布被撑开了悬挂在树之间，看上去就像是摇摇晃晃的吊床。

科斯塔斯心跳加速，他扫视着这群人，没能在他们中认出德夫妮来。他曾无数次想象过这一刻，想象各种可能出错的方式，现在这一刻到来了，他感到自己几乎是手足无措的。她见到他会作何反应？会转身走开吗？

"嘿，大家停一下！"大卫喊道，"过来认识一下我的朋友科斯塔斯！"队员们纷纷停下手上的活儿，大步走向他们，脚步平静、不慌不忙。他们摘下手套和口罩，把笔记本和工具放到一旁，对他表示欢迎。

科斯塔斯热情地和每个人打招呼，但他仍忍不住偷偷环视了一下四周，想要看看德夫妮在哪里。他忽地就发现了她，她正坐在一根树枝上，腿晃来晃去。他看不清她的脸，而她正静静地从上面望着他。科斯塔斯注意到她身边的树枝间结着一张蜘蛛网，有那么一瞬，德夫妮和那些银色的蛛丝在他脑海中融为一体，纤细而脆弱，就像他们之间残存的纽带。

"哦，她总是这样，"大卫注意到科斯塔斯的目光后说道，"德夫妮喜欢像鸟儿一样坐在那里，显然她在树上时注意力更集中。她老喜欢待在那儿写报告。"大卫提高了声音，"下来吧！"

德夫妮笑着跳下来，朝他们走去。她波浪形的黑发垂到肩上，卡其色的裤子搭了一件宽松白衬衫，脚上是一双登山靴。她好像并不惊讶，她似乎一直在等他。

"嗨，科斯塔斯。"她礼节性地握了下他的手，没有任何别的表示，"大卫告诉我你要来。他说，他的一个朋友一直在打听我的情况。我说，真的吗，谁？原来是你。"

她说话时的距离感让科斯塔斯吃了一惊，她的声音既不冷漠也不拘谨，但听上去小心翼翼的，界限分明。岁月在她脸上刻下了细纹，她的双颊微微消瘦了一些，但变化最大的是她的眼睛，那双棕色的圆溜溜的大眼睛有着坚毅的目光。看到她依然如此美丽，他心跳都漏了半拍。

"德夫妮……"

她的名字从他嘴里说出来时有种莫名的奇怪。他担心她会听到自己急促的心跳声，便往旁边挪了一步，目光落在离自己最近的防水布上。当他琢磨明白堆在上面的那些蒙着浮灰、包裹着泥土、锈迹斑斑的碎片是什么东西时，他的呼吸变得急促起来。分离的股骨，断裂的大腿骨……这些是人类的遗骸。

"我们得到了线索，一个农夫把我们引到了这里。"德夫妮看着他脸上的表情解释说，"那个男人已经是6个孩子的父亲，17个孩子的祖父。他是阿尔茨海默病晚期，都不认识自己的妻子了。一天早晨，他醒来后就开始说些奇怪的话——'有座小山，有棵松树，树下有一块巨石。'他画在一张纸上，描述这个地方。他的家人联系了我们，我们就来挖掘了，结果在他说的地方找到了遗骸。"

科斯塔斯无数次地想象过他们的相遇，但他从来都不曾想过他们见了面会谈论这样的事情。他问："这个农夫怎么知道的？"

"你是说，我是否怀疑他是凶手？"德夫妮摇了摇头，耳环也跟着晃了晃，"谁知道呢？他是凶手还是无辜的目击证人？那不关我们的事。CMP对这种调查不感兴趣。如果我们展开调查或把信息交给警方,这个岛上就再也没有人愿意和我们说话了。我们负担不起,我们的工作是找到失踪者,这样他们的家人就能给自己的亲人一个像样的葬礼。"

科斯塔斯点点头,琢磨着她的话。"你觉得这附近还有别的坟墓吗?"

"有可能。有时一连找了好几个星期,却一无所获。挺让人泄气的。有些提供情报的人记错了细节,还有人故意让我们白费力气。寻找受害者时,还会挖到中世纪、罗马、希腊化时期的尸骨,或者史前化石。你知道塞浦路斯有侏儒河马吗?还有侏儒大象!就在你一筹莫展的时候,万人坑又可能会突然出现。"

科斯塔斯环顾四周,打量着周围的环境,阳光下闪着金色光泽的草地,长有圆顶的松树。他极力远眺,似乎在努力追忆那个再也回不来的过去。

他小心翼翼地问道:"你们在这里找到的失踪人口,是希族人还是土族人?"

"他们是岛民,"她的声音在这一刻有些刺耳,"岛民,像我们一样。"

大卫无意中听到他们的对话,插话道:"是这样的,我的朋友。只有把骨头送到实验室拿到报告才能知道。手里只拿着一个头骨,怎么可能分辨出是基督徒的还是穆斯林的?这些屠杀究竟是为了什么?愚蠢的战争。"

"不过,留给我们的时间不多了。"德夫妮的声音越来越小,"老一辈正在逝去,带着他们的秘密进入坟墓。如果我们现在不挖,再过 10 年左右就没人能告诉我们失踪者的下落了。这真的是在和时间赛跑。"

远处的灌木丛里传来嗡嗡嗡的蝉鸣。科斯塔斯知道,有几种蝉可以以极高的频率唱歌,也许它们现在正在这样做。大自然总是在说话,在讲述一些事情,只是人类的听觉能力太有限了,听不见它们。

"这么说,你们俩是老朋友了,是吗?"大卫问道,"你们上的是同一所学校,还是怎的?"

"差不多吧,"德夫妮抬起下巴说,"我们在同一个街区长大,很多年没见了。"

"嗯,我很高兴帮你俩牵线搭桥。"大卫说,"我们今晚得出去吃顿大餐,这事值得庆祝。"

空气中弥漫着浓郁的香味,有人在煮咖啡。队员们四散开了,在树下休息,低声聊着天。

大卫蹲在一块岩石上,掏出一个银烟盒,开始卷烟。卷好后,他递给了德夫妮,德夫妮笑着接住了,没有说一句话。她吸了一口,又递还给他。他们一起抽着,烟蒂在二人之间传来传去。科斯塔斯看向了别处。

"要咖啡吗?"

一位身材高挑、体态轻盈的希族妇女正为大家端上纸杯装的咖啡。科斯塔斯谢过她,取了一杯。

他走向那棵孤零零的笃耨香树,在树荫里坐下。他的母亲会用它的果实做面包,并把它的树脂用作角豆酒的防腐剂。一种深切的悲伤涌上他的心头。这个岛分裂后不久,母亲和安德烈亚斯也去了英国,与他会合后,他做了他所能做的一切来照顾她,但为时已晚。二手石棉暴露导致的癌症已经转移。帕娜约塔被埋在了伦敦的一个公墓里,远离她所熟悉并深爱的一切。他静静地坐着,烟草与咖啡的香味阵阵袭来，回忆一幕幕掠过脑海。

头顶上空，阳光灿烂。在炎热的天气里，科斯塔斯觉得他能听到周围的树枝像得了关节炎的手一样噼啪作响。他瞥了一眼德夫妮，她已经回去工作了，整张脸因为全神贯注而紧绷着，她在她的笔记本上写下了他们那天到那一刻为止挖出来的每一件东西。

人类遗骸……这到底意味着什么？一些硬骨头和软组织？衣服和配饰？能装进棺材的坚硬且大小合适的东西？或者更是那些无形的东西——我们发送到太空的话语，我们驻留于心中的梦想，我们见到爱人时的怦然心动，我们试图填补却永远也无法充分表达的空虚。该说的都说了，该做的也做了，一个人的生命还剩下什么……这些东西真的能从地下挖掘出来吗？

等到 CMP 的成员放下工具时，太阳已经下山了，琥珀色的光浸染着地平线上的每一朵云。

他们把每一块骨头都放进塑料袋里，仔细地密封起来，并编上号码，然后放进贴有标签的盒子里。他们在每个盒子上都写清挖掘的日期和地点，以及开展这项工作的小组的详细信息。他们会把每一条信息记录并存档。

疲惫不堪的他们分成几个小组，开始下山。科斯塔斯和德夫妮一起走在后面，二人陷入了尴尬的沉默。

"他们的家人……"过了一会儿，科斯塔斯率先开了口，"这么多年都过去了，当你们告诉他们，你们找到了他们亲人的遗骸时，他们会作何反应？"

"感谢，大多数人会感谢。有位希族老妇人，年轻时显然是个巧裁缝。当我们通知她我们找到了她丈夫的遗骸时，她号啕大哭。

但第二天,她来了实验室,穿着粉红色的褶边连衣裙,搭着银色的鞋和银色的钱包。她还涂着鲜红的口红。我永远也不会忘记,这个几十年里总是一身素黑的女人,居然穿着一件粉红色的连衣裙来取她丈夫的遗骸。她说自己终于可以和他说说话了,她说她觉得自己又回到了 18 岁,他们在约会。你能相信吗?我们只是给了她几根骨头,但她却很快乐,就好像我们给了她整个世界。"

德夫妮掏出一根烟,双手拢在中间,点燃了它。她吐出一口烟,问道:"来一口吗?"

科斯塔斯摇了摇头。

"有一次发生了一个令人心碎的巧合。当时我们在卡尔帕斯路挖掘。那地方太大了,我们不得不雇了一个推土机操作员。他挖啊挖,挖出了一具尸体。于是他回家告诉了他的祖母,还描述了尸体上的衣服。'那是我的阿里啊。'老妇人一边说一边痛哭。显然,20 世纪 50 年代时,阿里·佐巴有一支骆驼商队。当他从法马古斯塔返回时,遇害了并被埋在了路边。这些年里,人们打这儿经过却浑然不知。"

这时,走在前面几英尺远的大卫转过身来喊了一声:"嘿,科斯塔斯!别忘了今晚的大餐。我们要去酒馆——镇上最好的酒馆!"

科斯塔斯听后吓了一跳,整个身子都僵住了。

德夫妮注意到了。"不是你想的那个酒馆,那个早就不在了。'幸福无花果'酒馆已经是一片废墟了。"

"我想去看看,"一种悲伤攫住了科斯塔斯的心,"我想去看看那棵无花果树。"

"恐怕没什么好看的了,不过那棵树肯定还在里面。我好些年都没去过了。"

"在英国时,我曾多次试着联系他们。我设法联系上了乔尔戈斯的亲戚,他们告诉我他死了。他们没有说太多,似乎不太喜欢我问那么多问题。我一直联系不上尤素福,也联系不上他的家人。有人说他已经离开塞浦路斯去了美国,但我不确定这是不是真的。"

"你不知道?"德夫妮紧紧闭上了眼睛,然后又睁开,"1974年的夏天,尤素福和乔尔戈斯失踪了,就在你离开几周后。他们是我们正在挖掘寻找的数千名失踪人员中的两个。"

他放慢了脚步,喉咙哽住了:"我……我不知道……"

"这也不奇怪,你离开太久了。"她的声音不带丝毫感情,既听不出愤怒,也听不出痛苦或者悲哀。那嗓音既像钢板一样平,也同样无法穿透。

他的心头有一种绝望在郁积,他想说点什么,但感觉毫无意义。反正她也不会再给他机会了。她加快脚步,冲向前面的大卫。

科斯塔斯落在后面,看着他们俩肩并肩地走在了一起。当他们走到前面一个街角的路灯下时,大卫转过身来挥手告别,喊道:

"我们会在'流浪的卡亚姆'酒馆等你,打听一下,你会找到的。别迟到了,科斯塔斯。老天保佑,这一天下来,我们可得好好干上一杯!"

无花果树

树木是记忆的守护者。那些最关键的历史环节就缠绕在我们的树根间,隐藏在我们的树干里。它们是战后的千疮百孔,是失踪者的皑皑白骨,但凡战争,从来就没有胜利者。

我们通由自己的树枝来汲取水分，而这水分是大地的血液，是受害者的眼泪，是尚未得到承认的真相的墨水。人类，尤其是那些胜利者们，手握着书写历史的笔，在记录历史的同时，也喜欢擦除历史。因此，那些不为人知的、没人要的历史就留给了我们植物来收集。这就像一只猫会蜷缩在他最喜欢的垫子上，一棵树会把自己包裹在过去的残余物里。

当劳伦斯·德雷尔爱上塞浦路斯时，他决定在屋后种上柏树，他拿起铁锹挖土，结果在花园里发现了骷髅。他孤陋寡闻了，这种事并不稀罕。世界各地，无论哪里正发生着或曾经发生过内战或种族冲突，请到那里的树林里找找线索吧，因为我们会静静地坐在那里，与人类的遗骸交融在一起。

蝴蝶与骨头
塞浦路斯，2000 年代初

"流浪的卡亚姆"是家简朴的小酒馆，桌上贴着瓷砖，墙上挂着田园风格的油画，冰上摆着各式鱼类以供挑选。科斯塔斯七点半左右到的，他看了看表，不知道自己是来早了还是来晚了，因为没人告诉他聚会什么时候开始。

他刚一进门，便有一位浓妆艳抹却又谈吐优雅的女人迎了上来，这女人七十来岁，淡金色的头发在头顶精致地盘作一团。

"你一定是科斯塔斯，"她一边说，一边伸出双臂，准备拥抱他，"我是梅尔詹，来自贝鲁特，我在这里很多年了，都自封为荣誉市民了。欢迎你，亲爱的。"

"谢谢您。"科斯塔斯点了点头,这个陌生人的热情接待着实有点吓着他了。

"瞧你!"梅尔詹说,"你太像个英国人了,是不是?你应该多在地中海待待,回来找找你的根。大卫说你小时候就离开了这座岛。"

看到科斯塔斯一脸惊讶,她咯咯地笑了:"顾客们会跟我聊很多。来,我带你去找你的朋友。"

梅尔詹领着他去往后面靠窗的一张桌子。酒馆里人头攒动,顾客们吵吵嚷嚷的,热闹非凡。科斯塔斯每向酒馆深处前进一步,就觉得脖子后面的汗毛又竖了起来一些。他不由自主地想起了"幸福无花果"酒馆,二者太像了,像到他根本就无法视而不见。自从上次离开塞浦路斯,他再也没有来过这样的地方,此刻置身于此,他感觉像是一种背叛。

只有当他把目光从周遭的一切移开时,他才看清自己即将要加入的那张桌子。有三个人坐在那里。德夫妮穿着一件蓝绿色的连衣裙,她那乌黑的卷发披散在肩头,宛如大海里的波涛。她换了一对泪滴状的珍珠耳环,它们映着灯光,在她耳朵与下巴间的僻静之隅跳着舞。当科斯塔斯走到桌旁时,他才意识到自己一直盯着德夫妮,都没有看其他人,不过等他发现这一点时已经为时已晚。

"哦,他来了!"大卫叫道,"谢谢您把他平安无事地送来了。"他抓住梅尔詹的手,落下一吻。

"不用谢,亲爱的。现在得你好好照顾他了。"老板说着,眨了眨眼,翩然而去。

科斯塔斯拉开大卫旁边的空椅子坐了下来,对面是一个宽额头、灰眼睛的女人,戴着一副牛角框眼镜,穿着兜帽衫。她介绍自己是玛丽亚·费尔南达。

"等你的时候,我们在聊发掘尸骨的事。"大卫说着,举起一杯拉基酒①,显然他已经喝过好几口了。

其他人喝的是果酒。科斯塔斯给自己也倒了一杯,尝起来有树皮、甜李子和黑土的味道。

"玛丽亚·费尔南达来自西班牙,"德夫妮说,"她在记录内战时期各种暴行方面帮了大忙。"

"哦,过奖了,但我们不是第一个,"玛丽亚·费尔南达微笑着说,"多亏了人权主义者们的不懈努力,危地马拉法医的实地调查工作在20世纪90年代取得了很大进展。他们成功地发现了大量埋葬政治异见人士、玛雅农村原住民社群的万人坑。还有阿根廷。不幸的是,直到20世纪80年代末,人们都没有把发掘尸骨纳入冲突解决方案。真是可惜。"

大卫转向科斯塔斯:"纽伦堡审判是个里程碑,那时人们才意识到暴力实际上是多么随意和普遍。邻居反目成仇,朋友背信弃义。这是另一种恶,一种我们人类还未认真对待的恶。在世界各地,战场之外的残暴行径都是一个难以启齿的话题。"

"这是件苦差事,"玛丽亚·费尔南达说,"但我总是对自己说,至少我们不是在茫茫深海里打捞。"

"她说的是智利,"德夫妮说着,瞥了科斯塔斯一眼,"皮诺切特执政时期,成千上万的人失踪了。太平洋和湖泊上空的秘密航班上,塞满了囚犯,他们饱受折磨,还被下了毒,但仍有不

---

① 拉基酒:土耳其国的一种酒,酒中含有一种叫作茴香醚的化合物。

201

少人没死。他们便把铁轨绑到受害者身上,把他们从'美洲豹'直升机上扔进海里。官员们一直否认,但一份军队报告说,他们把尸体'藏'在海里了。藏!混蛋!"

"人们是怎么发现真相的?"科斯塔斯问道。

"纯属巧合,"玛丽亚·费尔南达回答道,"又或者是上帝的旨意,如果你相信这种事的话。其中一名受害者被冲上了海滩。我永远都记得她的名字:玛尔塔·乌加特。她是位老师,惨遭毒打、折磨、强奸。她也被绑在一块金属上,从直升机上扔了下去,但不知怎的,金属丝松了,尸体浮出了水面。有一张她刚从海里捞上来时的照片。她睁着眼睛,直视你的灵魂。所以人们才意识到水下还埋着更多的人。"

科斯塔斯用手掌稳当地托着酒杯,杯子有着浑圆、毫无瑕疵的质感。他透过深红色的液体往里看,不是看向桌子四周的同伴,而是看向自己内心深处封闭良久的那一隅。他在那里发现了过去的悲伤,一些是他自己的,另一些是他所出生的这片土地的,现在这二者不可分割,像岩层一样一层又一层地叠压在一起。

他抬起头问玛丽亚·费尔南达:"你还在哪儿工作过?"

"世界各地,哪儿都去过。南斯拉夫、柬埔寨、卢旺达······去年我还参加了伊拉克的法医挖掘工作。"

"你和德夫妮是怎么认识的?"

德夫妮回答了他:"我知道玛丽亚·费尔南达的事后,给她写过信。她很有礼貌地给我回了信,还邀请我去西班牙。去年夏天,我得到一笔资助,就去拜访了她。她和她的团队进行过三次挖掘,分别是在西班牙的埃斯特雷马杜拉、阿斯图里亚斯和布尔戈斯。每次,西班牙家庭都会为死者举行盛大的葬礼,非常感人。等回了塞浦路斯加入CMP，我们就邀请玛丽亚·费尔南达来观测我们的挖掘工作。于是她就来了！"

玛丽亚·费尔南达把一颗橄榄塞进嘴里，慢慢地嚼着："德夫妮太棒了！她和我一起去和那些家庭谈话，她和他们一起哭。我很感动。起先我们以为，我们没有共同的语言，后来才意识到，悲伤也是一种语言。因为我们都曾惨遭不幸，所以能够互相理解。"

科斯塔斯慢慢深吸一口气，整个房间似乎都拥抱着他，又或者是她的话拥抱着他。"那些东西，你白天看到的那些东西在你梦里出现过吗？对不起，这个问题可能太敏感了。"

"不，没关系。过去会做噩梦，"玛丽亚·费尔南达说着，摘下眼镜，揉了揉眼睛，"但现在不会了。或许我只是不记得了。"

"遗忘是疗伤的良药。"大卫说完，又用英语重复了一遍。

"但是要想治愈，我们必须铭记。"德夫妮反驳道。而后又转向玛丽亚·费尔南达，温柔地说道："给他们讲讲布尔戈斯吧。"

"布尔戈斯是佛朗哥的根据地，那里没有战事。也就是说，我们在万人坑里发现的都是平民。大多数时候，他们的家人都不愿意谈论过去。他们只是想给自己的亲人一个体面的葬礼——这有关尊严。"

玛丽亚·费尔南达喝了一口水，继续讲下去："有一天，我打车去了一个挖掘现场。因为我快要迟到了。那个出租车司机看起来很友好，也很风趣。过了一会儿，我们经过了阿兰达·德·杜埃罗这个地方。那是一个迷人的小镇。司机从后视镜里看着我说，'那是红阿兰达，到处都是捣乱分子，我们的人处决了很多人，有老人也有小孩，必须处决。'那一刻，我突然意识到，这个和我谈论天气和其他事情的人，这个把家人照片自豪地摆在仪表盘上的三个孩子的父亲，居然是支持大规模平民屠杀的。"

"你做了什么呢？"大卫问道。

"我无能为力。一路上就我们俩。接下来的旅程中，我没再和他说话，一个字也没说。一到那里，我付了钱就走了，看都没看他一眼。他当然明白这是为什么。"

大卫点了一支烟斗，吐出一口烟，透过烟雾看了一眼德夫妮。"如果是你，你会怎么做？"

大家都看向德夫妮。烛光下，她的眼睛如青铜一般闪亮。

她说："我不想说教，要是让你们有了这种感觉，多多原谅。但我想我会告诉那个混蛋停车，让我下车！之后我可能得搭便车，随便吧，先下了车再说。"

科斯塔斯端详着她的脸，知道她说的都是实话。那一刻，就像一个夜行者在闪电的一瞬辨认出了远方的轮廓一样，他瞥见了昔日里的那个女孩，她的义愤填膺，她的正义十足，她对生活的满腔热情。

大卫抽着烟斗说："但不是每个人都需要成为战士，亲爱的。不然，我们就不会有诗人、艺术家、科学家……"

"我不同意，"德夫妮对着酒杯说，"生命中总有这样的时刻，每个人都必须成为某种战士。如果你是诗人，你就用你的文字来战斗；如果你是艺术家，你就用你的画作来战斗……但你不能说，对不起，我是个诗人，我不参战。当苦难、不平等、不公已经无以复加的时候，你不能这么说。"她喝干了饮料，又给自己斟满，"你呢，科斯塔斯？你会怎么做？"

他深吸了一口气，感觉到了她目光的沉重。"我不知道。不经历那种情形，我觉得我很难说得清。"

德夫妮脸上掠过一丝微笑:"你总是讲道理,讲逻辑。你只会拿着放大镜观察自然奇迹和人类错误。"

她话里带刺,很难不刺到别人。周围的氛围也因此阴沉起来。

"嘿,咱们这会儿就别互相挑刺了。"大卫漫不经心地挥了下手说道,"要是我的话,可能还会待在车里,一路上继续跟他瞎扯。"

但德夫妮没有听他讲。她看着科斯塔斯,而且只看着他。科斯塔斯看得出,在她骤怒的背后,是他们之间所有那些未曾言表的话语,它们在她的灵魂里打转,就像水晶球里永不停转的雪花。

他的目光落在她的手上,随着岁月的变迁,她的手也不复从前。她以前喜欢涂指甲油,会把每个指甲都涂成珍珠粉。但现在不涂了。如今,她的指甲有点毛糙,又短又不齐,指端的角质都剥落了。当他再次抬起头时,发现她正在审度着他。

科斯塔斯的胸口因急促的呼吸而忽起忽落,他向前探着身子说:"还有一个问题我们需要考虑,也许是一个更艰难的问题。如果我们是20世纪30年代布尔戈斯的年轻人,不幸卷入了内战,我们每个人又会做些什么?有了后见之明,我们很容易宣称我们会做正确之事。但事实是,当战火肆虐时,我们谁都不知道自己会作何选择。"

这时,侍者过来上了主菜,打破了随之产生的沉默。羊乳酪薄荷烤羊肉串、白葡萄酒砂锅鱼、蒜蓉黄油烤虾、黎巴嫩黄麻叶炖七香鸡……

"每次来塞浦路斯,我都得长十磅。"大卫拍着肚子说,"这是希族人和土族人能达成共识的一件事。"

科斯塔斯笑了,尽管他当时觉得他们都喝得太快了。尤其是德夫妮。

她仿佛读懂了他的心思，用杯子指着他说："好吧，到此结束。我们换个话题吧，这太让人沮丧了。跟我们说说，科斯塔斯，是什么风把你吹回来了？是你心爱的树，还是苔藓和地衣？"

他突然意识到，正如这些年他一直在收集有关她的信息一样，她也一直在跟踪他的工作动态。她知道他写过哪些书。

他小心地回答道："一部分是因为工作。我正在研究无花果树是否以及如何有助于缓解地中海地区生物多样性的丧失。"

"无花果树？"玛丽亚·费尔南达扬起眉毛。

"是的，我得说，它们对生态系统的支撑作用远超任何其他植物。无花果不仅是人类的食物，也是方圆数英里内动物和昆虫的食物。在塞浦路斯，森林砍伐非常严重。除此之外，20世纪早期，在对抗疟疾的过程中，沼泽被人为变成干地，种植了大量的桉树和其他澳大利亚植物。这些非本地的入侵物种对这里的自然循环造成了巨大的破坏。真希望当局能多关注一下本地的无花果树……算了，总之，我不想拿我的研究细节来搅你们的兴。"像往常一样，科斯塔斯总是担心人们会觉得他的工作很乏味。

"我们一点也不觉得无聊，"大卫说，"继续，再给我们讲讲。无花果树的事总比挖万人坑有趣。"

"蝴蝶是吃无花果的，对吧？"德夫妮插话了。她一边说，一边解开手腕上的皮腕，露出手臂内侧的一个小文身。

"哦，好漂亮啊！"玛丽亚·费尔南达由衷地赞叹道。

"那是小红蛱蝶。"科斯塔斯强掩住自己的惊讶说道。他最后一次见她时，她身上没有一丝文身。"每年它们都从以色列飞来，在塞浦路斯休息。然后一些飞去土耳其，另一些飞去希腊。还有一些则从北非直接飞入中欧。但今年有些不同寻常,离开北非的那些又改了飞行路线。没有人知道为什么。我只知道它们正朝着这个岛飞来,它们会和其他通常飞到这里来的汇合。如果这个假设是正确的,我们将在未来几天看到蝴蝶的大规模迁徙。我希望它们会出现在沿海的各个地方,不论希族那边,还是土族这边。多得数都数不清。"

"听起来真有意思,"玛丽亚·费尔南达说,"我真希望它们能在我离岛之前抵达。"

甜点吃完后,又上了咖啡,但德夫妮又点了一瓶酒,似乎不想慢下来。

"我上次见你的时候,你既不喝酒也不抽烟。"科斯塔斯说着,他觉得自己的太阳穴在慢慢地抽动。

她瞟了他一眼,嘴角撇出一丝微笑:"你走了以后,很多东西都变了。"

"嘿,我跟你一起喝,德夫妮。"大卫边说边示意侍者再给自己来一杯雷基①。

"可你好像不怎么喝酒,"玛丽亚·费尔南达对科斯塔斯说,"你也不抽烟,我觉得你更不会撒谎……你从来没做过错事吗?"

德夫妮喉咙里轻轻哼了一声,像是怀疑,又像是认可。当她注意到其他人都在看自己时,她的脸颊微微红了一下。

"不,他错过一次,"她轻轻地耸了耸肩,"他离开了我。"

玛丽亚·费尔南达的脸上露出惊慌的表情:"哦,对不起。

---

① 雷基:土耳其、前南斯拉夫用粮食、茴香等香料制作的烈酒。

我不知道你们在一起过。"

"我也不知道。"大卫举起双手。

"我没有离开你!"科斯塔斯说道,他意识到自己提高了嗓门,但已经晚了,"你连我的信都不回,你叫我不要再联系你了。"

德夫妮脸颊上的红晕越来越深,她满不在乎地挥了挥手:"别担心,我开玩笑的。这都是上辈子的事了。"

有那么几秒钟谁都没有说话。

"好,既然如此,就敬我们的青春一杯吧!"大卫举起酒杯说。他们都举起了手中的杯子。

德夫妮把饮料放下:"告诉我们,科斯塔斯,它们有骨头吗?"

"谁?"

"蝴蝶。它们有吗?"

科斯塔斯喉头一紧,他的喉咙有些刺痛的感觉。烛光在他眼前摇曳,那蜡烛快要燃尽了。

"蝴蝶的骨架不在体内,它们没有像我们一样在软组织下面有坚硬的骨架。事实上,我们可以说,它们的整张皮肤就是一副看不见的骨架。"

"我想知道那是什么感觉,"德夫妮若有所思地说,"我的意思是如果人的骨头也在身体外面。想象一下,塞浦路斯是一只巨大的蝴蝶!这样我们就不用掘地三尺寻找失踪的人了。我们就会知道他们包裹着我们。"

多年之后,科斯塔斯仍会记得脑海中的这个画面。一个美丽、迷人、五彩斑斓的蝴蝶岛。它试图飞到空中,在地中海上空翩然起舞,但断骨裹住了它的双翼,每次它都因负荷太重而跌落下来。

四人想要出来透透气，于是离开了酒馆，沿着曲折的街道蜿蜒前行，空气里满是茉莉花和雪松的香气。离满月还有几天，云彩挡住了月亮，就像是给它披上了一件轻如羽翼的斗篷。他们经过带有格子窗的石头房子，在昏暗的街灯映照下，仿佛是皮影戏里的一张张皮影。

那天晚上，回到酒店房间后，科斯塔斯做了一个有关自己的噩梦。梦里，他身处一个无名小镇，这个小镇可能在任何地方——西班牙、智利或塞浦路斯。沙丘后面长着一棵无花果树，无花果树后面是一条空荡荡的街道，街道上散落着看起来像是垃圾一样的东西。他慢慢地走近，想看清楚那是什么，走到跟前后他才惊恐地发现，都是些濒死的鱼。他慌得六神无主，忙找来一桶水，在街上东奔西跑，试图把更多的鱼收集起来，但它们不停地从他手指间滑脱出去，甩着尾巴，大口大口地喘着气。

他看见远处有一群人正盯着他，他们都戴着蝴蝶面具。德夫妮却不见了踪影。当科斯塔斯半夜醒来时，他的心突突直跳，他深信她就在他那个梦的某个角落里，正透过那些面具中的一个，盯着他看。

惴惴不安的心
塞浦路斯，2000年代初

第二天一大早，科斯塔斯发现组员们已经开始在现场埋头苦干了。前一天夜里，委员会又收到一份线报，一旦完成了这里的工作，他们就将转至距尼科西亚约45英里的干涸河床边进行挖掘。

从他们的交谈中，科斯塔斯感觉到他们更喜欢在偏僻林区和农村地区寻找尸骨。在城里或者镇上时，路人总是来围观，会问问题，还会指指点点，有些人说的话非常刺耳，甚至带有煽动性。要是有所发现，人们还会骚动起来。有一次，就有人晕倒了，害得他们不得不停下工作照顾她。CMP的成员更喜欢独自工作，置身于大自然之中，只有树木作为他们唯一的见证人。

喝咖啡休息的时候，科斯塔斯和德夫妮一起坐在一丛野生夹竹桃旁，听着蝉在渐增的暑热里噪鸣。德夫妮拿出一个烟袋，开始给自己卷烟。科斯塔斯注意到她拿的是大卫的银烟盒。他猛地想到昨晚他俩可能一起过夜了，于是心里咯噔了一下。吃饭时，他多次留意大卫看她的眼神。他试图让自己那颗惴惴不安的心平静下来。他有什么权利去琢磨她的爱情生活呢？他们现在十分陌生，而且对彼此的过去也相当陌生了。

她把头侧向他那边，离他很近，以至于他都可以看到她黑色双眸中的蓝色斑点，那是一种明亮的钴蓝色。"大卫今天戒烟了。"

"是吗？"

"是的，为表决心，他把他的烟盒给了我。我相信等不到中午结束他就会来讨要它了。每隔几天，他都会戒一次。"

科斯塔斯忍不住笑了。他喝了一口咖啡，问道："这工作你打算干多久？"

"干到不必再干。"

"什么意思？你是说要把所有受害者统统找到？"

"那倒挺厉害的，对吧？不过，我可没那么天真。我知道希、土双方都有很多人永远也找不到了。"她的目光越来越幽远，"但也许这并非不可想象。想想看，我们小时候，如果有人告诉我们有一天这个岛会依照种族一分为二,有一天我们得去寻找无名之冢,我们是不会相信的。这就像我们如今不相信它会再次统一起来。一代又一代,不可能的事情也在变得可能。"

他一边听她说,一边把指间的一个小土块捏成了碎土。"我发现干这行的女性比男性多。"

"我们人很多,有希族人,也有土族人。有些负责挖掘,有些负责实验室工作,还有心理学家会去和这些家庭交谈。我们的志愿者大多数是女性。"

"你觉得这是为什么?"

"这是明摆着的,不是吗?我们的工作和政治、权力都没有关系。我们的工作只跟悲伤还有记忆有关。女性在这两方面都比男性强。"

"男人也能记得,"科斯塔斯说,"男人也会悲伤。"

"他们会吗?"她扫视着他的脸,注意到他的声音有些哽咽,"也许你是对的。但是,一般来说,鳏夫再婚的速度比寡妇快得多。女人沉湎于过去,男人只找新人。"

她把一缕散落的头发别到耳后。他有一种强烈的冲动想要触摸她,以至于他不得不抱紧双臂,好像担心它们会擅自行动似的。他想起他俩在沉沉夜色中偷偷幽会,橄榄树在升起的月亮的微光中若隐若现。他还想起,一天晚上在小酒馆里,她向他要水喝,他让她一个人待了一会儿,而那天晚上,"幸福无花果"酒馆被炸了。他怀疑,正是那一晚,他们的人生永远地改变了。

他瞥了一眼她手里的香烟。"可是,亲爱的,你为什么抽烟呢?你不知道抽上几口后,再一吐就什么也没了吗?"

德夫妮眯起眼睛说道:"什么?"

"你不记得了，是吗？你有一次看到我抽烟，就是这么说的。"

他现在从她的表情中看出她确实还记得。被他察觉到自己的惊讶，她有点尴尬，想一笑了之。

"你为什么不给我回信呢？"科斯塔斯问道。

片刻的沉默。"没什么可写的。"

科斯塔斯强忍住喉咙里的哽咽："有一个旧相识最近联系我，一个医生……"

他仔细地端详着她的脸，但她的表情难以捉摸。

"诺曼医生在报纸上看到了我的名字，找到了我的联系方式。我出了一本新书，接受过一次访谈，他就是这样知道我的。我们见过面，聊过天。他顺便提到了一些事情，这让我意识到1974年的夏天一定发生了什么，但我却一无所知。因此，我必须来塞浦路斯，来见你。"

"诺曼医生？"她微微扬起眉毛，"他跟你说了什么？"

"没说什么，真的。但我根据事实推断了一下。他跟我说，你给过他一张纸条，如果你发生了任何不测，请他把纸条转交给我。他把那张纸条放在口袋里，但很可惜弄丢了。他不知道纸条的内容，因为这涉及隐私，他从来都没读过。我不知道自己该不该信他。我现在很想搞明白为什么在1974年的夏天，一个年轻女子要去看妇科大夫，那个时候岛上战火纷飞，到处都是士兵……除非有什么意外……紧急情况……比如意外怀孕，堕胎。"他悲伤地看着她，"我想让你知道，自从我意识到这一点，我觉得五雷轰顶。我感到内疚，我很抱歉，我不应该离开你。这么多年我都一无所知。"

就在这时，队里有人喊她。新的会议马上就要开始了。

在吸了最后一口后，德夫妮扔掉了香烟，用鞋跟把它碾碎。

"好了，我们继续工作吧。就像我昨天说的，那时我们都还年少。那个年龄，谁都会犯错。错得离谱。"

他全身打了个寒噤，站了起来，朝她走了一步，却说不出话来。

"好了，"她说，"我不想谈这个。你得明白，无论国家还是一个小岛遇到灾难，离开的人和留下的人之间就会出现一道鸿沟。我并不是说离开的人就活得容易，我相信他们也有他们的艰辛，但他们不知道留下的人是怎么过活的。"

"留下的人要处理伤口和受伤后结的疤，那一定极其痛苦。"科斯塔斯说，"但对于我们……你尽可以叫我们逃兵……我们从来就没有机会愈合，伤口一直都是裂开的。"

她歪着头，若有所思，而后匆忙地说了句："对不起，我现在得去工作了。"

科斯塔斯注视着她走开，加入了其他人的行列。他害怕他们就这样完了——他们就这样走向了结局。显然，她不想谈论过去。即便她依旧真诚，但想必是想和他保持一段疏远的距离。他想到自己将不得不回到他的研究中，回到英国，回到过去的生活，回到那日复一日的重复中，他会一点点窒息的，就算死也没法死个痛快。貌似一切就要这样结束了，倘若她没有走回来找他的话。那个下午行将结束之时，她朝他走了回来，连续挖掘、清理了好几个小时后，几绺黑发从她头巾里滑落了出来，她橄榄色的光滑前额也沾上了污垢，但她非常平静地对他说："今晚我带你出去，好吗？就我们俩。要是你没有其他安排。"

她当然知道，他没有。

野　餐
塞浦路斯，2000年代初

那天晚上他们再次见面时，已是夕阳西下。她换上了一条白色长裙，胸前绣着蓝色小花。落日的余晖照拂着她的面庞，就像是画笔在她脸上留下了淡淡的油彩，这余晖又像是碎铜，在她栗色的头发上跳跃。她手里拿着一个篮子。

"我们得走上一段，你行吧？"德夫妮问道。

"我喜欢散步。"

他们路过纪念品商店和门面上爬满玫瑰的房子。曾经贴满了标语的墙壁都已重新粉刷过了，现在两边都干干净净的，亮得耀眼。一切都显得静谧而温和。岛有一种骗人的把戏，它让人觉得一切都会永远这般静谧下去。

他们把熙熙攘攘的人行道抛在身后，很快就穿过了城市的郊区。他们的眼睛盯着前方落满松针的小路，仿佛在刺骨的寒风中行进。可是这天晚上只有温和的微风，空气中充满了希望。虽然脑子在飞快地旋转，舌头在努力寻找他想说的话，但科斯塔斯有一种通透的满足感。他看到一簇簇水仙花、大蒜、野芥菜、金蓟、刺山柑，它们的嫩枝正从干燥的泥土中探出头来。他像往常一样，把注意力集中在那些树上：橄榄树、酸橙树、桃金娘树、石榴树……那边那个，是一棵角豆树。母亲的话在他耳边回响："我的儿啊，有了角豆树，谁还会需要巧克力？"

他注意到德夫妮不仅步履轻快，而且似乎还乐在其中。他过去约会过的女人通常都不喜欢徒步远行。她们是城里人，忙活得很，总是行色匆匆。即便那些声称喜欢徒步旅行的人也很快就腻烦了这么做。在曾经的那些远足经历中，科斯塔斯发现自己常常会因为女伴们不合时宜的穿着而不快——要不就是衣服太薄，要不就是鞋子根本不适合走路。

现在，当他试着跟上德夫妮的脚步时，他惊讶地发现她穿着平底凉鞋冲在前面。她小心翼翼地走过坑坑洼洼的田野和土路，一丛丛紫色的石南花和黄色的金雀花摩挲、簇拥着她的裙摆。他跟在后面，关注着她的每一个微小信号——她那爽朗的笑声，她那寂静的沉默，他想知道她内心某个地方是否还保留着对他的爱。

一只鹧鸪嘎嘎嘎地从灌木丛中钻出来。一只蜂鹰滑翔并漂浮于热气流之上，搜寻着地面上的小动物。成千上万只眼睛透过树叶向外看，那些眼睛由微小的光探测器组成，分辨着不同的波长，与现实对峙着，也提醒着科斯塔斯，人类所看到的世界只是诸多可见世界中的一个。

二人抵达山顶后，便停下来欣赏风景。古老的石头房子在远处熠熠生辉，红色的陶土屋顶，无边无际的广阔天空。如果这个世界有一个中心的话，那一定就是这里。科斯塔斯突然意识到，无数的旅人、香客和侨民一定见过这里，而这就是他们留下来的原因。

德夫妮打开了那只篮子，之前他要提，她谢绝了。里面有一瓶酒，两个玻璃杯，一桶无花果，还有她在家做的各种馅料的小三明治。

"希望你不介意和我一起小吃一顿。"她边说边把毯子铺在地上。

他微笑着在她旁边坐下。这些都是她特意准备的,这让他很感动。就像他们第一次一起去"幸福无花果"酒馆时那样,他们细嚼慢咽,仔细品味着每一口,科斯塔斯向德夫妮讲起了他在英国的生活。帕娜约塔死了,他和弟弟的关系艰难而紧张,多年来越行越远,他一直都无法回到这个岛上,似乎害怕会在这里遇上什么事,或者会有挥之不去的咒语束缚住他。说起这一切,他几度哽噎。虽然对自己的工作很满意,但他常常感到孤独,对此,他只字未提,不过他隐约觉得她已经察觉了这一点。

"你说得对。是怀孕了。"德夫妮沉默不语地听他讲完,然后说道,"我强迫自己不许想它,都过去这么久了,久到我都不确定自己现在还是否愿意想起它。我宁愿把这一切都忘掉。"

他努力不说也不问,只理解她,陪在她身边。

德夫妮咬着自己的下嘴唇,牙齿撕扯着上面的一层薄皮。"你还问我打算在 CMP 工作多久。没找到尤素福和乔尔戈斯之前,我没打算考虑这个问题。那两人,他们是为了我才舍的命。你大概没有意识到这一点。"

"没有。"科斯塔斯说着,嘴角耷拉了下去。

"我都快疯了,不知道他们究竟怎么了。每隔几天我就给实验室打电话问问有没有什么发现。那里有一位科学家,艾莱妮,她很和蔼,但可能也烦透了我的电话。"

她笑了一下,笑声里透着一丝脆弱。这声音让科斯塔斯感到有些尖锐和生硬,令他想起碎裂的石板,比如破损的瓦片。

德夫妮说:"我不该告诉你这个,太尴尬了,但我的疯姐姐认为我们应该去看巫师。梅耶姆约了一个古里古怪的预言师。这个女人号称能帮助遇难者家属找到他们失踪的亲人,你觉得这可能吗？但是在塞浦路斯，这是一种职业。"

"你想去吗？"

"不想。"她边说边弯下腰，松了松脚下的土，拔下了一株杂草。它长长的丝状的根从她的指缝间垂下来，地上留下一个像是弹孔的又深又窄的洞。她把一根手指伸进洞里，喉头用力努了一下，叹出一口气："除非你也跟我一起去。"

"我跟你一起去。"科斯塔斯俯下身来，温柔地抚摸着她的头发。

曾经，他相信他们可以挣脱环境，将根伸向天空，不受束缚，摆脱重力，就像梦里的树一样。他多么希望现在能让他们俩重回那个充满希望的时代。

"我愿意跟你去任何地方。"他说这句话时声音听起来不太一样了，更加饱满了，就像是从他内心深处的某个地方传出来的。

尽管他担心她一贯的愤世嫉俗可能会让她不再取信于他，但她似乎也不打算怀疑他，如此一来，她退缩到了那个信与不信的阈限空间里了，就像她在先前的一个夜晚经历的那样，现在想来却恍如隔世。

德夫妮慢慢地靠了过来，把头埋进他的脖子里。她没有吻他，也没有表示想要他吻自己，但她紧紧地抱着他，她的拥抱有力而真实，这正是他所需要的。她就在他的身边，他的皮肤感觉得到她怦怦的心跳，这种感觉充溢着他的周身。她抚摸着他额上的伤疤——那是很久以前的事了，久到他自己都忘了，热浪肆虐的那天，他不顾一切地跑去救蝙蝠，一个木箱把他绊倒了，便留下了这道印记。

"我想你了。"她说。

那一刻，科斯塔斯意识到，自己被这个岛俘获了，他不会很快就回英国的，除非有她陪在身旁。

电子香
伦敦，2010 年代末

圣诞节的前一天，梅耶姆背对着一捆装饰好的树枝，那是科斯塔斯从花园里收集来的，喷了漆，还挂上了小装饰物，用以替代圣诞树。她瘫坐在沙发上，异乎寻常地沉默并内敛。她一直盯着手机屏幕，脸上带着遭受了不公的人才有的受伤表情。

"您还在等驱灵师的预约？"艾达走过她时问道。

梅耶姆微微抬了抬头："不，都约完了。这个周五我们过去。"

"好耶，我什么都没听到。"艾达瞟了她姨妈一眼，但这个心不在焉的女人根本没注意到。

"没事吧？"艾达问道。

"哦，我丢了一样东西，怎么也找不到了。什么烂科技！"

艾达在沙发的另一头坐下，手里拿着一本很多人跟她提起过的小说。前一天晚上，她刚迷上了这本书。现在她把书举起来，遮住了自己的大半张脸，封面上西尔维亚·普拉斯[①]的眼睛直勾勾地盯着梅耶姆姨妈。

一分钟过去了，梅耶姆叹了口气。

[①] 西尔维娅·普拉斯：生于 1932 年，卒于 1963 年，美国自白派诗人的代表，是继艾米莉·狄金森和伊丽莎白·毕肖普之后最重要的美国女诗人，著有唯一一部小说《钟形罩》。

"我帮您找找?"艾达问道。

"不用。"梅耶姆回答得很干脆。

艾达又低下头去读自己的书。有那么一会儿,她们谁也没说话。

"唉,找不见就算了!我干吗还较这个劲?"梅耶姆揉了揉太阳穴,"好吧,还是你帮我找吧,别发表什么意见就行。"

"我有什么意见可发表的?"

"说说而已。"梅耶姆给她看了看自己的手机,"我不小心删了一个应用程序。我觉得应该是这么回事。我想把它弄回来,但不想再付钱了。我该怎么办呢?"

"让我看看,什么程序?"

"我不知道。上面有个蓝色的东西。"

"蓝的太多了。那它是干什么用的?"

梅耶姆抚了一下自己的裙子:"哦,我用它来驱挡邪恶之眼。"

艾达眉毛一扬:"真搞笑,还有这样的应用程序?"

"不是说了不发表意见吗?"

"我只是想知道这究竟是个什么玩意儿。"

"这么说吧,这个世界现代化了,人人都很忙。有时你因为赶时间,没时间烧香。或者没有盐可以撒。要不就是你周围都是文人雅士,不能随意吐口水。这个东西能帮你完成所有这些。"

"您的意思是它会以电子形式烧香、撒盐、吐口水?"

"是的,差不多就是这样。"

艾达摇了摇头:"那您为这鬼把戏付了多少钱?"

"它是按月订阅的,每个月我都会续订。多少钱你就别管了,反正我说什么,你都会觉得是坑人。"

"那当然了。您看不出来他们在骗您吗?成百上千和您一样

219

容易轻信的人都上当受骗了！"

艾达快速搜索了一下，发现了几十个类似的应用程序，有的用于保平安，有的用于祈福，还有的用于解读咖啡渣、茶叶或葡萄酒沉渣。艾达找到了被删掉的应用程序，并重新下载了它，没有支付任何费用。

"哇，谢谢你。"梅耶姆说道，脸上的阴郁一扫而空，"果然上帝想让一个愁眉不展的人露出笑脸，只需藏起他的驴子，然后再给他一个找到驴子的法子。"

艾达抚摸着书封面上的线条，指尖滑过书脊。"给我讲讲我的外祖母吧。她和您一样吗？也害怕随时都会发生不好的事吗？"

"那倒没有。"梅耶姆说着，眼睛因为回忆而被点亮了，然后又蒙上了一层阴影，"我母亲过去常说，即使整个世界都疯了，塞浦路斯人也会保持理智。因为我们是一家人，我们相濡以沫。不知道彼此姓名的陌生人才会打仗。这里不会有坏事发生。所以，你外祖母才不像我这样每天都提心吊胆的，她心宽得很。"

艾达端详着姨妈，注意到她的肩膀微微下垂着。

"您知道我在想什么吗？我有一份历史作业要做，也许您可以帮帮我。"

"真的吗？"梅耶姆把手放在胸前，一副受宠若惊的样子，"但我知道答案吗？"

"这不是测验，它更像是采访。我会问您几个问题，比如您从哪儿来，您年轻的时候是什么样子，诸如此类。"

"我当然乐意，但你不觉得你父亲更适合吗？"梅耶姆小心翼翼地说。

"父亲很少跟我提塞浦路斯的事。但您就不一样了。"

说着,艾达又坐了下来,再次拿起了她的书。她用《钟形罩》[1]挡着脸,压低声音恹恹地说道:

"不然,我就不跟您去见驱灵师了。"

通灵师
塞浦路斯,2000年代初

两天后,当附近清真寺的晚祷声在尼科西亚的上空回响时,科斯塔斯在"大客栈[2]"前同德夫妮和梅耶姆见了面。他惊讶地发现,这座由奥斯曼人建造的历史悠久的客栈,现已变成了一个艺术品、工艺品以及购物的中心,而在此之前,英国人把它改造成了城市监狱。在古老庭院的一家咖啡馆里,他们各自喝了一杯菩提安神茶。

梅耶姆瞥了科斯塔斯一眼,叹了口气。从见面到现在,她异常地沉默,但她此刻再也憋不住了。"你能想象当德夫妮说你回来了时我有多惊讶吗?我简直不敢相信自己的耳朵!我让她离你远点。当着你的面,我也要这么说。离她远点。你让我的心又提了起来,科斯塔斯·卡赞扎基斯。她怀孕的时候,你就那么弃她而去——"

---

[1]《钟形罩》:西尔维娅·普拉斯于1963年出版的一部半自传体小说。小说以第一人称叙述者埃丽斯为主角,讲述了20世纪50年代美国女了埃丽斯在工作、学业和人际关系中挣扎,并逐渐罹患精神病。

[2] 大客栈:建于1572年,是奥斯曼商队旅馆建筑的一个精美案例。据文献记载,其原名为"新客栈"。由于来自阿拉尼亚的顾客数量众多,它也被称为"阿拉尼亚客栈",但在17世纪,附近开了一家较小的客栈。人们开始把这两个地方称为"小客栈"和"大客栈"。

德夫妮的眼睛亮闪闪的,她打断了梅耶姆:"姐姐,别说了。我告诉过你别提这事。"

"行,行。"梅耶姆举起双手作投降状,"那么,科斯塔斯,冒昧问一下,我知道这很无礼,但是你什么时候回英国?我希望很快。"

"姐姐!你答应过不为难他的,是我邀请他到这儿来的。"

"好吧,我总是心软,这都怪我。"梅耶姆把一块方糖塞进嘴里,用牙咬住,聚精会神地吮着,然后又开口说道。"过去,我总在替你俩打掩护。"

科斯塔斯点了点头:"我永远都感激不尽。很抱歉,让你担忧了。我知道我俩过去都对不起你。"

"是啊,可结果呢。"

"姐姐,我要生气了!"

梅耶姆摆了摆手,也说不清她是拒绝还是接受了德夫妮的提醒。她直起身子:"听好了,关于今天的会面,咱们先约法三章。我们要拜访的通灵师玛戈莎夫人,可不是个一般人物。她在巫医圈里赫赫有名。不管你说什么,都不要冒犯她。这个女人真的很厉害。她的关系四通八达,我指的是另一个世界里的关系。"

德夫妮把胳膊肘架在桌子上,身子前倾:"你怎么知道的?你又不懂这个。"

梅耶姆不管不顾地继续说着:"她是俄罗斯人,出生在莫斯科。你知道她为什么来塞浦路斯吗?一天,她做了一个梦,她看到一座岛上满是没有姓名的坟墓。她哭着醒来了,她对自己说,'我必须帮助这些人找到他们的爱人。'所以她才来了这里。很多人家都找她寻求帮助。"

"她可真是个大好人啊。"德夫妮喃喃道,"她每发一次善心,收费多少啊?"

"我知道你不信这些,科斯塔斯也不信,但别忘了你们这么做是为了你们的朋友。你们想知道尤素福和乔尔戈斯到底怎么了,对吧?我这么做都是为了帮你俩。所以你们必须向我保证绝不会失礼。"

"我保证。"科斯塔斯温柔地说。

德夫妮微笑着摊开双手:"我尽力,老姐,但我不敢保证。"

通灵师住在一幢窗户上装有熟铁框的两层楼里,这楼距"绿线"不远,楼前的那条路在英国统治时期被称作"莎士比亚大道"。分治后,土耳其当局将它改名为"穆罕默德·阿基夫大道",以纪念一位民族主义诗人。但今天,大多数人都称它为德热波域大道,意为河边大道。

当他们走进房子时,首先引起他们注意的是那股气味,不算很难闻,但很浓烈,无处不在。檀香和没药香,午餐时的煎鱼和烤土豆,还有某个喜欢浓郁芳香的人喷洒的玫瑰和茉莉花香水,多种气味混杂在一起。

通灵师的助手是个10多岁的瘦高男孩,他和他们草草打了声招呼,便把他们领上了楼,来到了一间陈设简陋的房间里,最后几缕阳光透过压花大玻璃窗照在木地板上,落下斑驳的光影。

"我马上就回来,请坐。"男孩用带有浓重口音的英语说。

过了一会儿,那个助手又出现了,说玛戈莎夫人准备好见他们了。

"要不我一个人去?"梅耶姆有些焦虑地说。

德夫妮扬起眉毛:"那你自己拿主意吧。你大老远把我拽过来,现在却想一个人进去?"

"没事,你去吧。我们等着。"科斯塔斯说。

梅耶姆消失在走廊的尽头,但很快就又冲了回来,脸因为兴奋而红扑扑的。"她想见你们俩!你们猜怎么着?她立马就知道我们是不一般大的姐妹。她还知道科斯塔斯是希族人。"

"这就让你佩服了?"德夫妮说,"一定是她的助手告诉她的。他听见我叫你姐姐,听见我喊科斯塔斯的名字了,他的希腊名字!"

"随便你咋想吧,"梅耶姆说,"你们能快点吗?我可不想让她久等。"

房间在大厅的另一头,采光很好,也很宽敞,不过里面堆满了乱七八糟的东西,看起来就像是一个人在长期颠沛流离的生活中,一点点攒下了这一切。带有丝绸灯罩和流苏的落地灯,不成套的椅子,挂在墙上的庄严肖像画、挂毯和帷幔,塞满皮面书籍和卷轴的书柜,天使和圣徒的雕像,目光呆滞的白瓷娃娃,水晶花瓶,银烛台,香炉,锡制高脚杯,瓷雕像……

在这些小古董的中央站着一位身量苗条、颧骨突出的金发女人。她浑身上下既整洁又棱角分明。她慢慢地眨动着她那灰蓝色的仿若结了冰的湖面一般的眼睛,朝他们点了点头。她脖子上戴着一个鹌鹑蛋大小的粉色珍珠坠子。每走动一下,那坠子就熠熠反光。

"欢迎!请坐。很高兴看到你们仨一起来了。"

梅耶姆在一把椅子上落座,德夫妮和科斯塔斯选择了靠门的凳子。玛戈莎夫人自己则在一张胡桃木桌后面宽大的扶手椅上坐下。

"说说吧,你们缘何而来——爱还是失去?来这儿的人基本是这两样。"

梅耶姆清了清嗓子:"这是我妹妹,那个是科斯塔斯。多年以前,他们有两个好朋友,乔尔戈斯和尤素福。1974年的夏天,这两人都失踪了,一直不见踪影。我们想知道他们怎么了。如果他们死了,我们希望找到他们的坟墓,这样他们的家人就能给他们一个体面的葬礼。所以我们才来找您帮忙。"

玛戈莎夫人把手指叠在一起,目光缓缓地从梅耶姆转向德夫妮,又从德夫妮转向科斯塔斯。

"所以你们是为了失去而来。但直觉告诉我,你们也是因为爱而来。"

德夫妮努了努嘴唇,一条腿架在另一条腿上,很快又交换过来。

"被我说中了?"通灵师问道。

"哦,可是……这不是很明显吗?"德夫妮说,"我的意思是,每个人不都失去过亲友?每个人不都在寻找爱吗?"

梅耶姆把身子侧到椅子边。"对不起,玛戈莎夫人,您别介意我妹妹的话。"

"没事,"通灵师看向德夫妮说,"我喜欢心直口快的女人。不过,有言在先,如果事情结束后你们不满意,我分文不取。但如果你们满意了,我会双倍收费。"

"但是我们不能——"梅耶姆试图插嘴。

"成交!"德夫妮说。

"成交!"玛戈莎夫人边说边伸出她那指甲看上去十分精致的手。

两个女人把彼此的手钳在自己手里,眼睛死盯着对方,像要看穿对方的底细似的。

"我能看到你灵魂里的火焰。"玛戈莎夫人说。

"我相信你能。"德夫妮把手抽了回去,"但我们现在能聊聊尤素福和乔尔戈斯了吗?"

玛戈莎夫人自顾自地点了点头,她把拇指上的银戒指转来转去。"在我们邃深的找寻中,有五大元素可以帮到我们。火、土、风、水,还有灵。你们想让我召唤哪个?"

三个人面面相觑。

"如果你们拿不定主意,我就和'水'一起去了。"玛戈莎夫人说着靠在椅背上闭上了眼睛。她的眼睑几乎是半透明的,上面布满微小的蓝色毛细血管。

漫长的一分钟里,谁也没说话,谁也没动。在令人不安的沉默中,通灵师轻声开口道:

"在塞浦路斯,大多数失踪的人都被藏在了河床或俯瞰大海的小山旁,有时也藏在一口井里……如果我们能说服水来帮助我们,我们就能找到需要的线索。"

梅耶姆屏住呼吸,身子贴近她的座椅边。

"我看见一棵树。"玛戈莎夫人说,"这是什么树——橄榄吗?"

科斯塔斯朝德夫妮的方向靠过去。他不需要看她,就能猜到她在想什么:在这样一个遍地都是橄榄的地方,提到橄榄树是一个安全的赌注。

"不,不是橄榄,也许是无花果……一棵无花果树,但它在里面,不在外面——好奇怪,一棵无花果树种在一间屋子里!这里很吵,有音乐声,有笑声,人们都在交谈……这是什么地方?是餐厅吗?有食物,很多食物。哦,他们在那儿,你们要找的人!我看到他们了,他们挨得很近,他们是在跳舞?我想他们在拥抱。"

科斯塔斯的后脖颈不由得一阵冷战。

"没错,他们在拥抱……我要喊喊他们的名字,看看他们是否回应。尤素福……乔尔戈斯……"玛戈莎夫人的呼吸慢了下来,喉咙里发出刺耳的声音。"他们去了哪儿?他们消失了。我再试一次,尤素福!乔尔戈斯!嘿,我现在看见了一个婴儿。多可爱的小男孩啊!他叫什么名字?让我看看……哎呀,我知道了,他叫尤素福·乔尔戈斯。他坐在沙发上,四面都是靠垫。他在舔牙齿。太可爱了……哦,不!哦,可怜的小家伙——"

玛戈莎夫人睁开眼睛,盯着德夫妮,只盯着她一个人:"你确定还要我继续吗?"

15分钟后,他们三个又回到了河边的大道上。德夫妮飞快地跑在前面,她的嘴唇紧抿成一条线,科斯塔斯步伐沉稳地跟在她后面,梅耶姆脸绷得紧紧的,走在最后。他们在一家已经关门的珠宝店前停了下来。窗外霓虹灯的光,与亮闪闪的金脚镯、手镯、项链的反光交织在一起,照得他们的脸更显夸张。

"你为什么要那样?"梅耶姆说着,用手背擦了擦眼睛,"你没必要惹她生气的,她本来就要告诉我们了。"

"不,她没有。"德夫妮把头发从脸前拨开,"那个女人是个江湖骗子,她就是把我们给她的信息又返了回来。她说,她看到一个又大又明亮的厨房,它可能是一座房子,也可能是一家餐厅……然后你插话说,那一定是个酒馆!于是她说,'对,对,是个酒馆。'你还有印象吗?"

梅耶姆看向别处:"你知道什么最伤我吗?你总是拿我当没脑子的白痴。你是聪明,对,我是傻子。我循规蹈矩,因循守旧,

227

我梅耶姆就会成天围着锅台转。你看不起我,也看不起你的家人。但这是你自己的根!爸爸很宠你,但你却从来都没有满足过。"

"不是这样。"德夫妮把手放在姐姐的胳膊上,"你别误会——"

梅耶姆退后一步,她的胸膛起伏不止:"我不想听,反正现在不想。我只想一个人待着,求你了。"街道两侧的路灯掠过她赤褐色的长发,她匆匆走开了。

只剩下她和科斯塔斯了,德夫妮凝视着他,发现他的半张脸都掩映在阴影中,一副深思的表情。她把双手举在空中。

"我感觉糟透了。为什么我总是这样?我搞砸了,不是吗?梅耶姆是对的。你走了以后,家里乱成了一锅粥。我一直郁郁寡欢,把气撒在我父母身上。我们总是吵架。我说他们老古板,心胸狭窄。"

科斯塔斯动了动脚。

"嘿,我请你喝一杯吧。"德夫妮提议道,因为她意识到他什么都不想说,"我们一醉方休!我们没给那个通灵师付钱,钱都在我这儿呢。"

科斯塔斯全神贯注地端详着她的脸:"你不觉得你应该和我说说吗?"

"说什么?"

"那个女人讲到的小男孩——尤素福·乔尔戈斯。我无法想象在这个岛上会有人给自己的孩子取一个既希腊又土耳其的名字。不可能的。除非他是你生下的……"

她的目光闪躲了一下,但只有一秒钟。

"当我得知你怀孕的消息时,我以为你已经流掉了。但现在我才意识到也许我错了。到底有没有?跟我说实话,德夫妮。"

"你为什么要问这些呢?"她边说边打开手提包,掏出一支香烟，但没有点燃，"别告诉我你信那个通灵师的鬼话。你是科学家！你怎么能把这些话当真？"

"我不关心通灵师，我关心的是我们的孩子怎么了。"

听他这么说，她畏缩了一下，就像碰到了一块滚烫的烙铁。

科斯塔斯说："你无权向我隐瞒怀孕的事。"

"我无权？真的吗？"德夫妮的目光变得冷毅起来，"那时我才18岁，就我自己。我吓得六神无主，无处可去。要是让我父母发现了，我不知道会怎样。我羞愧难当。要是你发现自己怀了孕，又不能出去求助，你会是什么感受？外面到处都是士兵，城市一分为二，在那最糟糕的时候，收音机里日夜不停地响着'待在家里！'，每个小时都有新的紧急措施，你不知道明天会怎样，恐慌笼罩着一切，人们互相开火、横死户外。当你发现世界正在坍塌，而你又没有人可以倾诉，怀了孕得尽量背着人，你知道那是什么样的感觉吗？你在哪里？如果你当时不在身边，现在你也无权评判我。"

"我不是在评判你。"

但她已经走开了。

科斯塔斯一动不动地站在商店外刺眼的霓虹灯下，一种深深的无助感攫住了他，有那么一秒钟，他几乎要窒息了。他心不在焉地盯着自己身旁的窗户，目光扫视着玻璃架子上整齐摆放着的金银首饰：戒指、手镯、项链，人们会在婚礼、生日、结婚纪念日购买它们，但长久以来，他们错过了这所有的一切。

她不想跟他讲，但他需要知道真相。明天早上，他要做的第一件事就是给诺曼医生打电话，询问1974年的夏天，当他身处千里之外时，这里究竟发生了什么。

不是你的精灵

伦敦，2010年代末

暴风雨已经过去了，天空也已褪成了浅灰色，但天边依旧黑乎乎的一片，就像一张被扔进火里的正在燃烧的废弃照片。下午，艾达和姨妈借口去购物便离开了家，但实际上是去拜访那位预约的驱灵师。

"我还是不敢相信我居然同意了。"艾达一边嘟囔着，一边朝地铁站走去。

"我们太幸运了，他同意见我们了。"梅耶姆说着，她脚下的坡跟鞋在地上哒哒作响。

"得了吧，搞得跟有很多人排队要见他似的。"

"可不就是嘛，最早的预约都得排两个半月！我在电话里把嘴皮子都快说破了。"

她们在阿尔德盖特东站下了车，在一家咖啡店稍作停留，点了两杯饮料，艾达要了一杯印度奶茶，梅耶姆要了双倍奶油白巧克力摩卡。

"记住，不许告诉你父亲。不然，他永远都不会原谅我。行不？"

"别担心，这事我不会告诉他的！如果爸爸发现我把精力浪费在这些把戏上，他会对我失望的。我们现在是一条船上的！"

她们到那里时，已经快三点钟了，天色晦暗，太阳连个影子都没有。

熙熙攘攘的街道两旁是光秃秃的梧桐树。那里有新建的公寓、咖喱屋、比萨连锁店、清真餐厅、披肩和纱丽摊儿，还有几家商店，都是由一波又一波的移民开的，从法国胡格诺派教徒、东欧犹太人，到孟加拉社区、巴基斯坦社区。土耳其烤肉店里，大肉串正在橱窗里慢慢地旋转着，迷离又恍惚，就像彻夜不休的派对上仍不思归的客人。梅耶姆对周遭的一切入了迷，她之前从不知道还有这样一个伦敦，这令她既好奇又开心。

她们逆着车流的方向前行，来到了一座半独立式的红砖房子前。门上没有门铃，只有一个翘着尾巴的蝎子形状的铜门环，他们用力拍了拍门环。

"还挺唬人的。"艾达说着，略带嫌弃地打量着那个花哨的门环。

"嘘，说话小心点。"梅耶姆小声说，"在神职人这里可不许开玩笑。"

艾达还没来得及回答，门就开了。一位年轻女子向她们打了招呼。她裹着一条灰绿色的头巾，穿着一条颜色相仿、长及脚踝的裙子。

"您好。"梅耶姆说。

"您好。"女人略微点了点头，"请进，我们恭候多时了。"

"地铁耽搁了太久。"梅耶姆说道，并没有提及沿途她坚持要逛的商店。

门口整齐排列着各种大小的鞋子，鞋尖都冲着前门。楼上传来孩子们的争吵声，还有球有节奏的撞击声。走廊尽头有婴儿在哭。一股微妙的气味飘散在空中——有些熟悉，又有些陌生。

梅耶姆的脚步忽然停了下来，面色凝重。

艾达好奇地抬头看着姨妈："怎么了？"

"没什么，我只是想起很久以前在塞浦路斯带你妈妈去见过一位著名的通灵师。当时你爸爸也和我们一道儿去了。"

"不可能！真的吗，我爸爸也去了？"

还没聊起来，她们就被领进了后面的一间屋子里。屋内，一排排塑料椅子面朝前方，墙上挂着装裱好的用阿拉伯语书写的祷文。有一家四口挤在角落里，低声交谈着。一位老妇人坐在门口编织着一件看起来像是毛衣的东西，很小，大概是给洋娃娃穿的。艾达和梅耶姆在她旁边的座位上坐下。

"第一次来？"女人会心一笑，"是给年轻人看吗？"

梅耶姆轻轻地摇了摇头："您呢？"

"哦，我们这几年一直来。我们什么都试过了，看过医生、吃过药、做过心理辅导，就是没什么用。后来有人给我们推荐了这个地方。愿真主赏赐他们。"

"所以你是说它有效果？"梅耶姆问道。

"是的，但你得有耐心。他们能给你妙手治愈。就连疯子在这儿都能被治好。"

隔壁房间传来的尖叫声划破了空气。

"别担心，那是我儿子。"女人一边说，一边拉着一缕纱线，"他晚上睡觉时也会尖叫。"

"那正说明可能没啥效果，"艾达嘀咕道。

梅耶姆微微皱起眉头。

老妇人似乎并未生气："问题是不止一个精灵在骚扰他。大师移走了十个，安拉保佑，但还有一个。都走了以后，我儿子就自由了。"

"哇，"艾达说，"十个精灵，还有一个没走。他可以组自己的足球队了。"

梅耶姆的眉头更紧了。

但这女人似乎仍然不介意。艾达此时突然意识到,在这个陌生人的眼里,她也是一个疯子,因此她可以说疯话,做疯狂的事儿,但仍然会被原谅。这样的无拘无束!也许在这个到处都是毫无意义的规章制度、少数人凌驾于多数人之上的世界里,疯狂才是唯一的真正的自由。

不一会儿,她们被叫去见驱灵师了。

房间里的家具很少,一张红色长沙发沿墙摆着,沙发下面铺着青玉色的地毯,绣花靠垫随处可见。一张低矮的圆形咖啡桌立在中间,旁边摆着一个装满玻璃瓶和罐子的篮子。

对面墙上有一个壁炉,似乎是后来建的,瓷砖已经碎裂,壁炉架是一块已经开了裂的大理石。壁炉上方挂着一块装饰性的基里姆花毯①,图案绣的是一中东集市:堆满香料的摊位;一只昂首阔步、炫耀着华丽羽扇的孔雀;身着东方服饰的男人们坐在木凳上,有的喝着咖啡,有的抽着水烟。这幅图看起来不太像真有此地,更像是某个人想象中的中东。

在这场景的中央,盘腿坐着一个人,她们猜他一定就是驱灵师了。一圈的短胡子更加凸显了他凹陷的双眼和棱角分明的脸。他既没有站起来迎接她们,也没有和她们握手。他只是点了点头,示意她们在他对面的地毯上坐下。

"病人是哪位?"

---

① 基里姆花毯:由紧密角质的经线和纬线编织而成,上有各种各样的几何造型,纹样上大多为古代游牧民族用来庇护家人和财产、躲避灾祸与疾病的护身符号。

梅耶姆清了清嗓子:"我外甥女艾达最近遇到了一些问题。有一天在学校,她当着全班人的面尖叫,停不下来。"

艾达耸耸肩:"那是历史课。在沃尔科特夫人的课上,每个人都想尖叫。"

也不知道驱灵师听懂没,总之他都没有微笑一下。"听起来像是精灵干的。"他严肃地说,"它们很狡猾。一开始,它们会攻占人的身体,这是最虚弱的一环。人们会做一些意想不到的事情——有些人会在庄严的大会上胡言乱语,有些人会在繁忙的马路中间跳舞,或者像你这样,会尖叫……如果不及时治疗,就会更糟糕。精灵会占据思想。这时人会开始抑郁,会患上焦虑症、恐慌症,想要自杀。然后精灵就会夺取灵魂,这是最后一个堡垒。"

艾达瞥了姨妈一眼,发现她正聚精会神地听着。

"但是主是慈悲的,哪里有疾病,哪里就有治疗。"驱灵师说。

就在这时,门开了,还是那个年轻女人大步走了进来,手里端着一个托盘,里面装满了东西:一只盛了水的银碗、一只装了黑墨水的罐子、一张边缘发黄的纸、一撮盐,一枝迷迭香,还有一支羽毛笔。她把托盘放在男人面前,退到角落里,避免与他眼神接触。艾达很想知道,她是驱灵师的学徒吗?那是一份什么样的工作,是像魔术师的助手一样,只是没有闪光和掌声?

"你需要聚精会神,"那人看着艾达说,"我要你看着这个碗里的水,当你听到我祈祷时,不要动,不要眨眼,保持静止。如果我们幸运的话,你会看到一直缠着你的精灵的脸,试着记住它的名字。这很重要。一旦我们知道了罪魁祸首,我们就能弄清问题的真相。"

艾达眯起眼睛。她有点想站起来逃跑,但又有些好奇接下来会发生什么。

与此同时，驱灵师用羽毛笔蘸了蘸墨水，潦草地写了七遍祷文。他把纸折好扔进碗里，然后又加入盐和迷迭香。而后从口袋里掏出一串琥珀色的念珠，一边祷告，一边用拇指拨弄念珠，他的声音伴随着呼吸的起伏忽高忽低。

艾达盯着水看，墨水在打旋，水变得浑浊不清，她尽量凝视不动，等待迹象出现，等待谜团解开。什么也没有发生。孩子们在楼上玩耍的声音，念珠的咔嗒声，阿拉伯语的低吟声……坐在这里，期待奇迹发生，感觉毫无意义。但更重要的是，这让她觉得甚是荒唐。她闭上了嘴巴，但为时已晚。一声紧张的窃笑从她喉咙里逃了出来。

驱灵师停了下来。"没用，她无法集中注意力。精灵不会现身的。"

梅耶姆向艾达贴过来："你看见什么了吗？"

"我看到了一个宝箱，"艾达低声说，"我知道金子埋在哪里。我们走吧！"

"我说过，精灵很聪明的。"驱灵师说，"它们正在玩弄她的思想。它们知道只要我们害怕它们，它们就可以将人类玩弄于股掌了。这就是它们要隐藏自己的原因。"

那一刻，艾达想起了自己的父亲，他总是说知识是恐惧的解药。也许驱灵师和科学家能在这个问题上达成一致。

"我们得再试试不同的方法了。"那个男人向角落里的女孩招手，"雅米拉，过来。"

他让这两个女孩面对面坐在垫子上，用一条披肩盖住她俩的头，一直盖到肩膀。他在每一边都放置了闷燃的木屑，这些木屑

235

在香油里浸泡过，散发出刺鼻的沉香和麝香味儿。

艾达在披肩下仔细打量着这个女孩，就好像她是自己在一面哈哈镜里的镜像。她在雅米拉身上看到了自己的影子，一丝她自己的笨拙。她现在可以看出驱灵师和女孩长得很像。他们是父女，她之前怎么就没发现呢？在另一个宇宙中，她们可能出生在彼此的家中：科学家的女儿和驱灵师的女儿。如果出生在驱灵师的家里，她会是一个完全不同的人，还是说她仍然会是现在的她呢？

艾达想知道，雅米拉是否也会时不时情绪低落，经常觉得自己毫无价值？后代是否都必须从前人放手的地方开始，接纳他们所有的失望和未曾实现的梦想？难道现在这一刻只是过去的延续，现在的每一个字都是已经说过或未曾说完的话的后记？奇怪的是，这种想法既令人欣慰又令人不安，它卸下了人肩上的重担。也许这就是人们愿意相信命运的原因。

"你，"驱灵师说道，他的声音听上去更加威严了，"我在跟你说话，无烟之火的灵物！离艾达远点！如果你需要猎物，换雅米拉吧。"

"什么？"艾达说着一把将披肩从头上扯下来，"怎么回事？"

"别说话，孩子。"驱灵师说，"把披肩披回去，照我说的去做。"

"可你为什么说'换雅米拉'？"

"因为我们想让这个精灵来找雅米拉。她知道怎么对付它们。"

"我绝不同意。这不公平，为什么要让她来替我受罪？"

"别担心，雅米拉以前也这么做过。她训练有素。"

艾达爬了起来："不用了，谢谢。我要留着我的精灵。"

"这不是你的精灵。"驱灵师说。

"随你怎么说，不管怎样，我不会因为我们付了你钱就让你把我身上的坏东西转移到你女儿身上。我受够了！"

艾达站起身，快速地挥了挥手，以驱散熏香的烟，她觉得她在旁边女孩的脸上看到了一抹淡淡的微笑。

"这是精灵在说话，别理她。"驱灵师说。

梅耶姆叹了口气："我不觉得。在我听来，就是艾达在说话。"

她们一分钱都不能少交，不管有没有驱除精灵，费用都得照交。

外面飘着小雨，这种雨似乎构不成任何麻烦，它太小了，小到不会淋湿人，尽管人们总感觉自己湿漉漉的。人行道上的水坑闪闪发亮，过往汽车的车灯发出的光落在柏油马路上又反射出去，周遭的一切瞬间变得明亮，整个世界像是流动了起来。空气中弥漫着落叶的霉味。

"你冷吗？"梅耶姆问。

"我很好。"艾达说，"对不起，我让你难堪了。"

"我早该知道的，那次我带你父母去看通灵师也不太顺利。"梅耶姆竖起衣领。她的脸色变得柔和起来，"你知道吗……有那么一瞬间，在那个房间里，我觉得我在你身上看到了你妈妈。你和她一模一样。"

姨妈声音里的温柔令艾达的心一下子收紧了。以前从没有人对她说过这些。她第一次意识到，她的父亲可能每天都目睹着同样的情形，他能从她的举止、言谈、愤怒和激情中，看到已经辞世的母亲的影子。如果是这样，那他的内心一定既温暖又难过。

"梅耶姆姨妈，我不认为我身体里藏着一个精灵。"

"也许你是对的，我亲爱的。也许只是……你知道的，这对你来说太难了。也许我们只是给悲伤另取了个名字，因为我们太

237

害怕叫它的真名了。"

艾达眼里含着泪水,她觉得自己和这个女人的关系比她想象的还要亲密。不过,当她开口说话时,又不依不饶起来:"我永远也不会原谅您没来参加我母亲的葬礼,我要让您知道这一点。"

"我明白的。"梅耶姆说,"我本该来的,却没能赶来。"

她们并排走着,人们从她们的左右两边擦身而过。她们偶尔会踩到一块松动的铺路石,泥浆飞溅,在她们的衣服上留下斑斑泥渍,不过谁也没有注意到这些。

古老的灵魂
塞浦路斯,2000年代初

回到阿芙洛狄忒酒店后,科斯塔斯无法入眠,他的脑子里一直萦绕着德夫妮说过的话……以及没有说出口的话。天快亮的时候,他穿好衣服走下楼,想点一杯茶。前台一个人也没有,只有那只猫蜷缩在篮子里,在梦里追逐着野兔。他打开门,溜了出去。浓郁的泥土气息扑面而来,驱散了科斯塔斯之前在房间里闻到的难闻的霉臭味儿。

远处,山峦起伏,他看到了金合欢树。这种树会散发出甜甜的芳香,长得也快。这是来自澳大利亚的外来入侵物种。它们在岛上被广为种植,毋庸置疑,原本人们的用意是好的,只是对当地生态系统和复杂的地下水系知之甚少,现在这些树正在悄悄地改变和破坏着这一切。科斯塔斯知道,造成这一问题的不仅仅是那些对生态学几乎一无所知的官僚。金合欢树也很受非法猎鸟者的青睐，他们一直在种植金合欢树，为的就是偷猎。

一层薄雾从地面缓缓升起，稀薄而黯淡，就像虚无缥缈的希望。他的头痛发作了，于是便加快脚步走着，希望新鲜空气能帮自己缓解一些。当他走近那些树时，几张织得极细密的罗网赫然入目，它半悬在空中，被捕获的鸣禽如同各色彩旗一般从网上垂下来，景象可怖。

"哦，不！哦，上帝！"

科斯塔斯跑了过去。

罗网因为粘满了鸟儿而低垂，上面有黑头莺、柳莺、苍头燕雀、田云雀、鹡鸰、麦雀，还有那些勇敢而快乐的云雀，它们的歌儿美妙动人，是黎明合唱队的领唱……这些鸟儿在茫茫夜色中自投罗网。科斯塔斯伸出双臂，从上往下用力拽拉着罗网，但是，网从四个方向被系死了，根本拽不动。他只能撕开一角。他发疯似的扫视着周围的树木，满目皆是铺在高低错落的树枝上的黏糊糊的黏鸟胶。他周围都是已经死了的鸣禽，它们翅膀展开，纠缠在一起，身体一动不动，眼睛呆滞，仿佛蒙着一层玻璃。

他沿着小路走了大约10英尺，发现了一只被倒粘在树枝上的知更鸟，它的胸部是柔嫩的姜黄色，喙微微张开，躺在那里一动不动，但仍在呼吸。他轻轻上手，试图把鸟儿弄出来，但黏合剂太强了。他的心翻腾着，感到异常无助，什么也做不了，却又不愿放手。几秒钟后，他意识到鸟儿的心脏已经停止了跳动，虽然松了口气，却又愧疚不已。

在伦敦的时候，他常常觉得惊讶，因为都市固然喧嚣，但知更鸟们仍会努力让人们听到它们的声音，它们的啾啾声在交通、火车和建筑机器的嘈杂声中清晰可辨。它们叫个不停，很少休息。

黑夜里的明亮灯光会让许多鸟儿心烦意乱，它们认为自己应该继续歌唱。一只鸟开始唱了，其他的就会跟着唱，以此来保卫自己的领土。这让它们疲惫不堪，因为它们既不知道白天何时结束，也不知道黑夜何时开始。他知道鸟类要想在城里活下去有多难，因此，当它们死在这个田园般的小岛上时，一切显得更加残酷了。

当然，他知道这是这里的常态。塞浦路斯的鱼子酱安贝洛普利亚，是将鸣禽烤、炸、腌、煮后制作而成。人们视之为佳肴，趋之若鹜。南塞，北塞，联合国领地，英国军事区，莫不如此。在岛民那里，老一辈人认为这是一种无害的传统，年轻人则认为这是一种证明自己勇气的方式。科斯塔斯还记得当母亲把鸟儿整齐地摆放在木头台上，然后又把它们放在罐子里进行腌制时，她的那双手，那张脸。"别再弄那个了，妈妈。我再也不想吃了。"

但他现在亲眼看到的这一切绝不仅是当地风俗那么简单。在他离开后的这些年里，一个黑市迅速兴起——贩卖死鸟已经成为国际犯罪团伙及其帮凶的一项利润可观的生意。他们把在塞浦路斯捕获的鸟类走私到其他国家，售以高价。意大利、罗马尼亚、马耳他、西班牙、法国、俄罗斯，还远至亚洲……有些餐馆把它们列在菜单上，有些则通过额外收费偷偷供应。食客们很珍惜这种特权，一次能吃多少成了一件让他们引以为豪的事情。因此，非法猎鸟的行为就没停止过，各种鸟无一幸免。在塞浦路斯，每年有超过200万的鸣禽惨遭杀害。

不只是雀形目鸟，猫头鹰、夜莺，甚至老鹰等其他鸟类也难逃厄运。太阳出来后，偷猎者们不慌不忙地来查看他们的战利品，他们一个接一个地检查，用牙签刺破它们的喉咙好让它们死掉。

那些能让他们赚来钱的就被放在了容器里。至于那些带不来任何经济利益的鸟，就被丢弃了。

偷猎者甚至都不需要射杀这些鸟，他们就用鸟儿的歌声就能骗到它们。他们把扬声器藏在开阔田野的灌木丛后面，播放预先录制好的鸟鸣声来引诱猎物。鸟儿们来了，为了寻找自己的同伴，它们径直飞进了陷阱里。夜幕向它们逼近，在最黑的时刻和最早的曙光之间，它们被困在了罗网里，许多鸣禽因为奋力逃脱而折断了双翼。

一回到酒店，科斯塔斯就拨打了他前一天就计划好的电话。没人接，他便在电话答录机上留了言。

"早上好，诺曼医生，我是科斯塔斯……我在塞浦路斯。我们谈过之后，我决定回来一趟。谢谢您那天去看我，这对我来说意义重大。我真希望我早就知道了这一切，而不是到现在才知道。但有些事情我还是没弄明白。我遇到了德夫妮……诺曼医生，我们能谈谈吗？这很重要。请给我回电话。"

留了电话号码后，他挂了电话，又冲了个澡，凉水像香树油一样洒在他的皮肤上，令他镇定下来。匆匆吃了一顿迟来的早餐后，他走进了最近的警局。

"我要告发一件事。"

起初，他们以为他指的是犯罪或盗窃，于是认真地接待他的来访。当他们听到他的名字并意识到他是希族人时，就开始怀疑和警惕他的意图。而当这些警察得知他告发的是偷猎鸣禽时，他们的表情变得不以为然了。他们承诺会去调查一下"这件事"，然后再给他答复，但科斯塔斯知道，要想得到迅速的回复基本没有指望了。

当天下午晚些的时候，他又去了英属基地区。那里的办事员是个动不动就眨巴眼睛的男人，他同样也帮不上什么忙，不过态度还算友善。

"坦白讲，现在的情形就是一团糟。虽然发生在我们眼皮子底下，大家也都明白是非法的，却还是挡不住偷猎者。因为这个产业太庞大了。上个月他们在机场逮捕了一名走私犯，在他的行李箱里发现了3529只鸟。虽然那个家伙是被抓住了，但其他大多数偷猎者都还在逍遥法外。"

"那您不打算做点什么吗？"科斯塔斯问道。

"这些问题太敏感了。您得明白，我们在这里的处境很微妙，我们不能惹恼当地人。我跟您实话实说吧，只要您一开口问鸣禽的事儿，人们就已经从心底把您拒之门外了。"

科斯塔斯站了起来，他已经听够了。

"这么说吧，就算您捣毁了一张网，他们还会在别的地方再支一张新的。"办事员说，"我得提醒您，有些帮派别提多险恶了，您动的可是他们的摇钱树。"

回到酒店后，科斯塔斯询问前台的女服务员是否有给他的便条，他期待着德夫妮给他留点什么。可什么都没有。他整个晚上再没出房间，大部分时间就坐在阳台上，想看书，却又难以专注。他注视着这座岛，知道她就在房间外的某个地方，她从他身边溜走了,也许只是几天,也许就是永远。夜幕降临之时,他想到了那些正在被人支起的罗网,像玉米穗的丝一样薄弱、轻盈,肉眼看不见,却又致命。

午夜过后,他又出门了,手里拿着一把刀和一沓纸。他躲在暗处,悄悄摧毁了他能找到的每一张网,确保自己把纤维都砍断了。他还用纸盖住了涂在树枝上的黏胶,纸用完了,他又改用树叶。他的动作很快,汗水像小溪一样从他的背上流了下来。当他再也找不到一张罗网,累得也无法向前走动时,他返回了旅馆,瘫在床上,酣然入睡,一夜无梦。

第二天晚上,他又出去行动了,但这次不幸被人抓住了。偷猎者就躲在灌木丛里,他们十分好奇,很想看看是谁在捣毁他们的陷阱。

他们一共有七个人,其中一个年纪很小,几乎还是个学生。这些人都懒得把脸蒙起来。他们目露凶光,对着科斯塔斯就是一阵拳打脚踢。

天亮了,他躺在床上,眼睛紧盯着天花板上的一条裂缝,要不是因为想到电话可能是诺曼医生打来的,他可能都不会去接。他费劲地挪动身子,拿起话筒。是接待员打来的。

"卡赞扎基斯先生,您好,有人来拜访您。这里有人想见您,她说她叫德夫妮。"

科斯塔斯试图坐起来。一阵剧痛刺进了他的胸腔,他不由地发出一声呻吟。

"您没事吧?"

"没事,"科斯塔斯忍着痛说道,"您让她上来好吗?"

"对不起，我们不允许未婚夫妇在我们的房间里独处。您得下楼来。"

"可是……"科斯塔斯犹豫了，"好吧，请告诉她我几分钟后就到。"

他慢慢地一步一步走下楼，连大气都不敢喘，每一个细小的动作都让他痛彻全身。

当他走进大厅时，接待员大吃一惊，倒吸了一口凉气。前一天晚上，科斯塔斯很晚才回来，他勉强拖着身子回到了自己的房间，没有人看见他那可怜的模样。

"卡赞扎基斯先生！您怎么了？我的天啊，这是谁干的？"她手忙脚乱地询问道，"我们得叫医生吧？您用冰敷过了吗？赶紧敷一下吧。"

"我还好，实际没那么糟。"科斯塔斯一边说着，一边试图越过那个女人的头顶和德夫妮交换眼神。

意识到自己妨碍到了他，接待员让到了一边。

科斯塔斯朝德夫妮走去，德夫妮正心疼地打量着他。她似乎并不惊讶，他很想知道她是否早就料到会有这样的事情发生，料到他会惹上麻烦。她上前一步，碰了碰他那裂开的肿胀的嘴唇，又温柔地抚摸着他左眼下的青肿，那块皮肤的颜色就像阳光下的李子。

"你的眼影还真别致。"她打趣道，细碎的微笑爬上她的嘴角。

他笑了，嘴唇上的伤口火辣辣地疼着。

"噢，亲爱的。"她说着吻了吻他。

那一刻，各种念头在他的脑子里闪过，随之而来的宁静与轻盈是那么纯净，于是他任由她牵引着自己。她头发的芬芳，她皮肤的温暖，依旧那么熟悉，仿佛时间只是一阵风吹过，而他们从未分开。

夜幕降临后，德夫妮终于设法溜进了他的房间，前台那个女人竟然神秘地消失了，也许是巧合，也许是出于好心，或者纯粹只是怜悯他们。

分开多年后，他们再一次做爱，再一次碰触彼此的身体，这种感觉就像迷雾散开之后露出了藏在其下的赤裸裸的渴望。最后，带着无尽的恐惧、遗憾和悲伤，心灵安静下来，变成了一场低语。正是他们彼此的身体仍记得各自早已遗忘的东西，以一种他们原以为只属于青春的力量搏动着，他们的青春。肉体有自己的记忆，那回忆就刺在皮肤上，如同文身，一层又一层。

旧情人的身体，是一张地图，把你拉进它的深处，带你找回你以为早已被遗忘在某个时候、某个地方的自己。它也是一面镜子，纵使已经碎裂，仍会映照出你的一切变化，不仅如此，每一面镜子都一样，都渴望着重新变得完整。

后来，他们躺在床上，她把脸埋在他的胸膛，他给她讲了那只断翅知更鸟的故事。他解释说，每年会有50亿只鸟飞往非洲和地中海北部过冬，其中有10亿只惨遭猎杀。因此，她在空中看到的每一只小鸟都是幸存者。就像她一样。

他描述了机场拦截搜查到的走私者的行李箱——里面共有3529只鸟。他想让她想象一下第3530只鸟。也许是一只欧亚云雀，它在夜幕中跟着同伴俯冲而下，但在最后一秒放慢了速度，在就要碰到罗网的时候偏移了一些。是什么恰巧拯救了它？生命的残酷不仅在于它的不公、伤害和暴行，更在于它的偶然。

"只有人类才会这么做。"科斯塔斯说,"动物不会,植物不会。的确,树有时会遮蔽其他树,为的是争夺空间、水分和营养,为生存而战……的确,昆虫也互相蚕食。但为了个人利益进而大规模屠杀,只有人类才会这么干。"

德夫妮全神贯注地听着他说的每一个字,她用胳膊肘撑着自己,端详着他的脸,头发披散在裸露的肩膀上。

"科斯塔斯·卡赞扎基斯……"她说,"你真是个怪人,我一直这么认为。我觉得一定是青铜时代晚期的某个时候,赫梯人把你带到了这座岛上,但他们忘了把你带回去。当我发现你的时候,你已经好几千岁了。你充满了矛盾,亲爱的,可能活太久的人都这样吧。前一分钟你还那么温柔、耐心和冷静,让我只想哭。下一分钟,你却冒着生命危险出去,被那些坏蛋毒打。就连跟我做爱时,你都不忘歌唱你的鸟儿。你呀,有着一颗古老的灵魂。"

他什么也没说。他也说不出话来,因为她压着他的胸腔,这让他十分痛苦,但他又不想让她挪开,一点都不想,所以他就一动不动,紧紧地抱着她,努力享受着这快意的痛感。

"你是个无名的英雄,还是个光荣的傻瓜,我也拿不准。"德夫妮说。

"无名的傻瓜,就这么说吧。"

她笑着吻了吻他,用手指在他的胸口上画圈,画了很多个小救生圈好让他抓住,好让他在这一刻的温柔中漂浮和嬉游。他们又做爱了,这一次,他们的目光从未离开过对方,他们的动作缓慢而从容,稳稳地,一浪高过一浪。

他一遍又一遍地念着她的名字。每呼吸一下,他的肌肉、骨头、整个身体都像一个抽搐的伤口般疼痛和悸动,不过他的生命许久都没有这样鲜活过了。

第五部分

生态系统

无花果树

第二天，蝴蝶来了，数量空前庞大。他们来到了塞浦路斯，潮水般涌入我们的生活。他们在空中盘旋，呈席卷之势奔涌向前，像极了一条被染成亮金色的悬空之河。整个地平线都因他们黄黑色的斑点和沙橙色的阴影而斑驳起来。他们停在长满苔藓的岩石和当地人称之为"圣母之泪"的兰花上。他们飞过格子窗和风向标，穿过"绿线"上空挂着的生锈的"禁止入内"旧标识牌。他们落在一个分裂之岛上，在我们的宿怨间飞来飞去，仿佛这宿怨是可以从中汲取花蜜的花朵。

所有那些曾在我枝头停歇过的赤蛱蝶都个性鲜明，其中有一只令我记忆深刻。同其他许多赤蛱蝶一样，这只个性鲜明的小红蛱蝶从北非远道而来。当她向我讲述她的旅行经历时，我洗耳恭听，因为我知道他们是多么坚韧的移民，几乎全球各地都能看到他们。他们可以飞行2500英里。我一直不明白为什么人类认为蝴蝶是脆弱的，他们或许乐观，但绝不脆弱！

从这只蝴蝶的角度来看，我们的岛上有繁花盛开的树木和郁郁葱葱的草地，是落脚休息、恢复体力的理想场所。告别塞浦路斯后，她将飞往欧洲，之后就再也不会回头了，尽管有一天她的后代还会飞回来。她的孩子会沿着同一条路反向归来，进而继续循环，这是一种代际迁移，其中重要的不是最终目的地，而是在路上，寻觅着、改变着、成就着。

这只蝴蝶飞过杏仁树林，杏仁树上挂着明亮的花瓣，白色的花瓣会结出甜杏仁，粉红色的花瓣则会结出苦的。她又飞过苜蓿地，奔赴曾与诱人的醉鱼草做出的约定。最后，她找到了一块看起来光线充足的适宜之地。

这是一个军事墓园，砾石小径沿着墓碑整整齐齐地排列着，它是如此宁静，又自成一统，似乎外面的世界完全不存在。这是在塞浦路斯冲突中牺牲的英国士兵的最后安息之地，除了那些印度教士兵，他们中的大多数都被火化了。

墓园的南部由希族塞人国民警卫队监管，北部和西部由土族军队把守。双方都受到联合国观察岗士兵的监视。每个人都在一刻不停地注视着别人，也许死者也在注视着他们。墓碑已破败坍塌，亟待修葺。曾几何时，一群希族塞人工匠打算进来维修，土族军队不同意。而当土族塞人工匠要来维修时，希族一方也予以拒绝。这些坟墓就这样逐渐衰败成了现在的样子。

太阳抚摸着这只蝴蝶的翅膀，她从一块墓碑跳到另一块墓碑，浏览着刻在墓碑上的名字。她注意到了他们的年龄，这些远道而来的、战死他乡的士兵，是那么年轻！戈登高地军第一营，皇家诺福克团第一营。

她意外发现了一个更大的坟墓，这里埋的是约瑟夫·莱恩上尉，1956年，他惨遭两名EOKA枪手杀害。碑文上说，背部中弹前不久，他刚同妻子和三个月大的孩子吻别，准备去工作。

墓园里长着许多树——松树、雪松、柏树。一处偏僻的角落里，一棵桉树伸展着他蓝绿色的叶子。他们称这种树为"寡妇制造者"，因为桉树虽然迷人,却有一种习性,他的树枝会整根掉下来,伤害甚至砸死那些愚蠢到在树下露营的人。这只蝴蝶对此了如指掌,于是她朝相反的方向飞去。突然,她有了意想不到的发现:一排接一排的婴儿墓。将近 300 名英国婴儿死在了这座岛上,一种十分诡秘的疾病把这些小婴儿从他们父母的怀抱里夺走了,而时至今日,仍然没人能完全清楚地解释这一切。

当这只蝴蝶和我分享这些时,我很惊讶。没人会想到军事墓园里还会埋着小婴儿。我很想知道,有多少家庭会重返地中海祭扫这些坟墓。岛民们遇上游客,都以为他们一定是因为阳光和大海而来,却从不会想到有时人们千里迢迢奔赴此地只是为了悼念。

就是在墓园的这里,这只小赤蛱蝶遇到了一群园丁。她小心翼翼地落在一株耐寒的天竺葵上,警惕地盯着他们。他们在坟床上种花,有番红花、水仙花和冠状雏菊,他们又小心翼翼地给每一株花浇上定量的水,尽管水也不多。

过了一会儿,园丁们开始休息。他们十分明智地避开了桉树,在一棵松树下铺了块地毯,盘腿坐在那里,低声细语,这是对死者的尊重。其中一人从包里拿出一个西瓜,用刀把它切成厚片。西瓜诱人的香气蛊惑了这只蝴蝶,于是她飞得更近了,落在不远处的一座坟墓上。她打算伺机去品尝那甜美的果汁,环顾四周时,她注意到了墓碑上的碑文。

我们心爱的宝贝

尤素福·乔尔戈斯·罗宾逊

1975 年 1 月 — 1976 年 7 月　尼科西亚

当小赤蛱蝶讲述这些时,我让她前前后后讲了两遍。有没有一种可能,她因为想着要吃到嘴的西瓜而分了心,记错了事?但我知道他们观察敏锐,不会错过任何一个小的细节的。于是我把我的一颗完全熟透了的无花果送给了她,以此补偿我的无礼。熟透了的无花果软塌塌的,因为蝴蝶只能"吃"液体。

那一天,成千上万的鳞翅目昆虫布满了塞浦路斯的天空,其中一只突然就落在了我的枝头。那一刻,我了解到了这一特殊事实,自此之后它就一直笼罩在我的心头。此刻,当我开始拼凑这个故事里所缺失的各种元素时,我才意识到这个婴儿是谁,为什么会以尤素福和乔尔戈斯的名字来命名。历史书会把整个故事和盘托出,现实生活则不同,我们只能捕捉到故事的一星半点、一鳞半爪,这儿有个完整的句子,那儿又有一个碎片,而线索就隐藏其间。不像历史书讲故事,现实生活里,我们必须用各种线索编织出我们自己的故事,而它们就像遍布蝴蝶双翅的血管一样细密。

猜　谜
塞浦路斯,2000年代初

第二天,当科斯塔斯醒来时,电话铃正好响了。躺在他身边的德夫妮动了动,她的鼻翼微微翕动了一下,像是在睡梦中闻到了什么气味。他小心翼翼地把手越过她熟睡的身体,拿起了话筒。

"喂?"科斯塔斯低声说。

"哦,你好。我是诺曼医生。"

科斯塔斯立刻坐直身子,完全清醒了过来。他下了床,朝阳台走去,把电话线尽可能拉到离墙最远的地方。他在地板上坐下,把听筒夹在脸颊和肩膀之间。

"对不起,我之前错过了您的电话。"诺曼医生说,"我们去乡下了……我今天才收到您的留言。"

"谢谢您,医生。我们在伦敦时聊过,有些事情我当时不是很清楚,问得也不是那么回事。但是现在……"

注意到德夫妮翻了个身,他安静下来,阳光悄悄地透过窗帘照进来,摩挲着她赤裸的后背。他深吸一口气,然后又开口说话:"我们见面的时候,您告诉我您曾试图帮助德夫妮,但您没有具体说帮了什么忙。我猜您说的是做人流手术,我说的对吗?"

沉默了好一会儿后,诺曼医生才开口说话:"我恐怕不能回答您这个问题,我要保守秘密。我不知道德夫妮跟您说了什么,但我无权透露病人的个人信息。不管已经过了多少年。"

"但是,医生——"

"很抱歉,这件事我帮不上您。听听我这个过来人的忠告吧,忘掉它。那都是陈年旧事了。"

科斯塔斯这通电话打了大约一分钟,他的神经一直紧绷着。挂了电话后,他静静地站在那儿,透过阳台的栏杆凝视着远处地平线上的那一缕光芒。

"你刚才在跟谁说话?"

他吓了一跳,转过身来。她已经下了床,光着脚,半个身子裹在床单里。他一看她的脸,就知道她什么都听见了。

"是诺曼医生,"他说,"他不肯告诉我。"

她在阳台上唯一的一把椅子上坐下,一点也不在乎前台的那对夫妇是否会从下面的露台上看到她。"你有烟吗?"

他摇了摇头。

"我知道你不抽烟,"德夫妮神色茫然地说,"但我还是心存侥幸,觉得没准你会在行李箱底藏一包。有时候人们也会做一些违背本性的事情。"

"求你了,德夫妮……"他握着她的手,用拇指抚摸着她掌心上的线条,仿佛在寻找前一天晚上他从那里获得的温存,"别再让我猜谜了。我需要知道我离开塞浦路斯后发生了什么,我们的孩子怎么了?"

他从她的眼睛里看出了一言难尽。

"他死了。"德夫妮声音里没有一丝涟漪地说道,"我很抱歉。我以为他和那家人在一起会很安全。"

"什么人?"

"一对英国夫妇,可靠、正派的人。他们非常想要一个孩子。那么做想来也没什么不妥,他们答应会好好照顾他的,我知道他们也做到了。他曾经那么快乐。他们让我去看他,并告诉旁人我是保姆。我不介意的,只要能去见他就行。"

泪水顺着她的脸颊流下来,即便如此,她的脸仍一动不动,似乎她并没有觉察到自己在哭泣。

科斯塔斯把头放在她的腿上,把脸埋进她的气味里。德夫妮用手指梳理着他的头发。随着他们愈加亲密无间,曾经的伤痛被一种温柔轻轻地包裹了起来。

"把一切都告诉我——好吗?"他问。

这一次,她遂了他的愿。

1974年的夏天。路上尘土飞扬,到处都坑坑洼洼的,车辆寸步难行，太阳炙烤着大地，这种热会钻进你的毛孔里，永远不会离开。

她什么都试过了。她把屋子里能找到的沉重家具搬了个遍，从高墙上往下跳，不断地泡滚烫的热水澡，一杯接一杯地喝红榆酒，那苦涩的酒快把她的喉咙都烧穿了。一种方法不见效，她就再试别的。那一周快要结束的时候，气急败坏的她想到了织针，她将锋利的针尖戳进了自己的身体里，剧痛让她猝不及防，她双腿一软，再也撑不住自己的身子，全身几乎要断成两截了。后来，她躺在浴室的地板上，颤抖着，抽泣着，声音如锯条般像是要把她自己生生锯开。她知道社区里有可以做引产手术的助产士，但她怎么做才能既得到他们的帮助又不被父母发现呢？如果他们给她做了引产手术，接下去又会怎样？未婚先孕已经够丢人了，怀的还是一个希族人的孩子，更是不敢想象。

从浴室里摇摇晃晃走出来时，她发现姐姐正全神贯注地听着晶体管收音机。梅耶姆偏头看了她一眼。

"你没事吧？怎么跟霜打了的茄子似的。"

"我坏肚子了。"德夫妮说着，脸涨得通红，"一定是吃了不干净的东西。"

但梅耶姆并没上心。"你听说了吗？土耳其军队来了！他们在凯里尼亚登陆，已经兵临城下了。"

"什么？"

"希腊人派了两艘海军鱼雷艇拦截，却被土耳其空军击中了。这一仗是躲不开了！"

德夫妮没法立即消化这个消息，她满脑子都是怀疑的声音。但她明白，很快街上就会挤满士兵、民兵组织和装甲车。她知道，如果要堕胎，现在是唯一的机会了。几天后，道路将被封锁，也许还会有漫长的宵禁。既没有时间思考，也没有时间怀疑。她把从父亲外套里找到的所有钱都装进口袋里，又把厨房硬币罐里的钱都倒空了，漫无目的地离开了家。当地有土族医生，但她担心有人会通知她的家人。社区之间全都设了新的关卡，几乎没有可能找到一名希族医生。她唯一的机会是找一位英国医生，但所有的外国医务人员都正在离岛。

"我不能给你做手术。"诺曼医生说。

他给她做了检查，尽量少问问题。他慈祥和蔼，似乎很理解她所处的困境，但却不肯帮忙。

"我有钱，"德夫妮打开她的手提包说，"求求您了，这是我所有的钱。如果还不够，我保证我会去挣并付钱给您的。"

他疲惫地深吸了一口气。"把它们装回去吧。这不是钱的问题，我们的诊所已经关门了，我们无权再行医。我的两个护士都已经回英国了，我明天早上就要走了。"

"求求您。"她的眼里蓄满了泪水，"我已经走投无路了，我的家人永远都不会原谅我的。"

"对不起，我不能给你做。"他又说了一遍，声音更加粗哑。

"医生——"她还欲解释，却又停了下来，似有什么无形之物紧紧地压迫着她的胸口。她草草点了下头，抓起手提包，转身向门口走去，这个房间突然小到要把她挤出去似的。

他盯着她看了几秒钟，眼中紧张的神色在膨胀、悸动。

"等等。"诺曼医生暗自叹了口气，"两天后还有一架飞机，我想我可以坐那一趟。"

她停了下来,脸上露出如释重负的表情,尽管并不尽然。她抓起他的手,大哭了起来,积蓄在心里的所有焦虑终于找到了一个宣泄口。

"我的孩子,冷静点。"

他让她坐下,给了她一杯水。大厅那头的时钟有节奏地嘀嗒作响,每一次嘀嗒都似一次心跳。

"我有个妹妹在你这么大的时候有过类似的遭遇。"他额头泛起皱纹,陷入了回忆之中,"她疯狂地爱上了对方,本打算跟他结婚的。结果那个男人早有家室——他有妻子,还有五个孩子,你能相信吗?一听说她怀孕了,他就断绝了与她的一切联系。那是1950年大选的前一周,当时是冬天。我妹妹什么都没告诉我,事后我才知道。她自己去了某个黑诊所,他们给她草草做了手术。后来她患上了并发症,毁了她一生。她再也不能生育了。我想帮你是因为我害怕如果我不帮你,你会被小巷子里的庸医给害了。"

听着他的话,德夫妮一阵眩晕。

"不过,还有个问题。"诺曼医生说着,他的声音依旧温和,但又夹杂了一丝新的紧张,"我们已接到关闭所有办公室的命令,今晚我就得交出钥匙。我不能在这里做手术。"

她缓缓地点了点头:"我想我知道一个地方能行。"

第二天傍晚时分,"幸福无花果"酒馆的后屋被改成了临时诊所。乔尔戈斯和尤素福把椅子清走了,并排摆放了三张桌子,又在上面铺了新洗过的桌布,努力使一切都尽可能地干净舒适。这家酒馆已经整整一周没有开门营业了。不断有军事冲突和平民伤亡的报道传来,大批大批的人从岛的四面八方纷纷逃离,还有流言称这座岛将要长久分治,即便如此,这两个多年的老搭档,还是待在原地,无法离开尼科西亚。既然不愿分开,他们又能去哪儿呢?是往北走还是往南走?周遭的局势愈加混乱,他们反而愈加麻木了。当德夫妮把自己的困境告诉他们时,他们二话不说就伸出了援手。

诺曼医生站在房间中央,他准备了氯仿,准备用作麻醉剂。他不打算给德夫妮通常的剂量,因为她的脸色太苍白了,浑身发抖,他担心她虚弱而紧张的身体可能承受不了。当他给器械消毒时,她哭了起来。

"我的孩子,勇敢点。"诺曼医生说,"一切都会没事的。我要给你打镇静剂了,你不会有任何感觉。但请你再考虑一下,这真的是你想要的吗?你就不能和你家人谈谈吗?也许他们会理解的。"

她摇了摇头,泪水从脸颊上滚落下来。

"哦,亲爱的德夫妮,别、别哭了。"尤素福在她身边抚摸着她的头发,"你不、不必这么做。听着,我们可以抚、抚养孩子。你永远都是母亲,别人不需要知道。我们会守住这个秘、秘密。我和乔尔戈斯会帮你搞定的,我们会有、有办法的。会没事的,你说呢?"

他的这番话让她哭得更厉害了。

乔尔戈斯快步走进厨房,端着一杯角豆汁回来了。德夫妮拒绝了,一看到它,她就想起了科斯塔斯。

他们关上窗户,然后又打开,因为虽然有吊扇,但屋里仍热得令人窒息。外面的空气里弥漫着香茅草的气味,这是为了驱除蚊子而种的。与此同时,奇科被锁在了笼子里,这样它就不会打扰到任何人了,不然它一定会把从那些快活的日子里学会的话说个没完没了。

"你好!亲、亲!哦啦啦!"

就在这时,他们听到了发动机的声音。一辆汽车驶来,轮胎在砾石上发出嘎吱嘎吱的声音。然后,又是一辆。顾客们从来不会把车开到这么近的地方,因为酒馆坐落在橄榄林里,他们更喜欢把车停在100英尺外的空地上,然后步行上山。

"我去看看。"乔尔戈斯说,"可能是我们的常客,想偷偷溜进来喝一杯。我会告诉他们下次再来。"

"等等我。"尤素福说着,走到他的身旁。

然而,来者并不是想在自己最爱的酒馆喝一杯的老主顾。那是一群陌生人,年纪不大,浑身脏兮兮的,一副闷闷不乐的样子。这群男人开着车四处转悠,到处乱发脾气,寻衅闹事,还满嘴酒气。他们全都下了车——仅留下一人。他们手里拿着棍棒,笨手笨脚的,好像自己根本不知道为什么拿着这些家伙什儿。

"我们打烊了。"乔尔戈斯边说边揣测着对方的来意,声音里带着一丝谨慎,"你们在找什么东西吗?"

对方无人回应。他们个个都板着脸,眼睛把整个酒馆扫了个遍,目光中不只是轻浮,更是愤怒。就在这时,尤素福注意到了他最初没有留意的东西。其中一名男子还拿着一罐油漆,一支刷子从油漆罐里伸了出来。

尤素福无法把目光从那罐油漆上挪开。它是亮粉色的,和他曾经在门上发现的粘着恐吓信的口香糖的颜色一样。长在常绿灌木上的浆果也是这个颜色,那些灌木紧贴着悬崖边,摇摇欲坠,无比惊险地附于空隙之间。

无花果树

我生态系统中的所有动物里,有一些让我心生敬佩,也有一些让我暗自生厌,不过当我设法理解和尊重每一种生命形式时,我从来没有后悔遇到过他们。除了那一次。除了她。我真希望自己从来就不曾认识过她,或者至少能找到一种方法把她从我的记忆中抹去。虽然她早已死去,但有时我仍能听到那种尖锐的声响,它振动着空气,听起来毛骨悚然,仿佛她正在快速靠近,在黑暗中嗡嗡作响。

蚊子是人类的克星。他们杀死了地球上存在过的一半的人类。说来也怪,人们害怕老虎、鳄鱼和鲨鱼,更不用说想象中的吸血鬼和僵尸,却忘记了自己最致命的敌人其实不过是小小的蚊子。

拥有湿地、沼泽、泥炭地和溪流的塞浦路斯,曾是他们的天堂。法马古斯塔、拉纳卡、利马索尔……他们曾经无处不在。人们在这里发现了一块古老的泥板,上面写着:"巴比伦的蚊子魔鬼现在出现在了我的土地上,他杀尽了我国的男丁。"对了,如果写"她杀尽了……"会更准确,因为是这物种里的雌性造成了这场大屠杀,但我想这也不是第一次把女性从历史中抹除了。

他们已经存在很久了,虽然历史并不如我们树悠久。但在世界各地,你都能找到史前时代的蚊子,他们被困在我们的树脂或石化的汁液里,在他们琥珀色的子宫里安然沉睡。值得注意的是,他们仍然携带着史前爬行动物诸如猛犸象、剑齿虎、长毛犀牛的血液……

疟疾，这种疾病夺走了大量士兵和平民的生命。直到一位下巴尖瘦、蓄着小短胡子的苏格兰医生罗纳德·罗斯发现了自希波克拉底时代以来医生们一直忽视的问题。在印度的一个简陋实验室里，罗斯切开了一只按蚊[①]的胃，找到了他一直以来苦心寻找的证据。携带疟疾的不是沼气，而是一种寄生虫。有了这些知识，他开始在整个大英帝国范围内根除这种疾病。1913年，罗斯访问塞浦路斯，这是一个决定性的日子。

然而，直到第二次世界大战结束以后，土耳其医生穆罕默德·阿齐兹才正儿八经地发起了人蚊大战运动。他小时候患过黑尿热[②]，亲身体验过它的危害。在殖民地发展基金的支持下，他投身于这项事业中。我觉得他的非凡之处在于，他毫不关注正在导致这座岛分裂的种族或宗教分歧，而是专注于救人性命。从卡尔帕斯半岛开始，阿齐兹让人在每处蚊子繁殖地喷洒杀虫剂，然后重复操作，以消灭可能出现的幼虫。经过四年的艰苦努力，才终于取得了胜利。

从那时起，塞浦路斯就告别了疟疾。然而，这并不意味着蚊子就被完全消灭了。他们继续在阴沟和污水池里繁殖。因为他们爱在无花果树周围晃悠，喜欢成熟了的甚至腐烂了的果实，所以这些年来我对他们的了解还真不少。

他们每天晚上都盘旋在酒馆里，骚扰顾客。眨眼间，他们会以极快的速度嗡地一声朝着猎物俯冲下去，又快速飞回空中。为了阻止他们，尤素福和乔尔戈斯在每张桌子上都放了几盆罗勒、迷迭香或柠檬草。如果还不行，他们就焚烧咖啡渣。但随着夜幕

---

① 按蚊：蚊子的一种，是许多疟疾病原体（寄生虫疟原虫）的主要传播媒介。
② 黑尿热：一种与疟疾有关的严重并发症，它的症状包括高热、寒战、头痛、背痛、恶心、呕吐和腹泻。

的降临，顾客们因为喝了酒体温升高而汗流浃背，进而释放出乳酸，那些致命的臭虫就会再次突袭。驱打他们也不是好办法。人类笨拙的双手根本快不过他们翅膀扇动的速度。即便快得过，他们也不会轻易冒险。他们会记住试图杀死他们的人的气味，有意躲着他，这让人们有足够的时间忘记他们的存在。他们就是那样有耐心，等待着嗜血的最佳时机。

他们也攻击动物，牛、绵羊、山羊、马……和鹦鹉。可怜的奇科从头到脚都被咬了，他一直在抱怨。坦白地说，这些都没有困扰到我。我已经接受了蚊子本来的样子，不去再想他们，直到1976年8月我遇上她。那时，"幸福无花果"酒馆已经关门快两年了，奇科也早就飞走了。酒馆里只剩下我自己，我还在等着乔尔戈斯和尤素福回来。我一门心思地等待着。那年夏天，我结的果反而是历年来最好的。这就是树的特点，我们可以在废墟中生长，在昨天的碎石下生根。我的无花果香气四溢，却没人把它们从树上摘下来，也没人把落在地上的收集起来，因此引来了各种各样的动物和昆虫。

有一天半夜，那只蚊子不知从哪里冒了出来，发现了我，当时的我孤独而痛苦，正思念着过去。她停在我的一根树枝上，紧张地环顾四周，发现空气中弥漫着香茅的气味。她立刻起飞避开气味，落在了对面的另一根树枝上。

她给我讲了她的孩子们。不管人们怎么看待母蚊子，不可否认的是，她们是好妈妈。她们会饮下比自己身体重三倍的血液，并将其用作产前补充。但这只蚊子说，最近她无法正常产卵，因为她感染了这种臭名昭著的寄生虫。她拼命想要哺育自己的后代，结果却喂养了自己体内的敌人。

于是我了解到,最近地中海地区的疟疾报告数正在激增,病例数量有所上升的原因是气候变化和国际旅行。蚊子对DDT[①]产生了抗药性,而寄生虫又对氯喹[②]产生了抗药性。不过,听到这个消息我并不太惊讶。人类很容易抓不住重点。一旦他们忙于政治冲突,偏离了方向,疾病和大流行病就会肆虐横行。但这只蚊子接下来和我分享的东西却把我吓了一跳。她谈到了一个被她叮过好几次的婴儿——尤素福·乔尔戈斯·罗宾逊。我感到一阵寒意从我的枝头一直蔓延到我的侧根。

20世纪60年代,数百名英国婴儿在塞浦路斯夭折,死因尚不清楚。德夫妮的儿子被一对英国夫妇收养后,死于由虫媒寄生虫引起的急性呼吸窘迫,他被埋在了同一个地方,与10年前死在这座岛上的其他婴儿毗邻而眠。

听到这个事实,我不禁悲从中来。我试着不去记恨这只蚊子。我提醒自己,她也是寄生虫的受害者,有时你所谓的肇事者只是一个未被认可的受害者的别称。但我却又没法这么想,我克服不了心中涌起的痛苦和愤怒。直到今天,每当我听到空气中嗡嗡作响的声音,我的躯干就会僵硬,四肢就会绷紧,树叶也会颤抖。

[①] DDT:又叫滴滴涕,白色晶体,不溶于水,溶于煤油,可制成乳剂,是有效的杀虫剂,为20世纪上半叶防止农业病虫害、减轻疟疾伤寒等蚊蝇传播的疾病危害起到了不小的作用。

[②] 氯喹:一种有机化合物,广泛用于治疗疟疾和类风湿性关节炎的抗疟疾和抗炎剂中。

士兵与婴儿
塞浦路斯，2000年代初

酒店的阳台上，德夫妮讲不下去了，科斯塔斯起身用双臂环抱住她，感受着她的痛苦一浪一浪涌向自己。有那么一小会儿，两人默默地凝视着眼前绵延的小岛。在离地面数英里的高空，一只鹰在头顶尖啸着乘风而上。

"我到楼下给你找几支烟好吗？"

"不，亲爱的，我想讲完。我想告诉你这一切，就这一次，然后就再也不提那天的事了。"

他坐回到地板上，又把头放在她的腿上。她继续抚摸着他的头发，手指在他的脖子上画着圆圈。

"我和诺曼医生待在酒馆里。起初，我们没有注意到外面发生了什么。我们以为无论如何，都会很快结束的。可我们听到了一片混战声，愤怒、大吼大叫、咒骂。事情变得异常可怕。医生让我躲到桌子底下，他也照做了。我们等着，尽量不发出任何声音。别以为我这些年没有为自己当时的懦弱自责过。我应该出去的，帮帮乔尔戈斯和尤素福。"

科斯塔斯刚想说点什么，但她用明确的手势打断了他。她急切地摇了摇头，继续说了下去，这次说得更快了。

"随着声音越来越大，奇科开始惊慌失措。那只可怜的鸟变得焦躁不安，发了疯似的尖叫，砰砰砰地撞击笼子。太可怕了。我不得不离开我的藏身之处，把它弄出来。奇科发出那么大的声音，外面的人一定听到了。他们试图进来检查，但是乔尔戈斯和尤素福挡着不让他们进来，于是他们打了起来。我们听到一声枪响。我和医生仍不敢出来，不知道等了多久，我的腿都麻了。等我们走出去的时候，天已经黑漆漆的了，周围静得瘆人。我内心深处知道可怕的事情发生了，而我却没有采取任何措施去阻止它。"

"你觉得是什么事？"

"我相信那些暴徒监视酒馆已经有段时间了。他们知道尤素福和乔尔戈斯是一对同性恋，想给他们一个教训。他们可能以为酒馆已经关门了，于是打算搞破坏，砸烂窗户，打碎东西，在墙上写一些污言秽语，然后离开。岛上乱成一片，他们觉得没人会费心调查这样一桩小事，他们会逍遥法外。但事情并没有按计划进行。他们没想到老板会在，更没有料到他们会奋力抵抗。"

她摩挲着他脖子的手停了下来。

"尤素福和乔尔戈斯都不会这样反抗的，他们最温柔不过了。我认为他们是为了我才出手的，他们一定是担心那些人闯进来会发现我和医生在一起。我们该如何解释我们要做的事？他们又会对我们做什么？这就是为什么尤素福试图堵住入口，而乔尔戈斯跑进去拿了他的手枪——事情失控了。"

"你出去的时候，他们不在了吗？"

"不在了，一个人都没有。我们到处都找遍了。医生一直说我们得走了，这么晚还在外面很危险。但我不在乎，我只是坐在那里，感到很茫然。我记得我的牙齿直打战，尽管一点也不觉得冷。我有一个疯狂的想法，那棵无花果树一定看见了一切。我希望我能找到一种方法让那棵树和我说话，这是我唯一的想法。我以为我要疯了。第二天我又去了酒馆，第三天……那个月余下的每一天，我都去酒馆，等着乔尔戈斯和尤素福回来。

"我总是给奇科带些吃的，它特别喜欢的饼干，还记得吗？那只鸟的情况不太好，我打算把它带回家，但我还没能和家人坦白我自己的事儿，也不知道他们会作何反应。一天早上，我来到酒馆时，奇科不在了。我们从没有考虑过战争和打斗会给动物带来什么影响，但它们和我们一样都是受害者。"

他注视着她的眼睛一点点警觉起来，她的下巴变得僵硬，脸颊也慢慢凹陷下去。他从她紧抿的嘴部线条可以看出，她的心此刻已经去了别处，那是一个幽暗、狭仄的洞穴，她被困在了里头，而他却被拒之门外。

他喉咙发紧，问道："那些人……他们是希族人还是土族人？"

作为回答，她重复了几天前他们多年后首次见面时她对他说过的那句话："他们是岛民，科斯塔斯，和我们一样。"

"你再没见过尤素福和乔尔戈斯吗？"

"我再也没见过他们。我决定无论如何都要生下这个孩子。我姐姐已经知道我们的事了，我告诉她我怀孕了。梅耶姆说我们不能把全部真相告诉父母，我们不能把你牵扯进来。于是我们想出了一个法子，梅耶姆尽可能委婉地把这个消息告诉我们的家人。我父亲羞愧难当，在他眼里，我玷污了我们家的名声。我从没见过谁像他那样背负着耻辱，仿佛那耻辱成了他的皮肤，长在了他身上。他腰部以下瘫痪了……原本就已经丢了工作，没了朋友，身体上、精神上和经济上都很困顿，但对他来说，名声就是一切，当他发现我不是那个他想象中的乖女儿时，他彻底崩溃了。他不再正眼看我，不再和我讲话，而我母亲……我不知道她的反应是好一点还是更糟。她气得发狂，一直大喊大叫。但我觉得最终父亲的沉默对我的打击更大。

"还有一件事你可以恨我,我和梅耶姆决定后告诉他们孩子是尤素福的,我们本来打算结婚,但他神秘地消失了。我的母亲去酒馆找过他,当然那里一个人也没有。她甚至还给尤素福的家人打过电话,询问他在哪里,并对他们发难,而他们对这件事一无所知。那段时间里,我一直沉默不语,我鄙视自己玷污了一个好人的名声——当时我甚至都不知道他是死是活。"

"哦,德夫妮……"

她做了个含糊的手势,让他不要再说什么。她静静地站了起来,走进屋里,开始穿衣服。

"你要走了吗?"科斯塔斯问道。

"我要出去走走,"她看也不看他一眼地说着,"和我一起去吧。我想带你去看一个军事墓园。"

"为什么?那里有什么?"

"士兵,"她轻声说,"还有婴儿。"

无花果树

尤素福和乔尔戈斯失踪后,"幸福无花果"酒馆就关了门,奇科患上了重度抑郁症。他开始拔自己的毛,啃自己的皮肤,把自己啃得一块一块的,像地图一般露出红肉,看着都疼。同人类一样,鹦鹉也会罹患忧郁症,不再向往快乐,不再抱有希望,觉得每一天都更加痛苦。

这只鸟不再好好进食,尽管他有很多食物。他本可以轻松活下去的，只要撕开储藏室里的麻袋，他就可以吃到储存的水果和坚果，还有昆虫和蜗牛，更不用说德夫妮还给他带来了饼干。但他根本就没什么胃口。我试图帮他，可直到那时我才意识到自己对他了解甚少。这些年里，我们虽然一直住在同一家酒馆里，一只外来鹦鹉和一棵无花果树享用着同一个空间，但我们从来没有亲近过彼此。我们的性格并不完全搭调。但在充满危机和绝望的时刻，最不可能的人是可以成为朋友的，这一点，我也明白。

黄头亚马逊鹦鹉，是一种原产于墨西哥的濒危物种，这在塞浦路斯并不常见。你在当地是找不到奇科这种鹦鹉的，他也不是每年成千上万只匆匆掠过我们天空的雀鸟中的一只。奇科出现在这里的确反常，不过我已经接受了这种反常，也就从来没有真正想过尤素福是从哪里找到他的。

当我问起他的过往时，奇科告诉我他以前住在好莱坞的一座豪宅里。当然，我根本不信。这在我听来就是一派胡言，他一定是注意到了我的怀疑，因为他变得不安起来。他提到了一位美国女演员的名字，她以性感的身材和在经典电影中扮演的各种角色而闻名。他说她喜欢奇鸟，在自己的花园里养了很多。他说，每次他学会说一个新词，那个女演员就会奖励他。她会拍着手说："亲爱的，你太聪明了！"

奇科说，这位女演员曾和一名黑帮老大热恋过，当时她乘着私人游艇游弋地中海，喜欢上了塞浦路斯。她特别喜欢有着"东地中海的法国里维埃拉"美称的瓦罗沙，于是便在那里买了一栋豪华大别墅。她并不是唯一一个发现这处天堂美景的名流。即便在寻常的日子里，你都可以看到伊丽莎白·泰勒从奢华酒店里款款走出，索菲亚·罗兰穿着超短裙从车上探出脚来，又或者碧姬·芭铎在海滩上漫步,凝视着海水深处,仿佛在等待某个人的出现。

女演员决定在这里多待些时日,这儿很适合她,这里的天气很让她着迷。但有一个问题,她想念她的鹦鹉!于是,她派人把他们送了过来。总共有十只。他们被装在又臭又闷的集装箱里,转机数次,才从洛杉矶辗转来到了塞浦路斯。这就是奇科和他的家族来到我们这座岛的经历。

这次旅行对这些鸟来说并非易事。由于对光很敏感,他们发现这趟穿越海陆的旅行非常辛苦。他们既不喝水,也不好好吃东西,在关着他们的精美黄铜笼里患上了思乡病,有一只死掉了。最终抵达目的地时,余下的鸟很快就适应了位于法马古斯塔南部的瓦罗沙的新家。琳琅满目的商店、靡腐奢华的赌场、高档的专卖店,新潮的物品应有尽有……炫彩敞篷跑车沿着大街飞驰,一路上音乐响个不停。豪华游艇和观光船在港口处驶来驶去。月光下,海水在迪斯科舞厅炫目灯光的照射下闪闪发亮,黑暗的海面就像狂欢节的花车一样华丽。

游客们从世界各地来到瓦罗沙,庆祝他们的蜜月、毕业典礼、结婚纪念日……他们攒了些钱,以便能在这个著名的旅游胜地待上几天。他们啜饮着朗姆酒味的鸡尾酒,吃着精致的自助餐;他们冲浪、游泳,在沙滩上晒太阳,一心要把皮肤晒成完美的古铜色,蔚蓝澄澈的地平线仿佛就在他们眼前。置身于"天堂"的他们从新闻报道中得知,战乱的阴云正在边界处集聚,土族和希族的关系日益紧张。但在度假胜地之内,内战的幽灵是看不见的,生命依旧鲜活,永远洋溢着青春的活力。

奇科说他们九只鸟,四对夫妇加上他,住在一个地方。他是唯一一只没有伴侣的鸟。他觉得自己受到了伤害,遭到了排挤。鹦鹉实行严格的一夫一妻制，他们忠诚相爱，一生相守。有了孩子后，他们便一起抚养，雄鸟和雌鸟共同分担。他们整日忙着操持家务。这些都对奇科没什么好处，当其他鹦鹉成双成对时，只剩下他一个。他没有人可以去爱，也没有人爱他。更糟糕的是，女演员如今有了新男友，而且正在筹拍一部令人兴奋的新电影，因此比以往任何时候都要忙。她一连几天甚至几周都不在家，便把鹦鹉托付给了管家，并在冰箱上贴了一张又一张的任务清单，告诉她怎么养这些鸟，什么时候给他们喂食，如何检查他们的羽毛是否有体外寄生虫。可惜这些清单都白写了。

管家不喜欢鹦鹉，嫌他们吵得慌，聒噪得很，还娇生惯养。她视他们为负担，这一点她毫不掩饰。其他鸟都忙于照顾自己的家人，并不放在心上。但奇科会介意，因为他既孤独又脆弱。一天早上，他从敞开着的窗户飞了出去，亲戚、女演员和所有的美食，这些他都不管不顾了。他不知道要飞去哪里，就不停地飞啊飞，一直飞到了尼科西亚。在这里，尤素福机缘巧合地发现他正停在一堵墙上，痛苦地尖叫着，于是便收留了他。

奇科担心现在连尤素福也走了。他说，人类都一样，不值得信任，自私透顶。

我用尽全力抗议，试图向他解释尤素福和乔尔戈斯都不会就这样消失的，一定是有什么事把他们绊住了，但我自己的内心也越来越痛苦。

当时我们谁也不知道，再过几个星期，瓦罗沙的命运就注定了。1974年的夏天，土耳其军队入驻后，小镇上的所有人，一共39000多人，不得不抛下他们所有的财产，逃离家园。其中一定有那位管家。我想象着她收拾好行李，冲出门，和其他人一起撤离。

她会记得把鹦鹉也带走吗?或者至少给他们自由?不过说句公道话,她可能想着过几天就又回来了。大家都是这么想的。

可他们谁也回不来了。之前,渔民们会把捕获的海鲜拿到高档餐厅,以十倍的价格出售;面包师们会加夜班,赶做奶酪馅面包;街头小贩们会在人行道上向孩子们和游客兜售气球、棉花糖和冰淇淋。但现在,那些穿着长筒靴、迷你裙、娃娃裙、喇叭牛仔裤的女士们;那些穿着扎染衬衫、地球鞋、喇叭裤、花呢夹克的男士们;那些电影明星、制片人、歌手、足球运动员或尾随其后的狗仔队;那些舞厅DJ、调酒师、赌场管理员、聚光灯舞者;还有很多很多在这里生活了好几代却一夜间变得无家可归的当地人。他们全都走了。

铁丝网、水泥栅栏和要求游客远离的标示牌封锁了瓦罗沙的海滩。慢慢地,酒店崩解成了钢缆网和混凝土塔,酒吧变得阴冷、空无一人,迪斯科舞厅也破败不堪,窗台上放着花盆的房子更是慢慢没人再惦记了。这个曾经奢华、时尚、世界闻名的度假胜地,变成了一座鬼城。

我一直想知道,那位好莱坞女演员带到塞浦路斯的亚马逊鹦鹉们后来怎么样了。我希望他们从开着的窗户里逃了出去。鹦鹉的寿命很长,他们很可能靠着水果和昆虫活了下来。如果你今天路过瓦罗沙的街垒,或许你会在废弃的建筑和无尽的衰败中看到一抹鲜绿,又或许你会听到一对翅膀在扑扇,那声音就像风暴中被撕裂的帆一般。

奇科有很多话要说。他天赋过人,能模仿电子声音、机械声音、动物的声音、人的声音……他能认出几十种物体,能打碎贝壳,甚至还能解谜,如果你给他一块鹅卵石,他还会用它来砸坚果。

酒馆空荡荡的,我们俩在等尤素福和乔尔戈斯回来的时候,奇科会向我展示他的才能。

"过来,鸟仔,鸟仔!"他会坐在钱柜后面的椅子上大喊。从前,尤素福每晚都坐在那里招呼顾客。现在,那里已经被一英寸厚的灰尘覆盖着。

"萨嘎波[①]。"奇科会用希腊语满含柔情地低吟,他曾经听见乔尔戈斯对尤素福这么说。后来他慢慢明白了真相,意识到再没有人会来了,他就从自己瘀紫的身体上再拔下一根羽毛,对自己重复着那句他学过的土耳其语:"阿加拉玛[②]。"

菊 石
塞浦路斯,2000年代初

参观军事墓园那次是科斯塔斯第一次见到儿子的坟墓,他们手牵着手默默地走着,艰难地穿过长满雏菊的田野,风抚摸着雏菊淡橙色的花朵,蓟和荆棘划过他们赤裸的脚踝。

下午时分,他们租了一辆车,去往圣·伊拉里翁城堡。山坡崎岖陡峭,他们花了好久,费了好大气力才爬上去,这纯粹是个体力活儿,不过对他们倒很有益处。等到了山顶,他们透过雕刻在这幢古老建筑上的哥特式窗户向外俯瞰周围的景色。二人都上气不接下气,脉搏突突直跳。

---

① 萨嘎波:希腊语 "S'agapo" 的音译,意为 "我爱你"。
② 阿加拉玛:土耳其语 "Aglama" 的音译,意为 "别哭"。

那天晚上，等城堡关了，游客和当地人都走了，他们还在四处闲逛，不想立马回去融入日常的生活。他们在一块岩石上坐下，有一位圣徒曾在这里休憩，岁月流逝，岩石已经被磨得十分光滑。

黄昏渐渐地变成了黑夜。夜色越来越深，他们已经不可能再沿着来时的路走回去了，所以他们决定留下来过夜。这里是军事区，开放时间过了还逗留不走，的确很是冒险。他们在一片秋水仙旁交欢，映着皎洁的月光，这些秋水仙散发出粉白色的光。赤身裸体，唯有广袤的苍穹加覆其身，如此这般地置身于户外，着实可怕，但这却是很长时间以来他们最接近自由的一次。

他们啃了一袋榛子和干桑葚，这是他们随身携带的唯一食物。喝了背包里的瓶装水后，他们又开始喝威士忌。科斯塔斯喝了几小口后就慢了下来，但德夫妮并没有。他又一次注意到她喝得太快、太多了。

"我要你跟我走。"科斯塔斯说着，眼睛一直盯着她，仿佛担心她眨眼之间就会消失似的。

她摇了摇头，望着他们之间的空隙："去哪里？"

"去英国。"

就在这时，月亮闪到了云后，他几乎快来不及察觉她表情的变化。有那么片刻的惊喜，但立刻就消退了。他猜到，出于自我保护，她又把自己包裹了起来。

"我们可以从头再来，我保证。"科斯塔斯说。

当乌云渐渐散去时，他发现她在沉思。她这会儿正认真地看着他，打量着他的嘴唇，他嘴上的裂口还在愈合，眼睛周围的瘀伤正在慢慢变色。

"这是……等等，你在求婚吗？"

科斯塔斯咽了一口唾沫,他为自己没有做好充分的准备而懊恼。他本可以带枚戒指来的。他想起了他们拜访完通灵大师后路过的那家珠宝店,他本该第二天再去一趟的,但因为忙着追查鸣禽的事而耽搁了。

"我不太会说话。"科斯塔斯说。

"我知道。"

"我爱你,德夫妮。我一直爱着你。我知道我们无法让时光倒流——我不是想掩饰过去发生的事情,你的痛苦,我们失去的——但我希望我们再给彼此一次机会。"

他想起了那块还在夹克口袋里的化石,把它拿了出来。"如果我用一块菊石来代替戒指,会不会太蠢了?"

她笑了。

"你想想,这种海洋生物生活在数百万年前。随着年龄的增长,它的外壳上增加了新的腔室。菊石在三次大灭绝中都幸存了下来,它们甚至都不擅长游泳。但它们有一种令人称奇的适应能力,它们最大的特点就是坚韧。"

他把化石递给她。"我想让你和我一起去英国——你愿意嫁给我吗?"

她把光滑的石头紧紧攥在手指间,感受着它的精美花纹。"听说你回来了,可怜的梅耶姆又开始提心吊胆,看来她的担心不是多余的。如果我们这么做了,我的家人可能永远都不会原谅我。我父亲,我母亲,我那些表亲堂亲们……"

"让我跟他们谈谈。"

"这主意不好。梅耶姆已经知道我们的事了,但我父母还蒙在鼓里。我会把这一切都告诉他们的,我不想再隐瞒了。这样他们就会知道这些年以来我一直在骗他们我孩子的父亲是尤素福，他们就更有理由和我断绝关系了……我不确定他们是否会原谅我，因为我为了保护自己的希族恋人而毁了一个土族男人的名声，我都干了些什么啊。"她用手捋了捋头发，紧绷着下巴说道，"但你的家人也不会高兴到哪儿去。你弟弟，你叔叔，你的堂亲表亲们……"

他皱起眉头。"他们会理解的。"

"不，他们不会。经历了这么多，我们的家人只会认为我们背叛了他们。"

"现在时代不同了。"

"可部族间的仇恨不会消失，"她说着举起那块菊石，"它们只是在坚硬的外壳上又增添了新的一层。"

寂静渐渐消失了。一阵微风吹过树林，引得前面的灌木丛沙沙作响，她不禁打了个寒战。

"没有家人的支持，离开了祖国，我们会非常孤独的。"她说道。

"每个人都很孤独。我们只是会比别人更敏感些罢了。"

"你忘了你最爱的诗人吗？是你让我读卡瓦菲的。你以为你可以背井离乡，离开故土，因为很多人都做到了，你又为什么做不到呢？毕竟，这个世上到处都是移民、逃亡者、被流放的人……你深受鼓舞，挣脱束缚，走得远远的，可有一天你回首往事，却发现它如影随形，一直跟着你。无论我们走到哪里，它都会跟着我们，这座城市，这个岛。"

他握着她的手，亲吻着她的指尖。她如此云淡风轻地提及了过去的一切，痛苦仿佛血液一般在她皮肤之下奔涌。"如果我们都相信，我们就能做到。"

"我不太擅长相信。"她说。

"我知道的。"他接过她的话。

他知道，即便是在过去，她也很容易忧郁。它就如潮水般一浪一浪地朝她袭来，时起时落。第一波来了，几乎未碰到她的脚趾，就像一个涟漪，那么轻盈，那么透明，也难怪她会认为它无足轻重，转瞬即逝，不着痕迹。但接着又是一波，这次涨到了她的脚踝，随后的一波便淹没了她的膝盖，还不等察觉到这些，她就被浸没了，痛苦涨至她的脖子，她就要溺死其中。抑郁症就是这样将她俘获的。

"你真的想娶我吗？"德夫妮说，"你知道的，我不是个好相处的人，而且我——"

他用手指堵住了她的嘴，第一次打断了她的话。"我这辈子从没有像现在这样确信过一件事情。但如果你需要再想想，或者拒绝我，我也完全理解。"

她笑了，声音里透着一丝羞涩。她俯下身子，呼吸拂过他的皮肤。"我不用想，亲爱的。我一直梦想着和你结婚。"

或许是因为该说的都已经说完，又或者此时就想安安静静地待着，他们沉默了一会儿，倾听着黑夜的声音，警惕着每一声嘎吱和沙沙响。

"在我们离开这座岛之前，我还有一件事要做。"科斯塔斯最后说道，"我想去酒馆看看那棵老无花果树怎么样了。"

无花果树

在所有的昆虫中，如果说有一种昆虫是你讲述岛屿故事时不能忽视的，那一定是蚂蚁。我们树木应该感谢蚂蚁，人类也应该感谢蚂蚁。然而，他们却认为蚂蚁微不足道，无足轻重，他们也常常这般对待他们脚下的东西。但正是蚂蚁维持、疏松并改善了希族人和土族人激烈争夺的土地。塞浦路斯也属于他们。

蚂蚁适应性强，工作勤奋，能搬运重达自己身体20倍的东西。他们的寿命几乎超过任何其他昆虫，在我看来，他们也是最聪明的。你有没有见过他们拖走一条千足虫，或者联合起来对付一只蝎子，又或者吞下一整只壁虎？整个过程令人惊叹又令人恐惧，他们每一个步骤都高度协同。在那一刻，一只蚂蚁的内心在想什么呢？对抗比自己装备精良得多的敌人是需要自信的，一只蚂蚁是如何获得那种内在的自信的？蚂蚁拥有嗅觉记忆，他们靠气味辨别各条路径，能够嗅出来自另一蚁群的入侵者，并且，当远离家园时，他们可以记住回家的路。如果路上出现障碍物、地面有裂缝或掉落的小树枝，他们还可以像熟练的杂技演员一样，紧紧地抱在一起，用身体架起一座桥梁。他们会把自己学到的一切知识都传给下一代。知识不独属于任何人，你接收它，又把它交换。通过这种方式，一个群落就记住了它的个体成员早已遗忘的东西。

蚂蚁比任何人都更了解我们的岛。他们熟悉这里的火成岩、再结晶灰岩、萨拉米斯的古钱币，他们还是利用树皮上滴落的树脂的专家。他们也知道失踪的人埋在哪里。

科斯塔斯回到塞浦路斯的那年，一群蚂蚁在我的树根中间安了家。我料到了这一点，因为我最近感染了蚜虫。蚜虫是最小的昆虫，他们会从树叶中吸取汁液并传播病毒，给树木造成极大的压力。如果尤素福和乔尔戈斯还在这里，他们绝不会允许这种事情发生。他们每天都会检查我的树枝上有没有害虫，轻轻地给我的叶子喷苹果醋，把我照顾得很好，但现在只剩下我自己了，我毫无抵抗之力。蚜虫出现的地方，蚂蚁肯定会跟着，因为他们喜欢收集香甜的蚜虫粪便。但这并不是他们整个蚁群在这里建穴的唯一原因。蚂蚁喜欢熟透了的无花果，现在没人再来采摘我的果实了，它们就都熟透了。你也知道，无花果并不完全是一种水果。这是一种隐形花序，有着迷人的结构，在它的腔中藏着花和种子，有一个几乎看不见的小口，黄蜂可以进入其中完成授粉。有时，蚂蚁也会抓住这个机会，从洞口爬进去，吃他们能吃的东西。

于是，我习惯了听着成千上万只小脚来回穿梭的声响。蚁群是一个严格按阶级划分的群体。只要每个成员都将不平等视为常态，并同意劳动分工，这个体系就能无缝运行。工蚁寻找食物，保持生活空间整洁，并满足蚁后无尽的需求；兵蚁保护社群免遭掠食者和危险的侵害；雄蚁帮助繁殖，交配后很快就会死亡。然后是雌蚁——未来的女王，必须不惜一切代价维护这个社会阶层。

一天晚上，当我正准备入睡时，我听到了一个不寻常的声音。在几个随从的陪同下，蚁后沿着我树干上的长长的羊肠小道向上爬去。

由于爬得很辛苦，她一边喘着粗气，一边开始讲述她的故事。她说她出生在不远处的一口古井边，她在那里长大，并且有着美好的回忆。作为一只雌蚁，她清楚地知道，当时机成熟时，她将按照惯例离开自己的出生地，建立自己的王国。社群欣欣向荣，蚂蚁的数量不断增长。为了满足更大的生存空间需求，他们扩大了自己的定居地，在地下建了通渠、挖了隧道，把房间同巢穴连了起来。由于一个严重的工程错误，工蚁们把墙挖得太深了，一天下午，井的东侧塌陷了。眨眼的工夫，渗出的水就淹没了数百只蚂蚁。有些种类的蚂蚁会游泳,但她们这种蚂蚁不会。幸存者四散而逃,寻找任何可能的藏身之处。蚁后说,这场灾难之后,她不得不尽快离开自己的家,开始新的生活。

在婚飞①的途中,她高昂着头,快速飞行,雄蚁们奋力追逐。他们穿过一条沙道,沿着轮胎印爬来爬去。他们穿过酒馆的废墟。她一看到浑身结满无花果的我,就知道她要在这里建立她的王国。她在这里完成了交配,随后咬掉了自己的翅膀,就像扔掉了婚纱一样,这样她就再也不能飞了。她把自己变成了一个成熟的产卵机器。

她的脸因悲伤变得扭曲,她说,墙倒塌时,他们在井底发现了两个死在一起的男人。她不知道他们是谁,直到她遇到了我,了解到这地方的主人是一对恋人。

当我一点点地明白了她话语背后的真相时,我垂下了树枝。她看到了我的痛苦,向我保证他们没有碰过尤素福和乔尔戈斯。他们二人被留在了那里,不受打扰。既然他们已经暴露了一半,很快就会有人找到他们的。

蚁后和她那群忠诚的侍臣离开后,我的精神莫名地萎靡起来,在接下来的日子里,这种状况越来越糟。我觉得不舒服。像所有的生物一样,无花果树也会罹患多种疾病和传染病,只是这次我几乎没有任何抵抗的力量。我的叶尖卷曲成一团,树皮开始剥落。我的果肉变成了病态的绿色,然后又变成了可怕的粉末。

我的免疫力越来越差,体力越来越不支,我成了无花果树蛀茎虫的猎物,他们是我的死敌之一,这是一种长角的大甲虫,他

---

① 婚飞:蚂蚁一般都没有翅膀,只有雄蚁和没有生育的雌蚁在交配时有翅膀,黄昏的时候雌雄蚂蚁会在天上追逐飞行,称为蚂蚁婚飞。

们像噩梦一样落在我的身上，在我树干底部附近产卵。我无助地、充满恐惧地等待着，我知道这些幼虫很快就会钻进我的树干，开始以我为食，在我的树枝上挖洞，一点一点从内部摧毁我。

这种甲虫所造成的损害往往是无法弥补的。无花果树一旦遭遇严重的虫蛀，就只能连根摧毁。

我时日无多了。

随身带走的树根
塞浦路斯，2000年代初

当德夫妮和科斯塔斯走近"幸福无花果"酒馆时，他们发现它隐没在了灌木丛中，破碎的瓷砖和建筑瓦砾堆在四周，就像是暴风雨过后散落一地的残骸。德夫妮知道这是科斯塔斯多年来第一次重回这个地方，所以她在他身后徘徊不前，以便给他时间适应。

科斯塔斯推开挂在铰链上的门，木头已经腐烂，死气沉沉。酒馆内，野草从地板的裂缝中钻了出来，瓷砖上布满了地衣，墙壁上长满了霉斑，黑铁一般。一个角落里，一扇纱窗在微风中吱吱作响，玻璃很久以前就碎了。空气中弥漫着发了霉的腐臭味。

他走进来的那一刻，过去的一切都涌上了心头。每天晚上，这里都香气扑鼻，有热腾腾的美食，还有暖烘烘的糕点，夜幕降临，顾客们谈笑风生，音乐、掌声不绝于耳，甚至还听得到盘子摔碎的声音……他记得那些下午，他带着几瓶角豆酒和乔尔戈斯非常喜欢的蜂蜜芝麻棒，跋涉上山，他母亲看到他带回家的钱时是多么高兴……他又想起了一些事，双眸都明亮起来。他想起奇科拍打着翅膀,乔尔戈斯给一对新婚夫妇讲笑话,尤素福一如往常地专注地看着这一切,不言不语。这一切是他们共同营造的,他们多么引以为傲啊。酒馆是他们的家,他们的避难所,他们的整个世界。

"你没事吧?"德夫妮边说边搂住了他。

他们静静地站了一会儿,他跟随着她的呼吸放慢自己的呼吸,心跳也逐渐平缓下来。

德夫妮歪着头环顾四周。"能想象吗?这棵无花果见证了一切。"

科斯塔斯轻轻地从她的臂弯里挣脱出来,慢慢靠近那棵无花果树。他皱起眉头说:"哦,这棵树的状况不太好,她生病了。"

"什么?"

"她被虫蛀了。瞧,害虫已经哪儿都是了。"他指着满是小洞的树枝、掉在树干底部如木屑一般的果肉,还有散落一地的枯叶。

"你能救救它吗?"

"我尽力吧。咱们得去买些东西。"

一小时后,他们带着几个大包回来了。科斯塔斯用大锤敲倒了酒馆南墙的一部分,上面已经被霉菌侵蚀了。他想确保这棵树能得到更多的阳光和氧气。然后,他用修枝锯把病枝剪掉,用注射器将杀虫剂注射到幼虫挖就的通道中。为了防止这些致命的昆虫再次产卵,他用铁丝网把树干的下半部分围起来,并用密封剂填满树木溃烂的伤口。

"能行吗?"德夫妮问。

"这是棵雌树。"科斯塔斯直起身子,用手背擦了擦额头,"我不知道她能不能挺过来。现在到处都是幼虫了。"

"我希望她能和我们一起去英国，"德夫妮说，"要是树也能跟着走就好了。"

科斯塔斯眯起眼睛，脑海中闪出一个新主意。"有法子了。"

她瞥了他一眼，不敢相信。

"你可以从树上剪下一枝，让它长成一棵无花果树。如果我们马上就把她安置在伦敦，好好照顾她，她有机会活下来的。"

"你没开玩笑吧？这能行吗？"

"没问题的。"科斯塔斯说，"虽然她可能不喜欢英国的天气，但她应该能挺过来。明天早上我再来看看她怎么样了。我要剪下一根健康的树枝，这样她就可以跟我们一起走了。"

无花果树

第二天，当我兴奋地等待着科斯塔斯回来时，一只同我认识了一段时间的蜜蜂来拜访了我。我对她的族群怀有深深的敬意，任何动物都无法像蜜蜂科动物那样完美地展现生命的循环。如果有一天他们消失了，世界将永远无法从他们的损失中恢复。塞浦路斯是他们的天堂，但天堂来之不易。他们以太阳为指南针，不知疲倦地觅食，一次飞行会采多达三百朵花，一天之内就会采两千多朵花。

这就是蜜蜂的生活——工作，工作，还是工作。有时她会跳上一段舞，但那也是工作的一部分。偶然发现一个好的蜜源，她会回到蜂巢，跳一段摇摆舞来通知其他蜜蜂下一步该去哪里。有时她跳舞，是为了感激自己还活着，或者是因为她不小心吸进了太多含有咖啡因的花蜜。

人类对蜜蜂有一些陈腐的看法。让他们画一只蜜蜂，幼儿和成年人会画得惊人地相似，他们会在纸上潦草地画一个胖乎乎的圆，上面涂着浓密的黄褐斑纹。但是，实际上，蜜蜂的尾巴多种多样，有鲜橙色、焦黄色或深紫色，有些闪烁着金属绿或蓝，另一些则是亮红或纯白的，在阳光下闪耀着光芒。他们各形各色、令人着迷，人眼怎么会觉得他们都是一样的呢？当然，鸟类品种庞杂，数量高达一万多种，广受称赞，但奇怪的是，为什么人类常常注意不到数量至少是鸟类两倍的蜜蜂，而且同样习性差异颇大呢？

蜜蜂告诉我，离酒馆不远处，有一片田野，那里植物繁茂，鲜花盛开。她经常飞去那里，因为除了雏菊和罂粟，那里还有最甜的金光菊、马郁兰，和她最喜欢的景天属植物，它小小的粉色的星形多肉花瓣簇生在一起。在场地的边上还矗立着一座难以名状的白色建筑，墙上的牌子上写着：CMP 实验室，联合国保护区。

来去蜂巢的途中她曾无数次地路过这个地方。她偶尔也会心血来潮，改变路线，从一扇开着的窗户直接飞进实验室。她喜欢四处飞一飞，观察观察里面的工作人员，然后再原路返回。但今天，当她毫无目的和计划地飞进大楼后，意外发生了。其中一名工作人员，不知道是出于什么原因，竟然神不知鬼不觉地把所有窗户都关上了。这只蜜蜂发现她自己被困住了！

她努力让自己镇定下来，但还是失败了，她扑向每一块玻璃，在玻璃表面上下扑腾，却找不到出口。从她所处的位置，可以看到外面的鲜花，那些花离她那么近，她几乎都可以闻到花蜜的味道，但无论怎么努力都够不着。

蜜蜂又沮丧又疲惫，停在橱柜顶上喘着气。她把注意力投向这个现在已经成为牢房的房间。这里雇用了14名法医,有希族塞人,也有土族塞人,到目前为止她全都认识。每个工作日,希族人从南部赶来,土族人从北方赶来,他们在这片无人之地相遇。全岛范围内以各种形式发掘出的人类遗骸最终都会被送到这里。

无论挖掘小组挖到了什么,这个实验室的科学家们都会对之加以清理和分类,他们把硬骨一一分解,把一组人类遗骸与另一组分开。他们或是单独工作,或是以小组的形式合作,俯身于又长又窄的条案前,上面摆着一行行人骨拼图——脊柱、肩胛骨、髋关节、椎骨、上颌牙齿……他们仔细地把这些骨头一块一块地拼接起来。这是一项极其缓慢的工作,须格外小心,不容出错。需要拼合的或许只是一只脚,但却由26块单独的骨头组成,可能得花好几个小时。又或者只是一只手,由27块骨头组成,却需要耐心细致地摆弄上千次。最终,就像从浑浊的水中浮出表面一样,受害者的身份——性别、身高和大致年龄,才得以真相大白。

有些遗骨碎得太厉害,拼不起来了,或者因为遭到有害细菌的破坏已经失去了DNA。这些身份不明的碎片会被保存起来,寄希望于不久的将来,当科技进步时,其奥秘可以被解开。

科学家们就他们的发现撰写了全面的报告,包括对衣服和个人物品的详细描述,有些东西虽然也会腐朽,却能够较长时间地保留下来。比如,一根饰有刻花金属扣的皮带,一条带有十字或新月吊坠的银项链,一双脚后跟处磨损了的皮鞋……有一次,实验室收到了一个钱包。里面除了一些硬币和一枚不知道是哪把锁的钥匙,还有几张伊丽莎白·泰勒的照片。死者一定是那位女演员的粉丝。描述这些物品不仅是为了给CMP存档用,也是为了让失踪者的亲属更多地了解他们。家属们都很想知道这些细节,不过,他们真正想知道的是，他们所爱的人生前是否遭受了痛苦。

不知什么时候，蜜蜂睡着了，她真是累坏了。倘若睡觉的姿势不舒服，她常常会摔倒。有时她会在花里小憩一会儿。她得睡觉，因为倘若睡眠不足，觅食的时候就很难集中注意力，或者找不到回家的路。即使在蜂巢里，他们也会在蜂巢的外窝打个盹儿，而负责清洁和喂养幼虫的工蜂则占据着蜂巢靠近中心的蜂窝。所以我的朋友天生就是个浅眠者。

等她醒来，已经是中午了。那些人都出去吃午饭了，只剩下一个。一位年轻的希族女士仍在工作。蜜蜂观察她很多次了，知道她喜欢和骨头待在一起，有时她还和骨头说话。但这天下午，独自一人留在实验室里时，这位科学家拿起电话，拨了一个号码。在等铃响的时候，她心神不宁地看着左右两边的桌子，桌上放满了躯骨和头骨。

"喂？"科学家对着听筒说，"嗨，德夫妮，你好。我是艾莱妮。我在实验室，是的。很好，谢谢。工地上进展怎么样？"

她们聊了一会儿，人类谈话无聊得很，但艾莱妮的一句话引起了蜜蜂的注意。

"听着，嗯，你问的那对恋人，你的朋友。我们可能找到他们了。我们把DNA匹配上了，都匹配上了。"

蜜蜂好奇了，飞近了听着。

"哦，天哪！"艾莱妮尖叫着抓起一张报纸，疯狂地挥舞着。谁会知道，一个整天与尸体和骷髅为伴的女人竟然害怕蜜蜂？

我可怜的朋友，又一次遭到了误解，被误认为是别的东西，她的头部挨了一击，跌进了一个咖啡杯里，幸好杯子里只剩下几滴咖啡。当她站起来时，虚弱无力，还晕乎乎的，她听到艾莱妮喃喃自语："去哪儿了？抱歉，德夫妮，这里有只蜜蜂。我有点怕它们。"

"有点？"我的朋友心想。如果人类有点恐惧就这么做的话，想象一下，如果他们十分恐惧了，会怎样？她设法爬上杯子口儿，把翅膀擦干。

"嗯，你当然得来看看。"艾莱妮说，"哦，真的吗，你明天要去英国？我明白了。好，今天下午没问题。好的，等你来了我们再谈。"

半小时后，其他科学家还没吃完午饭回来，门开了，一个女人冲了进来。

"哦，艾莱妮，谢谢你打给我。"

"嗨，德夫妮。"

"你确定是他们？"

"我想是的。为了确定没搞错，我把他们的家庭参考资料和他们的DNA结果比对了两次，两次都超过了阈值。"

"你知道是在哪儿发现他们的吗？"

"在尼科西亚。"艾莱妮停顿了一下，犹豫着是否要告诉她接下来的信息，"在井里。"

"井里？"

"是的，应该没错。"

"他们一直待在里面吗？"

"是的。他们俩被锁在一起了，谁也无法浮出水面。据说，这口井最近坍塌了，当建筑工人着手挖掘时，发现了他们的遗骸。"艾莱妮尽量平静地说着，"很遗憾，他们不在了。我得承认，这种事情我以前闻所未闻。通常是希族塞人埋在这里,土族塞人埋在那里。分开处死,分开埋葬。但从来都没有希族人和土族人一起被杀掉的。"

德夫妮一动不动地站着,双手悬在桌子上方,猛地抓住桌子边缘。

"你准备什么时候通知他们的家人?"

"明天吧,我想过了。他们一个家人在北方,一个在南方。"

"所以现在要把他们分开了。"德夫妮声音轻柔却尖锐地说道,"他们不能葬在一起,这太让人难过了。我们花了这么多时间来找他们,也许没有找到会更好……要是他们还是音信全无就好了。"

艾莱妮把手轻轻地放在她的肩上。"哦,还好我没忘记……"她大步走到书桌前,取出一个塑料盒子。"他们还发现了这个。"

一只怀表。

德夫妮垂下眼睛。"是乔尔戈斯的,尤素福送给他的生日礼物。里面应该还有一句诗……卡瓦菲的诗。"她停了下来,"对不起,艾莱妮……我想透口气,能把窗户打开吗?"

蜜蜂立刻振作起来。这是她的机会,也许是唯一的机会。她们一打开窗户,我的朋友就鼓起勇气,跌跌撞撞地飞了出去。她以最快的速度飞着,一直飞到安全的花田里才停下来。

小奇迹
塞浦路斯 / 伦敦，2000 年代初

科斯塔斯回来后，仔细检查了无花果树。他用剪刀在一根干净的树干上做了一个直剪和一个斜剪。虽然他知道最好是多剪几根枝条，以防有些无法存活，但这棵树的情况非常糟糕，他只能保住一根。他小心地把它包好，然后放进行李箱里。

虽然这并非易事，但也不是完全没可能。小奇迹确实发生了。正如希望会从绝望的深处迸发，和平会在战争的废墟中萌芽，一棵树也可以从疾病和腐烂中再次生长。倘若这根来自塞浦路斯的剪枝会在英国生根，它会带有相同的基因，却又是不一样的个体。

到伦敦后，他们把那根剪枝种在一个白色的陶瓷花盆里，放在科斯塔斯小公寓靠窗的桌子上，这样它就能俯瞰安静的、绿树成荫的广场了。就在这间公寓里，他们发现德夫妮怀孕了，他们俩盘腿坐在浴室的地板上，一起低头看着验孕试纸。一只灯泡在头顶吱吱作响，闪烁不定，把房间照得忽明忽暗。德夫妮永远不会忘记科斯塔斯脸上洋溢着的喜悦，他的眼睛里闪耀着感激的光芒。她也很高兴，但又有点担心和害怕。然而，他的喜悦是如此纯粹，以至于告诉他焦虑之针正刺痛着她的皮肤、撕裂她的心灵，都像是一种背叛。那些日子里，她经常梦见自己抱着一个婴儿，在一片茂密黑暗的森林里迷了路，树枝刮擦着她的肩膀，划伤了她的脸，她在林子里跌跌撞撞，找不到出路。

仅有一次,大约是一个月之后,她问:"要是出了问题怎么办?"

"不要这样想。"

"我年纪大了,不适合生孩子了,我们都知道的,如果出现了并发症怎么办……"

"不会有事的。"

"但是我已经不再年轻了。"

"别再说了。"

"要是我被证明是个糟糕的母亲呢?要是我做不好呢?"

她从他咬紧牙关的样子可以看出,他正在努力寻找合适的话语来安慰她,他是多么需要她相信他俩正在共同创建的未来啊。她试过了。有些日子里,她满怀信心、充满期待;有些日子里,她也应付得不错;但有些日子里,尤其是到了夜里,她会听到远处某个地方传来一种熟悉的忧郁的脚步声,像节拍器一样有节奏地嘀嗒作响。她为自己的这种感觉感到内疚,并为此无休止地责备、评判和斥责自己。为什么她就不能欣赏生活给她的惊喜,好好地活在当下呢?这么忧虑又有什么意义呢?孩子还没出生,就开始担心自己会成为一个什么样的母亲,这就像在思念一个自己从没去过的地方一样荒唐。

与此同时,科斯塔斯发现,那根剪枝长出了新叶。他喜出望外。他越来越相信,好事情一股脑儿地来到了他的身边,来到了他们的身边,他的整个生活是环环相扣的拼图组成的,最终拼在了一起。作为一名植物学家和自然学家,他的工作开始受到越来越多人的关注,有领域内的,也有领域外的,他收到了演讲和讲座的邀请以及期刊的约稿。而且,他还悄悄开始写着一本新书。

德夫妮认为那根剪枝的坚韧不拔是个好兆头。怀孕让她一反常态地迷信起来，她显露出和她姐姐惊人相似的一面，尽管她并不承认这一点。她戒了酒，还戒了烟。她又开始重拾画笔。从那一刻起，孩子的命运和树的命运在她脑海里融合在了一起。随着肚子越来越大，无花果对空间的需求也越来越大。科斯塔斯换了一个更大的花盆，每天都要检查一下。他们搬到了伦敦北部的一所房子里。那时候，无花果树已经粗壮到可以移植到花园里了，于是他们就这么做了。

尽管烟囱漏烟，屋顶漏水，墙壁上到处都是裂缝，暖气片也从来没有好好加热过，但他们俩在这所房子里过得却很开心。艾达在十二月初出生，早产了两个月。她的肺功能很弱，因此不得不在保温箱里待上几个星期。与此同时，这棵小树苗的情况也好不到哪里去，它在与新气候作斗争。必须用粗麻绳包住它，用硬纸板盖住它，让它尽可能和冷空气隔绝开。但是当夏天到来的时候，无花果树和孩子都茁壮成长了起来。

无花果树

在我的生态系统中，最后一个拜访我的动物是一只老鼠，自此之后，我便离开了那座岛，再也没回去过。有一个基本事实，尽管很有普适性，也值得了解，却从未在历史教科书中出现过。那就是，无论人类在何处发动战争，把肥沃的土地变成战场，将整个栖息地都毁掉，动物总会趁机进入，占据人类留下的空白。比如，啮齿类动物。当人们把曾经给他们带来欢乐和骄傲的建筑夷为平地时，老鼠会悄悄地把它们据为己有。

多年来，我遇到过很多这样的动物，或雌或雄，有些已经成年，有些还是浑身粉扑扑的幼崽，他们都喜欢无花果。但唯独这只老鼠相当不寻常，因为他生长于一个具有标志性意义的地方——莱德拉宫。

"中东最好的旅馆之一！"这是20世纪40年代后期这座旅馆落成时的广告语。然而，投资者们对这种说法并不是很满意。他们认为，中东对西方游客来说吸引力不大。"欧洲最好的旅馆之一！"这样听起来也不够吸引人，因为第二次世界大战的幽灵仍在欧洲大陆游荡。"近东最好的旅馆之一！"这样效果更好。"近"似乎触手可及，而"东"则增添了一丝异国情调，"近东"已经够东方了，但又刚刚好，并不过分。

莱德拉宫由一位德国犹太裔建筑师设计，他是大屠杀的幸存者，整个建筑耗资24万塞浦路斯镑，花了两年时间建成。枝形吊灯是从意大利进口的，大理石雕带是从希腊进口的。它的地理位置非常理想，坐落在一条曾经被称为爱德华七世国王的街道上，靠近尼科西亚的中世纪中心，离周围的威尼斯城墙也不远。它有240间卧室，耸立在老城区紧凑的房屋和狭窄的街道之上。甚至每个房间里都有厕所和浴室，这是当时唯一一家提供如此奢华设施的酒店。里面有酒吧、休息室、网球场、儿童游乐区、一流的餐厅和一个可供人们在炎炎烈日下享受潜水乐趣的超大游泳池，还有一个一经推出便成了全城人谈资的豪华舞厅。

1949年10月开业那天，形形色色的人都来了：英国殖民官员、当地名流、外国政要、想出名的人……既然第二次世界大战已经结束，人们需要一颗定心丸，以确保他们脚下的土地是坚实的，他们建造的建筑是坚固的，而且战争再也不会卷土重来，不会再有废墟,不会再有恐怖事件发生。1949年,多么让人乐观的一年啊!

在我漫长的一生中,我一次又一次地观察到这个驱动人性的心理钟摆。每隔几十年,人们就会陷入一种盲目的乐观,坚持戴着玫瑰色的滤镜看待一切事物,屡遭打击之后,内心又开始动摇,再次陷入惯常的冷淡和丧气的漠然。

莱德拉宫的诞生让人们在很长一段时间里都兴高采烈的。他们那时候的派对真是太棒了!豪华的宴会厅里回荡着高跟鞋的咔嗒声、酒瓶塞子的砰砰声、朗森打火机点燃女士香烟时的咔嚓声,以及管弦乐队演奏时手指啪啪作响的声音。凌晨时他们会演奏《一帆风顺》,每晚结束时则演奏《顺其自然》。华丽的天花板下流言四起,人们嘴里的闲话像香槟酒一般滔滔不绝。这是一个快活之地。一旦他们跨过门槛,游客们就会觉得自己进入了另一国度,在这里他们可以抛开一天的烦恼,忘却仅在酒店墙外几英尺处仍在发生的暴力事件和种族冲突。

尽管身处莱德拉宫的每个人都尽力把现实世界拒之门外,却又无法完全阻止现实世界的侵入,比如有一次,他们发现大厅里散落着传单,就像是被风刮进来的一样。传单上用几近完美的英文写着:为打破英国的枷锁,起来抗争!灭亡抑或胜利!还有1955年11月那次,EOKA袭击了酒店,打算暗杀当时正在酒店喝酒的英国总督约翰·哈丁爵士。他们扔进来两枚手榴弹,第一枚炸了,毁了不少东西;第二枚没有炸,因为袭击者忘记拔保险销了。一名军官捡起未炸的手榴弹,放进口袋,径直走了出去。乐队继续表演,演奏的是弗兰克·辛纳屈的《学习蓝调》。即使酒店的入口被沙袋和木桶堵住,担忧再次遭到袭击的恐惧弥漫在走廊上,音乐也从未停止过。

多年来，各行各业的名人经常光顾这家酒店：政客、外交官、作家、社交名流、应召女郎、舞男和间谍，还有宗教领袖。马卡里奥斯大主教就是在这里会见了英国总督。1968年，正是在这里，两族开始对话，尽管最终仍不欢而散。随着暴力升级，报道"塞浦路斯事件"的国际记者带着打字机和笔记本蜂拥而至，紧接着联合国维和部队的士兵也来了。

尽管局势动荡，酒店仍继续运营着，直到1974年的夏天。当时，客人们正懒洋洋地躺在躺椅上，在午后的阳光里啜饮着鸡尾酒，当被告知必须撤离时，他们惊恐万状，慌乱中随手抓了些东西就跑掉了。他们的账单是后来寄达的，并附了一张纸条：

愿您已经平安到家并在莱德拉宫酒店度过了愉快的时光。1974年7月20日，星期六，土耳其入侵当天，您不得不离开酒店，相信我们至今仍都记忆犹新……随函附上您的酒店账单，消费金额为……如能早日付讫，不胜感激。

后来，墙上出现了迫击炮弹坑，弹孔就像没了眼睛的眼窝一样睁着。走廊里一片令人不安的寂静。在这表面的寂静之下，有太多声音窸窣作响：钻木甲虫在栏杆里挖着隧道，铁锈侵蚀着黄铜枝形吊灯，到了晚上，地板因年久失修嘎吱作响，像是清漆开裂的声音，还有蟑螂爬过地面的咔嚓声，天花板上鸽子的咕咕声，尤其是老鼠的窃窃私语声。

他们住在大厅的裂缝里，在昂贵的橡木地板上窜来窜去，在栏杆上滑上滑下。一兴奋起来，他们还会爬上舞厅的枝形吊灯，用尾巴保持平衡，左右摇晃，然后再跳到下面的空地上。他们很擅长从高处一跃而下。

他们从不挨饿，因为在这家曾经富丽堂皇的酒店里，有很多东西可供咀嚼——剥落的墙纸、发霉的地毯、潮湿的石膏。设计这栋建筑的建筑师在后面设计了一个宽敞的阅览室，里面堆满了书籍、杂志和百科全书。有只老鼠大部分时间都是在这个图书馆里度过的，他啃嚼书页，几十本皮革装订的大部头书上都留下了他的牙印。他一口一口地啃完了二十四卷的《大英百科全书》，意犹未尽地回味着它那酒红色的硬麻布封面以及烙印着烫金文字的书脊。他还饱览了许多经典名著，苏格拉底的、柏拉图的、荷马的、亚里士多德的……还有希罗多德的《历史》，索福克勒斯的《安提戈涅》，阿里斯托芬的《吕西斯特拉忒》。

如果不是因为这座大楼里发生了不测之事，这只老鼠大概会一直待在那里，直到生命的尽头。那时候土族塞人和希族塞人在莱德拉宫的一楼举行了会晤，会议由驻扎在酒店的联合国特遣队主持。两族第一次在和平与和解方面取得了进展。

CMP 的成员们坐在指定的房间里，听对方发表意见，争论着谁应该被纳入关于暴力失踪的统计数据中。双方都不希望这些数字上升，毕竟全世界都在看着，难看的数字不是也让他们脸上无光吗？但问题仍然存在。被希族极端民族主义者杀害的希族反对派要不要算在失踪者之列？同样，被土族极端民族主义者杀害的土族反对派要不要包括在内？那些不愿意与自己的极端主义妥协的社区，是否又做好了准备来承认他们对异己者所做过的一切？

我从这只木鼠那里了解到，德夫妮也参加了这些会议。这次会议是非常必要的，是接下来工作的基础，因为要想真正开始挖掘，必须先建立族群间的信任。

老鼠和我分享了这一切，狼吞虎咽地吃了我的无花果，之后便扬长而去了。我再也没见过他。离开之前，他提到他咀嚼过的最后一本书是一个叫奥维德的人写的。他喜欢他的文字，在他读过的成千上万行文字中，有一句话让他印象深刻：

总有一天，这份痛苦会帮到你。

我希望他是对的，希望有一天，在不远的将来，所有这些痛苦会帮到在这座岛上出生的新一代，帮到那些经历过这些折磨的人的后人。

如果你今天去塞浦路斯，仍然可以看到，希族寡妇和土族寡妇的墓碑虽然刻着不同的字母，却都表达着相似的恳求：

如果您找到了我的丈夫，请把他葬在我的身旁。

第六部分

如何挖出一棵树

采 访
伦敦，2010年代末

元旦的前一天，他们计划安安静静地吃一顿简单点的晚餐，但只要让梅耶姆做饭，就绝不可能简单。梅耶姆下定决心，要让他们嘴里有点甜味，肚子里有种温暖的感觉，以此来结束这艰难的一年，于是她用上了橱柜里能找到的每一种食材，为他们准备了一顿盛宴。午夜的钟声敲响了，烟花在窗外绽放，艾达让大人们拥抱着自己，感受着这份将她环绕其间的爱，这爱柔软而坚定，就像是用绵韧的植物纤维织就的布。

第二天，梅耶姆开始收拾行李，她在东伦敦买了太多东西，费了好大气力才把她玛丽莲·梦露行李箱的拉链拉上。整个下午她都在厨房里陪着艾达，热切地教外甥女一些基本的烹饪技巧，并给出一些"女性"的建议。

"听着，艾达，你的生活里需要一个女性榜样。在你眼里，我可能算不上什么好榜样，但我做女人也已经很多年了，好吧。你可以随时给我打电话。当然，如果你不介意的话，我也会经常打给你的。"

"没问题。"

"我们可以畅所欲言。我自己可能也不知道答案。就像他们说的,有枣没枣打三杆子。但从现在起,我会一直与你同在,我再也不会像以前那样和你疏远了,我保证。"

艾达若有所思地看了她好一会儿,问道:"采访怎么办?您想在走之前接受我的采访吗?"

"学校的作业吗?对啊,我都忘了。我们现在就做!"梅耶姆解开自己的发辫,又迅速地编回去,"不过我们先沏杯茶,好吗?不然我的脑子都锈住了。"

当茶炊开始沸腾,厨房里飘散着缕缕蒸汽时,梅耶姆拿出两个小玻璃杯。她先往两个杯子里倒了半杯茶,然后往一只杯子里倒满热水,往另一只杯子里倒满牛奶,看着后面这杯里加的东西,她微微蹙了下眉。

"谢谢您。"艾达说着,虽然她从来都不太喜欢喝茶。"准备好了吗?"

"准备好了。"

艾达按下手机上的录音机,打开了腿上的笔记本。"好吧,跟我讲讲你们小时候的生活是什么样的。你们有花园吗?你们住在什么样的房子里?"

"是的,我们有一个花园。"梅耶姆说着,她的脸变得神采奕奕的,"我们种了含羞草和木兰花,我还在花盆里种了西红柿……我们院子里有一棵桑树。我父亲是白手起家,他是个有名的厨师,尽管他在家很少做饭。那是女人的工作。爸爸文化程度不高,但他一直支持女儿接受教育,他把我和德夫妮送到最好的学校。我们接受的是英式教育,我们以为我们是欧洲的一部分,可欧洲人并不这么认为。"

"您的童年快乐吗?"

"我的童年分为两部分。上半场是快乐的。"

艾达歪着头。"那下半场呢?"

"一切都变了,你从空气里都能感受得到。他们过去常说,希族人和土族人是肉和指甲,你不能把你的指甲和你的肉分开。看来他们错了,能分开的。战争太可怕了。所有的战争都很可怕。但内战也许是最糟糕的,因为连近邻都能反目成仇。"

艾达聚精会神地听着梅耶姆给她讲她们以前在岛上的生活。夏天的夜晚,酷暑难耐,他们就睡在户外,把床垫铺在阳台上,她和德夫妮躺在透气的白色蚊帐里以免被蚊子叮咬,她们一起数着天上的星星。当她们的希族邻居送给她们蜜饯桲甜点时,她们别提有多开心了,不过她们一直以来最喜欢的还是里面藏着一枚硬币的新年蛋糕巴西洛皮塔。她们的母亲深信礼尚往来,她会用玫瑰糖浆奶油布丁把邻居的盘子装满。族群隔离以后,他们昔日玩耍和闲逛的街道堆上了沙袋,设起了岗哨。孩子们在街上与爱尔兰、加拿大、瑞典、丹麦士兵聊天,那时联合国部队已经是他们日常生活中不可避免的一部分了,他们对此习以为常……

"你能想象吗,艾达,一个从不跟太阳照面的皮肤惨白的金发士兵从几英里外来这里驻扎,就为了保护你的老邻居不会被你杀掉,或者他们不会杀了你。这有多可悲啊?难道离开了士兵和机枪,我们这些人就不能和平共处了?"

她不再说话,眼睛注视着远处,好几分钟后,才回过神来,把目光转向她的外甥女。"告诉我,学校教不教有关塞浦路斯的事儿?"

"不怎么教。"

"我想也是。那些去地中海旅游的游客,他们向往的是阳光、大海和炸鱿鱼。历史嘛，算了吧，太压抑了。"梅耶姆喝了一口茶，"过去，我常常为此感到不安。但现在我想，也许他们是对的，艾达。如果你要把这世上所有的伤心事儿都哭个遍，到最后你只能把自己哭瞎了。"

这么说着，她坐了下来，脸上露出一抹浅笑。而当她听到艾达接下来的问题时，她的脸完全僵住了。

"我多少有点明白了为什么我的长辈们很难接受我父母的婚姻。他们那代人很不一样，他们可能经历了太多的事情。可我不明白的是，为什么即使搬到了英国，我的父母也从不谈论过去，有什么好回避的呢？"

"我不确定我能回答这个问题。"梅耶姆说着，声音里流露出一丝谨慎。

"试试吧。"艾达向前探了探身子，停掉了录音，"顺便说一下，这个不是学校作业。这是我想问的。"

安　静
伦敦，2000 年代初

艾达出生九个月后，德夫妮决定回到失踪人口委员会工作。虽说她离塞浦路斯可能有两千英里远，但她相信自己仍然可以为寻找失踪人员尽一份力。她开始访问岛上的移民社区，这些人定居在伦敦的各个市郊。她特别想和遭遇过这些不幸的老人们谈谈，他们的生命即将终了，或许会愿意分享一些秘密。

那年秋天，她几乎每天都会穿上那件蓝色军用雨衣，在张贴有希腊文和土耳其文标识牌的街道上穿梭，雨水打在人行道上，顺着街沟流淌。每次她都先友善地与人闲聊几句，然后人们便会指给她某个住所，暗示她那里可能会有她想要找的，这么做成功率很高。以这种方式找到的家庭通常都热情好客，又是沏茶，又是给端上小点心，但他们之间仍有一层不信任的面纱，不用点破，大家都心照不宣。

德夫妮偶然发现，若是没有其他家庭成员在场，这家的祖父母会更健谈一些。因为他们仍记得以往发生过的事。记忆这东西就像风中吹散的羊毛，飘忽不定，难以捉摸。相当一部分的男女长者在种族混居的村落里长大，既会说希腊语，也会说土耳其语。另有少数人，饱受阿尔茨海默病的折磨，时光在他们头脑中日益混沌，几十年过去了，他们也很难再用语言表述清楚。有些人曾亲眼看到过暴行，有些人只是听说而已，还有一些人在她看来似乎在逃避。

正是在这些磕磕绊绊的访谈中，德夫妮慢慢意识到，手是一个人身体中最诚实的那部分。眼睛会撒谎，嘴巴会撒谎，面孔也会隐藏在诸多面具之下。手则不然。她注意到那些长者的手矜持地搭在膝上，看上去十分枯瘦，而且还皱巴巴的，上面还点缀着老人斑，蜷曲的手背上看得到青色的血管，仿佛手也有自己的思想和良知似的。她留意到，每当自己问起一个敏感问题时，他们的手就会用自己的语言作答，不安地摩挲着，做着小动作，抠着指甲。

德夫妮试着鼓励自己的受访者敞开心扉，这个时候的她会变得小心翼翼，如果他们不愿意，她也不会强求。令她困惑的是，不同年龄的家庭成员之间存在很深的裂痕。很多时候，第一代幸存者也是受伤最深的人,他们把自己的痛苦隐藏得并不算很深,记忆就像是扎进皮肤里的刺,一些露在外头,还有一些则完全看不见。与此同时,第二代选择了逃避过去,知道的,不知道的,他们都秘而不谈。相比之下,第三代则急于发掘,他们想要打破沉默。真是奇怪啊,明明这些家庭饱受战争之苦,被迫流离失所,惨遭各种野蛮行径,却似乎只有最年轻的一代才拥有这些最久远的记忆。

德夫妮敲开过很多扇门,在门后面发现了大量从岛上带来的传家宝。有绗缝被的碎片,有钩针织的桌巾,还有瓷器小雕像和壁炉装饰钟,人们精心呵护着它们,带着它们穿过了重重边境线,这让她很感动。但也是在那段时间里,她发现了一些本不该出现在那里的文物——盗来的教堂圣像、走私的宝藏、破碎的马赛克,这是对历史的劫掠。国际公众几乎毫不在意艺术品和古董是如何流入市场的。西方大都市的顾客们也不会质疑它们的来源,只会兴高采烈地把它们搞到手。买家不乏知名歌手、艺术家,还有社会名流。

大多数情况下,德夫妮都是独自去拜访,但有时也会有一位CMP的同事陪她一起去。有一次,她们拜访了一位92岁高龄的幸存者,他大儿子的态度十分无礼,指责她们没有必要揪着过去不放,过去的就过去了,她们这样做只是充当了西方列强及其游说集团和走狗的棋子,使他们的岛在国际舞台上的形象越来越可怕。她和她的希族同事惶恐地离开了那个地方。她们走到路灯处才停下脚步,大口喘气,昏黄的路灯下,她们面如死灰。

"拐角处有一家酒吧,"女同事说,"小饮一杯怎样?"

她们在后面找了一张桌子,啤酒浸过的地毯和潮湿的外套散发出的气味让人产生了某种奇妙的放松感。德夫妮从吧台要了两杯白葡萄酒。自从她发现自己怀孕后，就再没喝过酒。现在她正处于哺乳期。她的脸上一副如释重负的表情，双手捧着杯子，感受着它由冷变暖的过程。她神经质似的嗪嗪笑了起来，突然，这两个女人都大笑开来，眼里噙满了泪水，其他顾客都望着莫名其妙的她们，不明白到底有什么可笑的，没人知道她们笑是因为痛苦的释然。

那天晚上，德夫妮很晚才回家，她发现科斯塔斯在沙发上睡着了，孩子就在他身边。听到她的脚步声，他醒了。

"对不起，亲爱的，我把你吵醒了。"

"没关系。"他慢慢地站起来，伸了伸胳膊。

"艾达怎么样？你把我留下的奶都喂她了吗？"

"嗯，喂了，但她两小时后就哭醒了。所以我又给她喂了一些奶粉。不然她会一直哭。"

"哦，对不起。"德夫妮又说，"我应该早点回来的。"

"没关系，不用道歉，你本来就该放松一下的。"科斯塔斯打量着她的脸说，"你没事吧？"

她没有回答，他也不确定她是否听见了。

她吻了吻孩子的额头，微笑着看着她那皱巴巴的脸和玫瑰花蕾般的嘴唇，然后说道："我不想让艾达背负之前那些伤害过我们的事情。我要你答应我，科斯塔斯，你别跟她提太多我们的过去。她只要知道个大概就够了，别的什么都不要说。"

"亲爱的，你不能阻止孩子问问题的。一天天地长大，她会变得好奇的。"

外面街上，一辆卡车正在吃力地爬行着，夜深了，它的轰隆声填补了他们对话间的空白。

她皱起眉头，仔细琢磨着他的话。"好奇只是暂时的，不会总是那样。如果艾达问个没完，你总有办法应付她的，只是不要如实回答。"

"可是，德夫妮——"他伸手去碰她的胳膊。

"不要！"她甩开他喊道。

"很晚了，我们明天再谈吧。"科斯塔斯说道，她冷淡的回答和唐突的举止像刀刃一样刺痛了他。

"你别觉得自己是在发善心。"她深色的眼眸不可捉摸，"我想了很久了，我知道怎么回事。我没少跟人交流。可它是不会消失的，科斯塔斯。一旦它进入你的大脑，无论是你自己的记忆，你父母的记忆，还是你祖父母的记忆，这种该死的痛苦就会成为你肉体的一部分。它黏着你不放，永远黏在你身上。它会搅得你心事不宁，左右着你对自己和他人的看法。"

就在这时，婴儿动了一下，他们俩都转向她，担心自己吵到了她。但不管艾达做了什么梦，她都沉浸在自己的梦里，她的表情慢慢平静下来，就好像在等着倾听什么。

德夫妮坐在沙发上，双臂落在身体两侧，一副了无生机的洋娃娃的模样。"答应我，我只要求这么多。如果想让我们的孩子有一个美好的未来，我们就必须让她和我们的过去断绝联系。"

科斯塔斯闻到了她呼吸中的酒味。空气中有一股淡淡的铜器味儿，这让他想起了很久之前的那个夜晚，他默默地坐在那里，无助地看着腌在罐子里的鸣禽。她又开始喝酒了吗？他告诉自己，她需要晚上出去放松一下，她需要有点自己的自由时间，从怀孕到分娩，再到照顾孩子，这么久，她太不容易了。他告诉自己不要担心。他们现在是一家人了。

厨　房
伦敦，2010年代末

梅耶姆在即将离开的前一天还忙着给出各种建议，她加大了指导力度，滔滔不绝地传授着一连串的烹饪技巧和清洁妙招。

"现在记住了，经常用醋清一清淋浴头上的水垢。试试用半个葡萄柚擦洗浴缸。洗之前，先撒上岩盐，擦出来就跟新的一样！"

"好。"

梅耶姆在厨房里转来转去，眼睛扫视着各种物品。"让我想想，茶壶的水垢清理过了，餐具也擦亮了。你知道怎么除锈吗？用洋葱擦。然后，还有什么……哦，对了，我把桌子上的咖啡渍擦掉了。很简单，你只需要挤点牙膏，就像刷牙一样。家里要常备小苏打，它会给你惊喜的。"

"明白了。"

"好吧，最后，我走之前，咱们要不要再烤点什么东西？"

"我不知道。"艾达耸耸肩，一股久违的味道从她记忆深处飘散出来。"要不就烤卡塔伊菲[①]。"

梅耶姆听了这话，看上去既高兴又有点不悦。"没问题，就它了，不过，名字是卡达伊夫。"她把希腊语变成土耳其语说了出来。

[①] 卡塔伊菲：希腊语"Khataifi"的音译，一种传统希腊甜点，由一层薄薄的、脆皮的面团制成，类似于细丝状的面条。

"卡塔伊菲,卡达伊夫。"艾达说,"这有什么不同吗?"

但在梅耶姆看来,这二者有着很大的不同,她习惯像语法老师纠正分裂不定式那样孜孜不倦地纠正各种名称的说法:不是哈卢米,而是赫里姆;不是查查基,而是查奇克;不是多尔马德斯,而是多尔玛;不是库拉别迪斯,而是库拉比耶……她纠正起这些食物来没完没了。对梅耶姆而言,"希腊果仁蜜饼"应该是"土耳其果仁蜜饼",如果叙利亚人、黎巴嫩人、埃及人、约旦人或任何其他国家的人声称他们也有她心爱的甜点,对不起,那也不是他们的。虽然饮食词汇上的微小变化都会让她不舒服,但"希腊咖啡"这个标签却让她尤为恼火,对她来说,"希腊咖啡"就是"土耳其咖啡",而且永远都是"土耳其咖啡"。

到目前为止,艾达早就发现她姨妈这个人矛盾得很。尽管她尊重和同情其他文化,并敏锐地意识到了文化仇恨的危险,这很令人感动,可一旦置身厨房,她就自动变成了一个民族主义者、一位烹饪爱国主义人士。艾达觉得这很有趣,一个成年女人居然会对词汇这么敏感,但她把自己的想法藏在了心里。不过,她还是半开玩笑地说:"妈呀,一提到吃的您就这么敏感。"

"食物就是一个敏感的话题,"梅耶姆说,"不注意的话,会吃出毛病来的。人们常说,面包要吃新鲜的,水要喝干净的,要是盘子里装着肉,就告诉人们那是鱼。"

如果说食物对梅耶姆而言是个微妙的话题,那么性就是梅耶姆清单上的第二个棘手话题,她从不直接触碰这个话题,而是喜欢拐弯抹角地绕来绕去。

"你在学校没有朋友吗?"

"有几个,埃德跟我玩得很好。"

"是埃德温娜吗?"

"是爱德华。"

梅耶姆立刻就皱起了眉头。"玩火要当心啊。你们这个年纪,男孩可不是什么'朋友',也许等他们变成老头了,颤颤巍巍,牙都掉光了,可能是……但现在他们只想着一件事。"

艾达顽皮地一笑。"那是什么事呢?"

梅耶姆摆了下手。"你知道我在说什么。"

"我只是想让您把它讲出来,"艾达说,"所以只有男孩有'性趣',女孩就没有。是这样吗?"

"女人不一样。"

"不一样是因为我们没有性欲吗?"

"因为我们很忙!女人有更重要的事情要做。照顾好我们的家庭、我们的父母、我们的孩子、我们的社区,确保一切顺畅。女人支撑着整个世界,我们没时间理会动物的低级趣味!"

艾达嘟着嘴,忍住不笑了出来。

"这有什么好笑的?"

"您啊!您说的那些。您听起来好像从来没看过自然纪录片。跟我父亲聊聊吧,他会跟您讲讲羚羊、蜜蜂、科莫多巨蜥……您可能会惊讶地发现,女性比男性对性更感兴趣。"

"那是为了生孩子,亲爱的。这是唯一的原因。否则的话,雌性动物才不关心性。"

"倭黑猩猩呢?"

"没听说过。"

艾达拿出手机,给姨妈看了一张照片。

但梅耶姆似乎不为所动。"那是猴子,我们是人类。"

"我们和倭黑猩猩几乎 99% 的 DNA 是相同的。"艾达把手机放回口袋,"总之,我觉得您对女人期望太高了。您想让她们为了别人的幸福而牺牲自己,试着去适应每一个人,去遵守那些荒诞不经的关于美的标准。这不公平。"

"世界本来就不公平。"梅耶姆说,"如果石头落在鸡蛋上,鸡蛋会碎掉;如果鸡蛋掉在石头上,还是鸡蛋碎掉。"

艾达打量了姨妈一会儿。"我认为我们女性不需要对自己如此苛刻。"

"行了,你就别浪费口舌了。"

"这不是不可能的!我们为什么就不能学学加拿大鹅?雄性和雌性看起来几乎一样。此外,大多数雌鸟甚至没有鲜艳的羽毛,而雄性通常看起来更为艳丽。"

梅耶姆摇了摇头。"对不起,那不行。对我们人类来说,规则是不同的。女人需要漂漂亮亮的。"

"可为什么呢?"

"因为不这样的话,另一只雌鸟就会猛扑过来抢走它的配偶。相信我,当一只鸟长到我这个年纪时,她可不想守着自己的空巢。"

艾达听后,不再追问下去了,并不是因为姨妈说的什么她都同意,而是因为她再一次感觉到,这个女人虽然看上去口若悬河、自信张扬,实际上却是那么胆小和脆弱。

"我会记住的,"艾达说,"还有什么清洁小窍门吗?"

看待事物的方式
伦敦，2010年代末

科斯塔斯坐在他的书房里，敲着键盘，这里以前是一个盆栽棚。电脑屏幕发出的蓝光使他的脸庞格外清晰。他在这儿给自己造了个隐秘的藏身之所，桌上堆满了文件、书籍和学术论文。他时不时地朝窗外看一眼，目光落在花园里。此刻赫拉风暴已经过去了，空气里有某种新东西——激烈的战斗之后到来的微妙的平和。再过几个星期，春天就要到了，他就要把那棵无花果树挖出来了。

德夫妮去世的那一周，他正带着一个国际科学家团队在澳大利亚搞研究。当地野火摧毁了大片的森林，他和他的同事们想要了解那些过去经历过干旱或极端高温的树木，或者那些祖先可能经历过类似创伤的树木，对当前火灾的反应是否与其他树木不同。

他们对长在富含木灰的土壤中的多年生植物进行了大量的实验，不过主要集中于常见的巨桉。当他们在实验室条件下将幸存者的幼苗置于高强度的火焰中时，他们发现，其祖先经历过磨难的树木反应更快，产生了额外的蛋白质，用以保护细胞及其再生。他们的这一发现与早期的研究一致，这些研究表明，相似条件下生长基因相同的杨树物种对干旱等创伤的反应不同，这取决于它们来自哪里。这一切是否意味着树木不仅具有某种记忆，而且还将其传给了后代？

他给德夫妮打电话，兴奋地想与她分享自己的发现，却联系不上她。那天晚些时候，他又打了一次电话，后来又试了固定电话和艾达的手机，但都没人接。

那天深夜他睡不着觉，胸口发闷，就像一条蛇把他给缠住了。凌晨三点，他床边的电话响了起来。艾达的声音，几乎无法听清，她边说边喘息着，啜泣的声音里透着绝望。酒店房间外的霓虹灯招牌一明一暗地闪烁着，橙色、白色的光穿过厚重的窗帘照进来，随后，整个房间又复归漆黑一片。他在浴室里洗了一把脸，看到镜子里盯着自己的那双眼睛是那么陌生。他再也顾不上自己的实验和团队了，径直打车赶去了机场，乘坐最早的一班飞机返回了伦敦。

从孩提时代起，树木就给予他慰藉，为他提供了一个属于他自己的庇护所，他通过树枝和树叶的颜色和密度来感知生命。然而，他对植物的深切崇拜也使他产生了一种奇怪的内疚感，仿佛他如此关注自然，却忽视了一件事，即使不比前者更重要，但至少同样紧迫和引人注目，即人类的苦难。尽管他热爱树木世界及其复杂的生态系统，但他是否以某种迂回的方式回避了日常的政治冲突？一方面，他明白人们，尤其是他家乡的人，可能会这么看，但另一方面，他却强烈地抵制这种想法。他一直认为，在人的痛苦和动物的痛苦之间没有等级之分，或者说不应该有等级之分，人权并不高于动植物权，或者确切地讲，就这一点而言，人权并不高于动植物权。他知道，如果他大声说出这句话，会深深地得罪自己的许多同胞。

回到尼科西亚，当他观察失踪人口委员会的工作时，一个难以告人的想法闪过他的脑海。在他看来，这个想法并不极端。失踪者的尸体如果被挖出来，将交由他们的爱人照料，并给予他们应得的适当的葬礼。但即使是那些永远不会被发掘的人也没有被遗弃，大自然会眷顾着他们。在这同一片土地上会长出野生百里香和甜马郁兰，土地会像有了裂缝的窗户一样裂开，迸发出蓬勃的生机。无数的鸟、蝙蝠和蚂蚁把那些种子带到很远的地方，在那里它们会长成新鲜的植被。最令人惊讶的是，受害者继续活了下来，因为这就是大自然对死亡的点化，戛然而终会幻化为无数个崭新的伊始。

德夫妮理解科斯塔斯的感受。多年来，他们有过分歧，但每次他们都尊重彼此的分歧。他们不太可能是一对，不是因为她是土族人，他是希族人，而是因为他们的性格截然不同。对她而言，人类的苦难至高无上，正义是终极目标。而在他看来，人类的存在弥足珍贵，这一点不言而喻，但在整个生态链中，人类并没有特别的优先权。

他瞥了一眼桌上相框里的照片，喉咙紧了起来，那是他们三个人去南非旅行时拍的。他用食指指尖抚摸着妻子的脸，又摸了摸女儿天真的笑容。德夫妮走了，但艾达还在，他担心自己辜负了她。在过去的一年里，他离群索居、沉默寡言，他说过的和不能说的一切都笼罩着一层死气沉沉的阴霾。

他和艾达，他们两个曾经亲密无间。就像吟游诗人喜欢给每个故事都注入悬念，他也会跟艾达讲夜间盛开的巧克力花，缓慢生长的生石花——长相怪得像鹅卵石的开花的石头，还有含羞草，一碰就收缩起来，仿佛真的会害羞一般。看到女儿对大自然无尽的迷恋，他心里暖暖的。他总是耐心地回答她的各种问题。那时候，他们的关系多么亲密啊，以至于德夫妮半开玩笑地嗔怪："我吃醋了，看看艾达听你讲话的样子！她那么崇拜你，亲爱的。"

艾达人生中的那个阶段结束了，因为无论它会持续多久，它只是那么一段而已。如今，当他的女儿看着他时，会看到他的虚弱、挫败和不安。也许在未来的某一天，他们会迎来一个更加光明的阶段。但现在还没到那一步。科斯塔斯闭上眼睛，想起了德夫妮聪慧的双眼、透着忧戚的微笑、突然迸发出的愤怒、强烈的公平和正义感……如果换作是她，她会怎么做？

"反击，我亲爱的……搏出一条路来。"

想到这儿，科斯塔斯立即起身离开了办公桌。他穿过连通办公室和房子的走廊，光线的变化使他的眼睛有些刺痛。来到艾达的房间时，他发现门开着。她用一支铅笔将头发松散地挽了起来，头埋在手机里，脸上挂着一种严肃的专注，仿佛在紧张地思考着什么，这让科斯塔斯想起了她的母亲。

"嗨，宝贝。"

她立刻把手机藏了起来。"嗨，爸爸。"

他假装没看见。此刻长篇大论来教育她不要过度使用电子产品显得不合时宜。

"作业做得怎样了？"

"很好。"艾达说完便问："那本书写得怎样了？"

"马上就写完了。"

"哦，哇，太棒了，恭喜你。"

"嗯，我拿不定主意……"他停顿下来，清了清嗓子，"不知道你是否愿意读一读，然后谈谈你的看法。这对我来说意义重大。"

"我？但我对树一无所知啊。"

"没关系的,别的你懂得挺多的了。"

她笑了。"好啊,说定了。"

"说定了。"科斯塔斯用指关节敲着门,演奏着他今天早些时候听到过的一段节奏。他顺便聊起一位歌手,他知道艾达很喜欢他的作品,没日没夜地听。"他不错哦,应该说很棒。歌手有些淘气,但有些曲子真的很出色……"

这一次,艾达忍着没笑,她明白父亲是在试图通过情绪摇滚说唱跟她搭话,这种蹩脚的尝试着实好笑,而父亲却对此一无所知。也许她应该跟他聊聊他更擅长的东西。

"爸爸,你还记得吗,你曾经告诉过我,人们看着同一棵树,却从来没有人看到的东西是相同的?前几天我还在想这件事,但想不起来了。那是什么意思?"

"对,我想我说过可以根据一个人第一次从一棵树上观察到的东西来推断他的性格。"

"继续。"

"目前还没有任何科学方法或实证研究……"

"我知道!继续说吧。"

"我的意思是,有些人站在一棵树前,他们首先注意到的是树干,这些人优先考虑秩序、安全、规则和连续性。还有一些人,最先映入他们眼帘的是树枝,他们渴望改变,渴望自由。还有一些人,他们被隐藏在地下的树根所吸引,他们对自己的遗产、身份、传统有着深厚的感情……"

"你是哪一类呢?"

"别问我,我是以研究树木为生的。"他理了理头发,"但在很长一段时间里,我认为我属于第一类。我渴望秩序感、安全感。"

"那我妈妈呢？"

"绝对是第二类。她总是先看到树枝，她热爱自由。"

"那梅耶姆姨妈呢？"

"你姨妈可能属于第三类。传统。"

"我呢？"

科斯塔斯微笑着，看着她的眼睛。"你，亲爱的，完全是另一部落的人。当你看到一棵树，你想把树干、树枝和树根全都连接起来。你想让他们都在你的视野里。你的好奇心是一种伟大的天赋。永远不要失去它。"

那天晚上，艾达在自己的卧室里，一边听着父亲努力想要喜欢上的歌手的歌，一边拉开窗帘，凝视着一团漆黑的花园。虽然她看不见那棵无花果树，但她知道它就在那里，它在等待着时机，在生长，在变化，在回忆——树干、树枝和树根全都在一起。

无花果树

古人认为有一根柱子穿过了整个宇宙，把冥界和天地连接在一起，柱子的中央耸立着一棵雄伟、壮丽的宇宙之树。他的枝干托起了太阳、月亮、星星和星座，他的树根一直延伸到深渊里。但当涉及确切定义这树可能是什么类型的植物时，人类展开了激烈的争论。有人说那只可能是苦杨；有人则认为一定是罗望子；还有人坚持说是雪松、山核桃、猴面包树或檀香。人类就是这样分裂成了敌对国、交战方。

在我看来，这样做极不明智，因为所有的树都是必不可少的，都是值得关注和肯定的。你甚至可以说，每一种心情，每一个时刻，都对应着一棵不同的树。当你有宝贵的东西要献给宇宙时，你可以唱支歌或写首诗，不过，在分享给其他人之前，你应该先把它们献给一棵金橡树。如果你感到沮丧和无助，去找一棵地中海柏树或开花的七叶树吧，他们有着惊人的韧性，他们会告诉你他们曾遭遇过的所有火灾。如果你想从磨难中变得更坚强、更善良，那就向白杨树学习吧，白杨树顽强得很，甚至可以抵挡叫嚣着要毁灭他的火焰。

如果你的内心受了伤，又没有人愿意听你讲话，就请跟糖枫树多待会儿，这可能对你大有裨益。再有，如果你自尊心太强并饱受其苦，那就去瞧瞧樱桃树，观察一下他的花朵吧，他们无疑是非常美丽的，但他们的花期并不比虚荣更长久。当你离开的时候，或许你就会变得更谦虚，也更踏实。

想要追忆往事，不妨找棵冬青树坐下；想要希冀未来，就挑棵白玉兰代替他。如果在心里惦念着朋友和友谊，最合适的伴侣是云杉或银杏。当你走到一个十字路口，不知道何去何从时，坐在梧桐树下静静地沉思可能会有所帮助。

如果你是一位苦寻灵感的艺术家，蓝花楹或芬芳的含羞草可以激发你的想象力。如果你想要重新开始，找一棵榆树吧；如果你有太多的遗憾，垂柳会给你安慰。当你陷入困境或身处低谷，无人可以倾诉时，山楂树将是正确的选择。这就是为什么山楂树是仙女们的家园，并以保护宝藏而闻名。

想要变得智慧，试试山毛榉；想要变得聪明，试试松树；想要变得勇敢，试试花楸；想要慷慨，试试榛树；想要快乐，试试杜松。当你得去学会对自己无法掌控的东西放手时,去看看白桦树,他会像蜕去老皮一样一层层地剥落,褪去树皮。话说回来,如果你追求的是爱情,或者失去的是爱情,那就去找无花果树吧,一直找无花果树就够了。

隐藏在深处的东西
伦敦,2010 年代末

姨妈离开的那天晚上,艾达因为痛经早早上床睡觉了。她把一个热水瓶放在肚子上,想读会儿书,但满脑子都是乱七八糟的想法,这让她很难集中注意力。透过窗子,可以看到邻居家的圣诞彩灯还在闪烁,只是看起来不那么明亮,也不那么喜庆了,毕竟节日结束了。空气中有一种万物即将终结的感觉,一切都在苟延残喘。

痛经并不是唯一困扰她的事情。姨妈说家里要有一个女性榜样,这话又引燃了她之前的担忧:不久的将来,她父亲可能会再婚。自从母亲去世后,这种怀疑就像心跳一样成了她的一部分。她太容易焦虑了,但今天晚上她不想再把自己困在自我编织的焦虑之网里了。

她走到走廊上,一线光亮从父亲的门缝里透了出来。他一定又在熬夜了。过去,她的父母经常一起熬夜,他们弓着背坐在桌子的两端,把头埋在书里,背景音乐是艾灵顿公爵那直抵灵魂的乐曲。

她敲了敲门,然后推门进去。父亲就坐在电脑前,电脑发出的光照着他的额头，他闭着眼睛，头歪在一边，桌上的茶要冷掉了。

"爸爸？"

有那么一刻，她害怕他是不是也死了，那种失去他的恐惧一点点加剧，直到看到他的胸膛还在上下起伏时，她才放松了一点。

她换了个位置站着，地板被踩得嘎嘎作响。

"艾达？"科斯塔斯惊醒了，揉了揉眼睛，"我没听见你进来。"他戴上眼镜，朝她微笑，"亲爱的，怎么还不睡啊？你没事吧？"

"没有，只是……你以前常给我做烤面包，现在怎么不做了？"

他扬起眉毛。"你姨妈走前做的那些饭菜都还在冰箱里堆着，你还能想起我的烤面包？"

"那不一样，"艾达说，"我们从前就那样啊。"

他们有不少难为情的小秘密，这是其中之一。尽管德夫妮反对，他们俩还是会在夜深人静的时候坐在电视机前大嚼吐司面包，尽管他们也知道这对身体不太好，但无论如何都很享受。

"其实吧，我也想它了。"科斯塔斯说。

厨房沐浴在月光里，空气中飘着淡淡的醋和小苏打的气味。艾达把奶酪磨碎，科斯塔斯给面包片涂上黄油，放到平底锅里。

艾达没管好自己的嘴巴，一不留神，话已经脱口而出了。"我心里很清楚，有一天你可能会想和别人约会……我想，我不会介意的。"

他转向她，目光在她的脸上搜寻着。

"这是迟早的事。"艾达说，"我只是想让你知道，如果你找了别的女人，我不会介意的。我希望你幸福，妈妈也会希望你幸福的。不然等我上大学走了，你会寂寞的。"

"要不咱们商量一下？"科斯塔斯说，"我一直给你做烤面包，你别再为我的事操心了。"

面包烤好了，他们在厨房的桌子前相对坐下，夜晚的空气在窗玻璃上凝成水滴。"我爱你母亲，她是我一生的挚爱。"他的声音听上去并不像之前那般疲倦，里面透出一种光亮，就像一根从线轴处散开的金线。

艾达低头看着自己的手。"我一直不明白她为什么要那样做。如果她在乎我……关心你……就不该那样。"

他们从来没有开诚布公地谈论过德夫妮的死。这个话题仿佛他们生命中燃烧着的一块煤炭，无法触碰。

"你母亲很爱很爱你。"

"那为什么……她一直酗酒，你知道的。你不在的时候她服了那么多的药，她自己肯定也意识到了这很危险。你说这不是自杀，验尸官也说不是自杀。但又是什么呢？"

"她也身不由己啊，艾达。"

"对不起，我觉得我很难相信。是她选择的，不是吗，尽管她知道这会给我们造成什么后果。这么做太自私了，我不能原谅她。你不在时，只有我一个人在家陪着她。她整天待在房间里，我以为她一定是睡着了什么的，尽量不发出任何声音。你还记得她有时会变得……那么封闭。整个下午过去了，仍然不见她出来。我敲敲门，里面没有一点声音。我走进去，见她不在床上……她准是走了，我脑子坏了才会那么想。也许她从窗户爬了出去，离开了我……可是我突然发现她躺在地毯上，像个坏掉的洋娃娃，紧紧地抱着双腿。"艾达愤怒地眨着眼睛，"她一定是从床上摔下去的。"

科斯塔斯低下头,用拇指尖描摹着手心的掌纹。抬起头时,他眼里满是痛苦,又好似夹着些许平静。

"当我还是个年轻的植物学家时,牛津郡的一位学者给我打了个电话。他是个博学之人,是古典语言文学教授,但他对树木一无所知,他的花园里有棵西班牙栗子树,长势不妙。他不明白出了什么状况,所以请我帮忙。我检查了树枝和树叶,采集了树皮的样本,还检查了土壤的质量。所有的检查结果都很好。但我观察得越多,就越相信教授是对的,那棵树快死了。我不明白为什么。最后,我抓起一把铲子开始挖,而之后我见到的情形给我上了终生难忘的一课。你知道吗,那棵树的树根缠住了树干的底部,阻断了水和养分的流动。这没有人能知道,因为它在地表之下,看不见……"

"我不明白。"艾达说。

"这叫'环切'。"背后可能有很多原因。对于这棵栗子树而言,在被当作树苗种下之前,它是长在一个环形容器里的。我的意思是,这棵树被自己的根勒死了。因为发生在地下,所以人们无法察觉。如果不能及时找到那些缠住它自己的树根,这些树根就会给树施加压力,树就会难以承受。"

艾达沉默了。

"你母亲非常爱你,胜过这世上的任何东西。她的死不是因为缺少爱。因为你爱她,她的人生是丰盛的,我相信其中也包括我对她的爱,但在内心深处,她被某些东西勒住了——那些过去、那些记忆、那些根深蒂固的东西。"

艾达咬着下唇,什么也没说。她记得6岁那年,她的拇指骨折了,肿得有两个那么大,里面的肉胀得厉害,撑得她难受。她现在就是那种感觉。

科斯塔斯意识到她不想再谈下去了,于是抓起自己的盘子。"走吧,咱们找部电影看看。"

那天晚上,艾达和科斯塔斯坐在电视机前吃着烤面包。他们一直在争论该看哪部电影,不过,单是坐在那里一起翻着那些片子的感觉就已经很好了,那一刻也很让人放松,这样的氛围最好能一直持续下去。

愤世嫉俗的鹰
伦敦,2010年代末

新学期的第一天,艾达起得很早,因为她太紧张了,根本没法入睡。尽管时间充裕,她还是匆忙穿好衣服,检查了一下背包里的东西,其实前一天晚上她已经把所有东西都小心地装好了。她胃口很差,只将就着喝了一杯牛奶当早餐。她用遮瑕膏遮住了几颗一夜之间冒出来的痘痘,然后又担心自己这样做可能会欲盖弥彰。她试着画了眼线,上了点睫毛膏,中途又改了主意,花了接下来的10分钟把脸洗干净。看到她慌里慌张的模样,父亲坚持开车送她去学校。

当科斯塔斯把车停在学校门口时,艾达屏住呼吸,像一尊大理石雕像一样一动不动,拒绝下车。他们一起看着学生们在大门前转悠,成群结队地聚在一起,然后又散开,就像万花筒里移动的碎片一样。透过紧闭的车窗,他们可以听到那些人的闲聊和大笑。

"你想让我陪你进去吗?"科斯塔斯问道。

艾达摇了摇头。

科斯塔斯伸出手,握住女儿的手。"一切都会好起来的,我的艾达。你会没事的。"

艾达噘着嘴,什么也没说,她的目光盯着卡在挡风玻璃雨刷下的枯叶。

科斯塔斯摘下眼镜,揉了揉眼睛。"我跟你说过蓝松鸦吗?"

"没,爸爸。我不记得了。"

"这鸟可不一般,非常聪明。它们的行为连鸟类学家都百思不得其解。"

"为什么?"

"因为这些只有10英寸长的小鸟非常擅长模仿鹰。尤其是红肩鹰。"

艾达转过身去,对着车窗玻璃里的自己说话。"它们为什么要这么做?"

"这个嘛,科学家们认为这种模仿是为了给其他松鸦提个醒,警告它们有一只鹰在附近。但有些人认为可能存在另一种解释,这或许是一种生存策略:鸟受到惊吓后,神经会因此受到刺激,转而模仿老鹰。这样,蓝松鸦吓走了敌人,感觉自己更勇敢了。"

艾达瞥了父亲一眼。"你是让我装作别人吗?"

"这不是装作别人。当蓝松鸦像红肩鹰一样翱翔天际时,那一刻,它就变成了它。否则它不可能发出同样的声音。你明白我的意思吗?"

"好了,爸爸,我明白了。我要像鹰一样在教室里飞来飞去。"

"一只愤世嫉俗的鹰。"科斯塔斯笑着说,"我爱你,我为你感到骄傲。如果那些孩子找你麻烦,我们会想办法解决的。别担心。"

艾达拍了拍父亲的手。大人们有时也不免有些孩子气，总想着讲个什么故事来启发别人。他们天真地认为，那些趣闻轶事能鼓舞人心，就像寓言故事，只要适当的时候讲出来，就可以给孩子打气，激励他们一往无前，轻而易举地一改现状。要和大人们讲，生活比想象的要复杂得多，语言也没有他们设想的那么神奇，恐怕只是徒劳无益。

"谢谢你，爸爸。"

"我爱你。"科斯塔斯又说。

"我也爱你。"

艾达抓起书包和姨妈送给她的针织围巾，钻出了车。她慢腾腾地走着，离教学楼越近，她的腿就变得越沉重。在前方不远处，她看到了扎法尔，他正靠在栏杆上和一群男孩聊天。她想起了对方曾如何嘲笑她，心又猛地疼了一下。她加快了脚步。

"嘿，艾达！"他看到了她，于是停下聊天跑来和她搭话。

她停下脚步，后背紧绷着。

"你还好吗？"

"挺好的。"

"那个，发生了那件事，我很替你难过。"

"你不必替我难过。"

扎法尔换了只脚撑着身子。"不，我是认真的。我听说你妈妈的事了，别伤心了。"

"谢谢你。"

扎法尔把手插进了上衣的口袋里，等着她再说点别的，但她什么都没说。他的脸涨得通红。

"好吧,再见。"他随即说道。

她看着他走开,他的脚步又变得轻快起来,朝他的朋友们走去。

艾达和埃德在教室里聊了一会儿,心不在焉地听他讲如何用两台唱机转盘来混音。然后,她在自己平时靠窗的座位上坐下,假装没有注意到那些鬼鬼祟祟的目光、偷偷摸摸的耳语以及偶尔传来的咯咯笑声。

隔壁桌,艾玛·罗斯正用一种好事又冷淡的眼神注视着她,"感觉好些了吗?"

"我很好,谢谢。"

教室另一端传来的声音分散了她们的注意力。一群男生,有的按着喉咙,好像就要窒息;有的在无声尖叫,嘴巴张得大大的,眼睛闭得紧紧的,他们的脸因压抑着恶作剧式的坏笑而涨得通红。

"别理他们,都是些白痴。"艾玛·罗斯皱着眉头说,但很快她又换了一副笑脸,"哦,你听说了吗?扎法尔告诉诺亚,他喜欢上了咱们班的一个人。"

"真的吗……那你知道是谁吗?"艾达说着,竭力装出毫不关心的样子。

"还没有,我得再深入调查一下。"

艾达感到她的脸颊开始发热。她没指望会是自己,但也许,只是也许,有这种可能。

几分钟后,沃尔科特夫人走了进来。"大家好,见到你们太好了!希望你们都度过了一个愉快的假期。我相信你们都采访过自己年长的亲戚了,并对他们的生活有了很多的了解。请把作业拿出来,我一会儿会挨个收上来。"

没等他们回答，沃尔科特夫人就直接开始上课了。艾达回头看了看艾玛·罗斯，发现她翻了个白眼。她想起了姨妈的话，情不自禁地对着这个稚气的举动笑了。她匆匆浏览了一下自己的采访笔记和论文，一想到沃尔科特夫人会读到梅耶姆姨妈的生活，一种自豪之情油然而生。

晚上，姨妈打来了电话。

"艾达，在学校怎么样？他们找你麻烦了吗？"

"其实还好吧，出奇地好。"

"太好了。"

"我想是的。"艾达说，"您穿你那些花花绿绿的衣服了吗？"

一阵咯咯笑。"还没有。"

"先穿那条开心果绿色的裙子吧。"艾达说着停了一下，"您知道吗，明年夏天，参加完地球峰会之后，父亲答应带我去塞浦路斯。"

"真的吗？"梅耶姆的声音提高了，"这真是个好消息。我一直希望这一切能成真。天哪，我都迫不及待了。我要领你去转转，我会带你看遍整座岛……等会儿，你要去哪一边？我是说，两边都看看也无妨，但先看哪一边呢？北边还是南边？"

"我要到岛上去，"艾达说着，声音里有种与以往不同的语调，"我只想认识岛民们，像我一样的那些人。"

挖出无花果树七步法

1. 精准地找到几个星期或几个月前你在花园里埋下无花果树的地方。
2. 轻轻地揭开你铺在顶部的隔热层。
3. 清理出所有的土壤和树叶,小心不要让铲子或耙子伤到树。
4. 检查你的无花果树,看看是否有冻伤。
5. 把树小心地立起来,解开绑在树上的绳子。有些树枝可能折断或弯曲了,但树会没事,能够再次直立起来,她会很高兴。
6. 把树根的周围用土填起来,以确保你的树能够得到很好的支撑,并做好迎接春天的准备。
7. 对你的无花果树说些好听的话,欢迎她回到这个世界。

无花果树

我能感觉到严冬的威力开始一点点衰弱,季节的车轮再次旋转。春神珀尔塞福涅重回人间,她金色的头发上戴着银色的花环。她步履轻盈,一只手拿着一束红罂粟花和一捆捆的小麦,另一只手拿着扫把,将雪扫开,把污泥和白霜清除。我能听到坚实的记忆融化成液体，水从屋檐上滴落下来，滴滴滴地述说着自己的真理。

在自然界里，万物都在不停地交谈。果蝠、蜜蜂、野山羊、草蛇……有些会尖叫，有些会吱吱响，还有一些嘎嘎喊、呱呱叫或唧唧鸣。巨石隆隆作响，葡萄藤沙沙出声。盐湖讲述着战争和返乡的故事；当地中海夏季风梅尔特风刮来时，田野里的玫瑰齐声歌唱；柑橘园吟诵着青春永恒的赞美诗。

祖国的声音一直不停地在我们心中回响。我们走到哪里都带着它们。直到今天，即使身处伦敦，被深埋在这个地沟里，我仍能听到同样的声音，我颤抖着醒来，就像一个梦游者意识到自己已然冒险闯入了黑夜。

在塞浦路斯，所有的生物，无论大小，都在表达自我——除了鹳。虽然这个岛并不在他们的迁徙路线上，但偶尔会有几只孤独的白鹳被气流吹离，在这里待上几天，然后再继续他们的旅程。他们体形庞大，姿态优美，与其他鸟类不同的是，他们不会唱歌。但塞浦路斯人会告诉你并非一直是这样。这些长腿涉禽一度也曾用颤音发出过迷人的旋律，讲述着遥远的王国和迷幻的远方，他们嘴里的奥德修斯式的越洋传奇和英雄史诗般的冒险故事让听众们心驰神往。听了他们的故事，人们如痴如醉，以至于忘了灌溉庄稼，忘了剪羊毛，忘了挤牛奶，白天也不再躲在树荫下和邻居聊天，夜晚甚至忘了和自己的爱人行鱼水之欢。若你只想扬帆去往遥远的海岸，为什么还要让自己为工作所累，还要把时间花在闲聊上，还要对谁交付自己的真心？生活戛然而止。终于，看到一切秩序均被打乱的阿芙洛狄忒被惹火了，她插手进来，这是她一贯的作风。她对所有经过塞浦路斯的鹳下了诅咒。从那以后，无论在岛上看到或听到什么，这些鸟儿都沉默不语。

可能就是传说吧,但我却很看重。

我相信传说,相信它们轻轻诉说着的那些未被道出的秘密。

即便如此,也请对我所讲述的一切持保留态度,对我可能没能说出的一切也持保留态度,因为我可能不是最公正的叙述者。我有自己的偏见。毕竟,我从来都不怎么喜欢那些男神和女神,对他们没完没了的争风吃醋和明争暗斗也不感兴趣。

梅耶姆真是善良啊,愿真主赐福给她。那天晚上,她在花园里用石头建了一座塔,一座用歌声和祈祷搭成的桥,这样我就可以平静地离开这个世界,去往另一个世界(如果有的话),这让我很是感动。若说愿望的话,这是一个美好的愿望。但我姐姐和我一直有着不同的看法。她希望我去往来世,希望我被引领着穿过一扇扇门进入天堂,而我更愿意留在我此刻所处的这个地方,扎根在大地里。

我死后,空虚像一张巨大的打着哈欠的嘴巴一样把我整个吞了下去,我漫无目地地飘了一会儿。我看到自己躺在医院的病床上,一直处于昏迷状态,我知道这很悲伤,却无法感受这种情绪,就好像在我的心和周围的悲伤之间竖起了一堵玻璃墙。但随后,门开了,艾达手里拿着鲜花走了进来,她小心翼翼地,每向前一步,脸上那充满期待的笑容就消失一点,我再也看不下去了。

我还没有做好离开他们的准备。要我再次安家,我也办不到。我想继续停留在爱里,这是人类唯一尚未摧毁的东西。可是,既然我已不再活着,没有了身体,没有了躯壳,没有了形质,我还能住在哪里呢?我忽然有了主意。那棵老无花果树!除了树的怀抱,还能去哪里寻求庇护呢?

葬礼结束后，我注视着白日里的最后一道光溜走。之后，黑夜降临，一切都静了下来，我飘浮在空中，绕着我们的无花果树跳舞。我渗入她的维管组织，从她的叶子中吸收水分，并通过她的气孔重新呼吸。

可怜的无花果树。当我变形融入她的体内时，她突然发现自己深深地爱上了我的丈夫，但我一点也不介意。事实上，看到这一切，我由衷地高兴。我在想，如果有一天科斯塔斯回应了这份爱，如果一个人爱上了一棵树，那会是怎样一段故事。

女性会由于她们自己的原因一次又一次地把自己变成当地的植物，至少在我的家乡是这样。德夫妮、达夫妮、达芙妮……由于勇敢地拒绝了阿波罗，达芙妮变成了桂冠。她的皮肤硬化成具有保护能力的树皮，她的手臂伸展成细长的树枝，她的头发舒展成丝滑的叶子，而正如奥维德告诉我们的那样，"她的脚，刚才还那么敏捷，现在却卡在了缓慢生长的树根里了"。达芙妮变成一棵树是为了逃避爱，而我变成一棵树是为了守护爱。

空气正在变暖，伦敦上空笼罩着一层淡淡的蓝色。我能感觉到一缕苍白的阳光正艰难而缓慢地爬梳着大地。一切慢慢地复苏，慢慢地愈合。

但我知道并相信，从此刻开始，我亲爱的科斯塔斯随时都可能手拿着铁锹来到花园，或许还穿着他的旧海军大衣，那是我们一起从波多贝罗路的一家二手店里买的，他会把我挖出来，把我拉起来，把我轻轻地拥在他的怀里。那座位于地中海尽头的岛屿的遗迹不会消亡，我们残留的爱也不会殆尽，它们仍会在那里，就藏在他美丽的双眸之下，刻在他的灵魂深处。

致读者

小说中提到了诸多失踪者，他们的故事均取材于真人真事。由开发计划署失踪人员问题委员会发起、尼克·丹齐格与罗里·麦克莱恩合著的《角豆树下：塞浦路斯逝去的生命》一书催人泪下，有意进一步了解的读者可参阅此书。

为创作这部小说，我做了不少研究，西班牙和拉丁美洲的失踪者发掘工作给了我莫大帮助。出租车司机的故事是杜撰的，但灵感源自一个真实的故事——一位信奉佛朗哥主义的导游曾对红十字会代表说过类似的令人不寒而栗的话，我是在蕾拉·伦肖的杰作《发掘失踪者：西班牙内战的记忆、物性和万人坑》中读到这个故事的。

科斯塔斯的外祖父在宵禁期间惨遭士兵射杀，这个故事脱胎于马克·西蒙斯在《英国与塞浦路斯：从帝国前哨到主权基地，1878—1974》一书中提到的类似悲剧。此外，詹姆斯·科尔林赛的著作《塞浦路斯问题：人人都该知道的事实》也颇具洞见。

科斯塔斯在1974年8月读到了一篇文章，这个灵感来于一年后，也就是1975年8月8日发表在《科学》杂志上的一篇文章，题为《全球是否濒于急剧变暖的边缘？》，作者是美国气候科学家兼地球化学家沃利·布鲁克，他是最早向我们人类发出警告的人之一，他指出，人类引起的碳排放与气温上升有着直接关联。

有关花卉农场和牺牲的英国士兵花圈的信息，以及有关该岛的几个令人印象深刻的细节，均摘自塔比莎·摩根的精彩著作《甜蜜与苦涩之岛：英国在塞浦路斯的历史》。劳伦斯·达雷尔的《苦柠檬》描写了1953年到1956年间的塞浦路斯，这些描写独具特色，同时也很有洞察力和启发性。安德烈科斯·瓦尔纳瓦的《塞浦路斯的英帝国主义：无足轻重的占有》描写了1878年至1915年间的塞浦路斯，同样引人入胜。而由A.阿迪尔、A.M.阿里、B.凯末尔和M.彼得里德斯合编的文集《超越国界的尼科西亚：一个分裂之都的声音》是希族作家和土族作家共同发声的翘楚之作。科林·萨布伦的《塞浦路斯之旅》中涉及许多奇闻轶事、神话和历史，这样的塞浦路斯，令人心驰神往。

我在肯尼斯·莫里森的《政治与战争前线的萨拉热窝假日酒店》中读到了那封寄给莱德拉宫客人的信，原文刊载于1974年9月15日的伦敦《观察家报》。

在研究蚊子的过程中，有一本特别之书让我印象深刻，那就是蒂莫西·C.维纳加德的《蚊子：人类历史上最致命的捕食者》。

植物"乐观主义"与"悲观主义"那一部分的灵感来于广坂广树、安村祐子、小野穆勒和小口理一共同撰写，M.陶乌斯和N.格鲁克共同编辑的《身处不断变化的环境中的树木：生态生理学、适应和未来生存》。表观遗传、植物乃至动物间的代际记忆传播问题发人深省，这一部分，大家可以参阅丹尼尔·查莫维茨的《植物知道什么：感官图鉴》。

人类对树木视而不见那一部分来自TED录制片，主题是"气候危机倒计时和如何建立一个净零温室排放世界"。

大家如果还想深入了解无花果树的奇妙世界，可以参阅迈克·沙纳汉的《诸神、黄蜂与扼杀者：无花果树的秘史和未来救赎》。大卫·萨顿的《无花果：全球历史》、理查德·梅比的《植物的歌舞表演》和 D. G. 哈斯克尔的《看不见的森林：大自然的一年观察》也都是不错的推荐。小说中，科斯塔斯一著作的标题受到了梅林·谢德拉克的《生态交织：真菌如何创造我们的世界，改变我们的思想，塑造我们的未来》的启发。

这部小说中的许多描述都是基于历史上的真实事件，包括瓦罗沙/法马古斯塔的命运，英国婴儿的神秘死亡和非法猎禽……我也试图尊重当地的民间传说和口头传统。不过，小说终归仍是小说——这是一个有关奇迹、梦想、爱、悲伤和想象的混合体。

致　谢

多年前，当我最后一次离开伊斯坦布尔时，我并不知道自己再也不会回去了。我一直在想，倘若当时知道了这个，我会把什么装进我的行李箱呢？会是一本诗集，一块绿松石釉面瓷砖，一件玻璃饰品，一只被海浪推到岸边的空海螺壳还是海鸥在风中的鸣啼……随着时间的推移，我愈发确定，我很想带走一棵树，一棵地中海的树，我要把她的根随身带着，正是那个意象，那个想法，那个不太可能的可能性，成就了这个故事。

非常感谢玛丽·芒特，她对细节有着敏锐的洞察，对文学有着坚定的信念，她出色的编辑为这部作品增色颇多。衷心感谢伊莎贝尔·沃尔，她的温和鼓励让我们这些作家从不气馁。在维京，我和善良、友爱、坚强的女性们一起工作，对此我亦感激不尽。

约翰尼·盖勒，是我优秀的经纪人，谢谢你的倾听，感谢你一直以来陪在我的身边，哪怕在写作的途中，我深陷焦虑的山谷和抑郁的河流。感谢柯提斯·布朗文稿代理中心那些勤劳、美丽的朋友们。

非常感谢斯蒂芬·巴伯，我的好朋友，也是文艺复兴的灵魂——我从我们的谈话中，从栀子花到分子化石，受益良多。我爱你，丽莎，非常感谢——我该如何表达我的感激之情呢，se ef haristo para poli（希腊语：衷心感谢），丽莎。我还要感谢并致敬基尔德·普卢默·库库克，以及她在失踪人员委员会的同事们，你们为促进和平、和解与共存做出了巨大贡献。

特别感谢凯伦·惠特洛克，感谢你无微不至的关怀和慷慨大度的胸怀，和你一起工作是多么的快乐和幸福。感谢唐娜·波比、克洛伊·戴维斯、伊丽莎白·菲利普利、汉娜·索耶、洛娜·欧文、莎拉·科沃德和埃莉·史密斯。还有大洋彼岸的安东·穆勒，他那慰藉之语和如火热情，一直激励着我前行。

感谢理查德·马贝对大自然的热爱，感谢罗伯特·麦克法兰对地球的热爱，感谢乔纳森·德罗里对树木的热爱，感谢詹姆斯·科尔林赛对一座岛的热爱，斯岛永烙于我们心底。

一如既往，感谢我的家人，你们的爱和支持激励着我，你们帮我纠正了许多错误的发音，Tesekkür ediyorum yürekten（土耳其语：万分感谢你们）。

最后，我要感谢耐心为我解惑并与我分享自己经验和感受的岛民们，特别是年轻的希族塞人和土族塞人，他们勇敢、开明、智慧，他们将有望建造一个美丽新世界，一个远比我们给予他们的更加美丽的新世界。

© 民主与建设出版社，2024

图书在版编目（CIP）数据

失踪树木的岛屿 /（土）艾丽芙·沙法克著；宋赛南译. -- 北京：民主与建设出版社，2024.9
书名原文：The Island of Missing Trees
ISBN 978-7-5139-4501-1

Ⅰ.①失… Ⅱ.①艾…②宋… Ⅲ.①长篇小说－土耳其－现代 Ⅳ.① I374.45

中国国家版本馆 CIP 数据核字（2024）第 039550 号

The Island of Missing Trees
Copyright © 2021 by Elif Shafak

著作权登记号图字：01-2023-6078

失踪树木的岛屿
SHIZONG SHUMU DE DAOYU

著　　者	〔土耳其〕艾丽芙·沙法克
译　　者	宋赛南
责任编辑	王　倩
策划编辑	陈一萌　崔云彩　李逸飞
封面设计	曾冯璇
插图绘制	郝冬雪
出版发行	民主与建设出版社有限责任公司
电　　话	（010）59417749　59419778
社　　址	北京市朝阳区宏泰东街远洋万和南区伍号公馆 4 层
邮　　编	100102
印　　刷	文畅阁印刷有限公司
版　　次	2024 年 9 月第 1 版
印　　次	2024 年 9 月第 1 次印刷
开　　本	880 毫米 ×1230 毫米　1/32
印　　张	11
字　　数	239 千字
书　　号	ISBN 978-7-5139-4501-1
定　　价	62.00 元

注：如有印、装质量问题，请与出版社联系。